Diogenes Taschenbuch 23356

Martina Borger
Maria Elisabeth Straub

Katzenzungen

Roman

Diogenes

Die Erstausgabe
erschien 2001 im Diogenes Verlag
Umschlagillustration:
Franz Gertsch, ›Mireille, Colette, Anne‹, 1967
Foto: Aargauer Kunsthaus, Aarau

Veröffentlicht als Diogenes Taschenbuch, 2003

www.diogenes.ch
300/03/8/1
ISBN 3 257 23356 6

Erster Tag

Dodo

Natürlich bin ich wieder zu spät dran, wie immer. Wär wahrscheinlich ein gefundenes Fressen für jeden Psychologen, daß ich jedesmal um ein Haar die Abreise verpaß, unbewußter Wunsch und so weiter.

Zehn Jahre ziehn wir das nun schon durch. So alt ist Fiona jetzt, meine süße Schnecke, kommt mir wie eine Ewigkeit vor, ihre Geburt im März 89, saukalt war's an dem Tag, weiß ich deshalb noch, weil ich im Klinikgarten stundenlang spazierengehen mußte, um die Wehen in Gang zu kriegen. Ma ist unermüdlich mit mir auf und ab gehumpelt, links ihren Stock, rechts mich am Arm, immer schön um die zugefrorenen Pfützen rum, und hat mir gut zugeredet, sie hat sich gefreut auf ihr Enkelkind, ahnte wohl schon, daß es das einzige bleiben würde. Sie fehlt mir, viel mehr, als ich mir jemals vorstellen konnte. Über vier Jahre ist sie schon tot, dabei hätte sie neunzig werden können bei ihrer Konstitution und ihrer Disziplin. Dieses Schwein, das sie auf dem Gewissen hat, würd ich gern in die Finger kriegen eines Tages, und wenn's das letzte ist, was ich tu.

Hoffentlich hat der Zug Verspätung, sonst wird's verdammt knapp. Nora macht sich garantiert schon die schlimmsten Sorgen, obwohl es ja im Prinzip kein Problem wär, die nächste Bahn zu nehmen, wartet ja niemand auf uns, wir sind vier Tage lang frei von allen Pflichten und Terminkalendern, aber sie ist nun mal der Typ, für den alles nach Plan laufen muß, sonst kommt sie aus dem Tritt. Könnte ja was Überraschendes passieren sonst, was ihr geordnetes Pinneberger Weltbild ins Wanken bringt.

Wenn ich das Taxi bezahlt hab, bleiben mir gerade noch dreihundert Mäuse, müssen reichen. Fahrkarte und Hotel hat ja wieder mal Claire übernommen, sonst hätt ich sowieso nicht mitgekonnt. Irgendwelche Luxusrestaurants sind natürlich nicht drin, jedenfalls nicht auf meine Rechnung. Wird auf absehbare Zeit sowieso das letzte Mal sein, daß ich auswärts esse, außer vielleicht mal Curry-Wurst und Pommes mit Fiona im Stehen.

Hoffentlich kommt sie gut mit Nick klar. Bock hatte der ja keinen, vier Tage mit einer Zehnjährigen zu verbringen, ich mußte wochenlang gut Wetter machen. Für ihn ist Fiona einfach nur lästig. Wenn sie doppelt so alt wär, hätt ich ihn nicht überreden müssen. Schade eigentlich, daß die, die am besten vögeln, am wenigsten mit Kindern am Hut haben. Scheint sich irgendwie zu widersprechen, geiler Sex und Vatergefühle. Und wenn ich wählen muß zwischen diesen beiden Männertypen, wen nehm ich da? Genau. Ich bin ja schließlich nicht Nora.

Ich muß aufhören, sie ständig zu analysieren und immer nur Schlechtes von ihr zu denken, sonst kann ich gleich zu Haus bleiben. Sie hat ja auch ihre guten Seiten, das darf ich nicht vergessen. Ich muß mir fest vornehmen, während dieser vier Tage so nett zu ihr zu sein, wie ich nur kann. Sie nicht kritisieren, sie nicht mit meinem persönlichen Scheiß belasten. Einfach eine ganz normale gute Freundin sein. Muß doch hinzukriegen sein, verdammt noch mal.

Nora

Noch fünf Minuten bis zur Abfahrt, wir haben schon unser Gepäck verstaut und warten immer noch auf Dodo. Ich habe nicht den geringsten Zweifel daran, daß sie noch kommt. Aber natürlich erst auf den allerletzten Drücker, wir kennen das nicht anders bei ihr, mich regt das schon lange nicht mehr auf und schon gar nicht heute. Dabei starten wir unsere gemeinsamen Reisen einzig ihretwegen grundsätzlich an ihrem Wohnort, damit sie es möglichst einfach hat, zehn Minuten im Taxi von ihrer Wohnung bis zum Bahnhof, während ich bereits fünf geschlagene Stunden unterwegs bin und darauf brenne, endlich etwas zu mir zu nehmen, ich habe wie immer für unsere Verpflegung gesorgt, nichts schöner, als mit den beiden zusammen im Zug zu picknicken. Claire ist natürlich mit dem Flugzeug gekommen. Eingeflogen, wie Dodo es nennt.

Diese Reisen mit ihr und Claire sind für mich immer Höhepunkte des Jahres, auf die ich mich wochenlang freue und von denen ich hinterher noch lange zehre. Aber diesmal ist es noch mehr, und ich werde nicht zulassen, daß irgendeine Lappalie mir diese wenigen kostbaren Tage verdirbt.

Und merkwürdig: Obwohl er nichts weiß, war Achim diesmal besonders aufmerksam. Er hat mich nicht, wie sonst immer, in Pinneberg in die S-Bahn gesetzt, sondern mich zum Hamburger Hauptbahnhof gebracht, obwohl in der Kanzlei Unmengen von Arbeit auf ihn warteten. Ich war richtig gerührt von seiner Fürsorge, die ja nicht selbstverständlich ist nach einundzwanzig Jahren Ehe. Er hat mich regelrecht ermahnt, mich gut zu amüsieren, mir keine Sorgen zu machen, mir auch mal etwas zu leisten. Ich hätte es nötig, hat er gesagt. Eine Sekunde lang ist mir das Herz stehengeblieben, ich dachte, er weiß es, aber das ist natürlich Unsinn, für Bitterlings Verschwiegenheit würde ich meine Hand ins Feuer legen.

Er hat sogar auf dem Bahnsteig gewartet, bis der Zug abgefahren ist. Jetzt sitzt er sicher schon längst wieder im Büro. Er arbeitet zu viel, vor acht kommt er doch fast nie aus der Kanzlei, ein- oder zweimal die Woche sogar noch später, wenn er Klienten außerhalb treffen muß. Die paar Stunden pro Woche, in denen ich die Buchhaltung erledige, fallen dagegen wirklich nicht ins Gewicht. Hoffentlich kümmert er sich trotz seines dicken Terminkalenders auch um Miriam und Daniel, es wär so eine gute Chance für ihn, mal ein bißchen mit ihnen zu kommunizieren. Jeden Tag, den sie älter werden, brauchen und wollen sie ihn weniger, er sollte die Zeit nutzen, die ihm noch bleibt mit ihnen, so vieles ist schon für immer und unwiederbringlich verloren. Die Gelegenheit zum Beispiel, Daniel näherzukommen, der zunehmend Probleme hat und macht. Am besten nicht daran denken, nicht jetzt.

Claire setzt sich mir gegenüber ans Fenster, diese Sitzordnung ist längst Tradition, weil ja Dodo immer als letzte kommt. Sie holt ihre Zigaretten aus einer fabelhaften Handtasche aus dunklem Leder, die ich noch nie an ihr gesehen habe, an die tausend Mark, schätze ich. Das goldene Feuerzeug benutzt sie schon seit Jahren, und immer wieder ist es vorgekommen, daß Dodo es eingesteckt hat, ob versehentlich oder nicht, wage ich nicht zu beurteilen, bei ihr ist das Unterscheidungsvermögen zwischen mein und dein nicht besonders stark ausgeprägt. Aber ich liebe sie auch deswegen, weil sie alles so leicht nimmt.

An Claire ist immer alles perfekt. Allein, wie sie jetzt ihre Utensilien auf dem Tisch anordnet, ein Stilleben. Ihre Vollkommenheit bewirkt natürlich, daß man sich der eigenen Nachlässigkeiten peinlich bewußt wird: daß ich zum Beispiel meine Fotos nicht chronologisch in ein Mäppchen geordnet habe, jetzt muß ich den ganzen dicken Stapel erst einmal vorsortieren. »Ich hab es gleich«, sage ich.

»Wir haben alle Zeit der Welt«, sagt sie und drapiert sich ein riesiges Seidentuch mit Fransen um die Schultern. Auch neu.

Sie sieht überhaupt wieder phantastisch aus, höchstens ein winziges bißchen erschöpft, aber gerade das verleiht ihr ja dieses gewisse Etwas. Sie war immer die Schönste von uns dreien, das kann ich heute ganz ohne Neid und Mißgunst konstatieren. Natürlich ist auch Dodo sehr attraktiv und hat vermutlich mehr Erfolg bei Männern, aber Claire ist die klassische Schönheit, Paps sagte immer, sie sehe aus wie ein Gemälde aus der Renaissance und so müsse man sie auch betrachten, nämlich aus gebührendem Abstand. Damals hab ich das nicht verstanden, heute weiß ich, was er gemeint hat. Irgendwie ist Claire nicht von dieser Welt.

Allein dieser flauschige Mantel, den sie mit zwei Griffen akkurat zusammengelegt und neben ihrem Metallkoffer auf der Gepäckablage deponiert hat, Kaschmir natürlich, was sonst. Und weiß. Jeder normale Mensch hätte nach spätestens zwei Stunden Schneematsch drauf oder Pfotenspuren von Hunden, aber nicht Claire. Ich hab noch nie erlebt, daß sie schlampig aussieht oder irgendeinen Fleck an ihren Kleidern hat, in all den vielen Jahren nicht. Wie sie das macht, weiß ich nicht. Dodo hat mal gesagt, sogar winzigste Staubteile würden sich nicht näher als einen Meter an Claire heranwagen, aus purer Angst, aber da war sie betrunken.

Ich bewundere Claire. Sie hat etwas gemacht aus ihrem Leben, sie hat es am weitesten gebracht von uns dreien, zumindest von außen betrachtet. Allein mit welcher Energie und Zielstrebigkeit sie damals ihr Studium durchgezogen hat, während ich … Aber ich habe mir noch nie erlaubt, den verpaßten Möglichkeiten meines Lebens nachzutrauern, ändern kann man sowieso nichts, wozu sich also den Kopf zerbrechen. Und auch Claires Leben hat seine dunklen Momente gehabt, seine Stolpersteine und Abgründe. Ich weiß das, und sie weiß, daß ich es weiß, auch wenn wir nie darüber reden. Man muß bestimmte Dinge ruhen lassen können, sonst würde man doch verrückt.

Claire

Wie jedesmal dauert es eine Weile, bis ich mich auf ihre Anwesenheit eingestellt habe. Ich bin es nicht gewohnt, Menschen so nahe um mich zu haben, schon lange nicht mehr. Und so viel zu reden. Auf dem Bahnsteig vorhin hat sie mich geradezu überfallen mit ihren zahllosen Fragen, die ihr viel wichtiger sind als meine Antworten. Mich kostet das Jahr für Jahr größere Mühe, und am Ende dieser gemeinsamen Tage bin ich erschöpft wie nach einer körperlichen Anstrengung, als hätte ich zu Fuß ein Hochgebirge durchqueren müssen. Meistens lege ich mich dann ein paar Tage ins Bett, nehme ein paar Veldorm und schlafe fast rund um die Uhr, so erschlagen fühle ich mich. Weil mich in ihrer Gegenwart zwangsläufig alle Erinnerungen wieder überfallen und über mir zusammenschlagen.

Aber sosehr das Zusammensein mit ihnen mich auch jedesmal mitnimmt, so nötig brauche ich es andererseits auch, denn diese beiden Menschen, Dodo und Nora, waren zeit meines bewußten Lebens immer die mir nächsten, vertrautesten. Und sie sind es geblieben. Niemand kennt mich besser als sie. Sie sind mein Netz.

Da kommt Dodo endlich, Gott sei Dank. Wir sind komplett. Es kann losgehen.

Dodo

Als ich mit hängender Zunge meine Tasche durch den Großraumwagen bugsier, springt Nora freudig auf, gleichzeitig setzt sich mit einem Ruck der Zug in Bewegung, ein fettiges Hühnerbein aus ihrem Proviant rutscht auf den Boden – und sie und ich klammern uns aneinander und fallen trotzdem im Doppelpack auf Claire, Nora kreischt und lacht, Claire stöhnt, unter meinem Stiefel zerquetscht das Hühnerbein, drei aufeinandergeschmissene Frauen, und ich fühl mich schlagartig um drei Jahrzehnte zurückversetzt: Nora beim Schwimmenlernen an der Angel des Bademeisters, springt vom Beckenrand, der Gurt reißt, sie gluckert ab, und Claire und ich ohne nachzudenken hinterher. Nora natürlich in Panik, denkt, sie ertrinkt, schlägt um sich wie eine Verrückte, dann klammert sie und krallt, tagelang hab ich blaue Flecke an den Armen, aber wir haben sie wieder hochgekriegt, Claire und ich, haben sie zur Leiter am Bassinrand gelotst und ihr rausgeholfen, und ich werd nie vergessen, wie sich das angefühlt hat, unsere drei glitschnassen Kinderkörper, und man wußte nicht, wem von uns welcher Arm gehört, welches Bein, welcher Bauch. Fand ich irgendwie geil.

Wir rappeln uns auseinander. Claire klopft irgendwelche imaginären Flusen von ihrem superschönen Umschlagtuch, ich verstau mein Gepäck, Nora sortiert ihre durcheinandergekullerten Fressalien und verkneift sich doch tatsächlich jeden Vorwurf über mein spätes Kommen, statt dessen will sie auf der Stelle *alles* wissen, als würden wir uns nach einer halben Stunde wieder trennen. »Wie geht's dir, rauchst du etwa immer noch, alles in Ordnung im Job, was macht Fiona? Und dein Axel?« Schwall schwall. Und wieso kann sie eigentlich Männernamen immer noch nicht ohne besitzanzeigendes Fürwort aussprechen; Achim ist und bleibt in ihrem Mund grundsätzlich *mein Achim.*

Immer noch außer Atem, laß ich mich erst mal auf den Sitz ihr gegenüber fallen, mir ist schweineheiß, das Hemd unter meiner dicken Jacke klebt mir am Rücken, als wär ich in den Wechseljahren, Nora nennt es Menopause, führt kein Weg dran vorbei, fürcht ich, aber bei Ma ging das erst mit fünfundvierzig los, also hab ich noch eine Galgenfrist, denk ich mal. Aus Claires Päckchen klopf ich mir eine Zigarette und schnapp mir ihr geiles Dupont. »Axel«, sag ich, »wer soll denn das sein.«

Nora angelt mit Hilfe einer Serviette das plattgetretene Hühnerbein vom Boden und guckt irritiert auf. Sie traut mir tatsächlich zu, daß ich mir die Namen meiner Lover nicht merken kann. »Hieß er nicht so?« fragt sie mit gerunzelter Stirn. »Dieser Musiker mit dem Pferdeschwanz.«

Als ob ich den Kerl vergessen könnte. Schuldet mir noch achthundert Mark, zu allem andern, aber die kann ich abhaken wie den ganzen Typ. »Kleiner Joke«, sag ich, »aber den gibt's nicht mehr, schon seit Weihnachten.« Was der jetzt wohl macht. Will ich lieber gar nicht wissen.

»Und dein Neuer? Du hast doch bestimmt einen, oder?« Meine Männergeschichten haben Nora schon immer brennend interessiert, klar. Sie ist ja heilfroh, wenn ich *versorgt* bin, wie sie es vermutlich insgeheim nennt, denn wenn ich solo wär, könnt das ja auch irgendwas mit ihr zu tun haben.

»Nick«, sag ich, und dann, um das Thema schnell abzufrühstücken, »neunundzwanzig, studiert noch oder tut jedenfalls so, wohnt seit Mai bei mir und nein, ich hab kein Foto dabei. Reicht dir das?«

Sie betrachtet bedauernd das Hühnerbein, das sie ja nun wohl oder übel wegwerfen muß, schade drum. Spukt ihr garantiert im Kopf rum, der Altersunterschied zwischen Nick und mir, wahrscheinlich assoziiert sie damit automatisch ein exotisches Sexleben, rauschende Nächte und so. Gleichzeitig aber hat es natürlich auch immer was Suspektes, eine Frau meines Alters mit einem zwölf Jahre jüngeren Kerl, wird sofort die Psychoschublade aufgerissen, von wegen Unfähigkeit, sich auf ebenbürtige Partner einzulassen pipapo.

»Dann paßt er auch auf Fiona auf im Moment?« fragt sie.

»Genau«, sag ich, und um das Thema endgültig abzuhaken, greif ich nach den Fotos, die auf dem Sitz neben Nora liegen. »Mein Gott«, sag ich, »ist das Daniel? Der ist ja ein Mann. Wie alt jetzt, siebzehn?«

Hoffentlich läßt sie sich ablenken, ich hab echt keinen Bock, über Nick zu reden, er gehört schließlich auch zu dem großen Wust, den ich paar Tage lang vergessen will. Aber wenn Daniel so weitermacht, sieht er in drei Jahren gespuckt aus wie Achim damals. Diese vermaledeite Linie vom Kinn zum Ohr, Mixtur aus energisch und soft.

Sie nickt glücklich und sagt: »Stell dir vor, er will sich jetzt einen Bart stehenlassen.«

Deckt den Gefahrenbereich zu, denk ich, gut so. Und sag: »Na fein. Reduziert die Stromrechnung.« Und ich blätter die Bilder durch, ausschließlich heitere Szenen eines Pinneberger Familienlebens, Nora, Achim und die Früchte ihrer Liebe, und wie jedesmal versetzt mir diese Dreizehnmal-achtzehn-heile-Welt-Dokumentation in Hochglanz einen Stich, immer noch und trotz allem.

Gott sei Dank erklärt und kommentiert sie nichts, wühlt statt dessen in ihrer Tasche. Und als ich wieder aufschau von den Fotos, hält sie mir einen Apfel hin: »Magst du? Der letzte Prinz, heute morgen noch gepflückt.«

Und schon wieder fall ich zurück, und sie verwandelt sich in die sechsjährige Nora an unserm ersten Schultag. Wir sind eher zufällig nebeneinandergeraten, und sie sitzt ganz ruhig neben mir und guckt mich immer wieder von der Seite an, mit funkelnden grauen Augen, aber irgendwie schüchtern. Und dann greift sie in ihre rotglänzende Schultüte, mindestens doppelt so groß wie meine, holt einen Apfel raus und schiebt ihn zu mir rüber, ganz vorsichtig, Zentimeter um Zentimeter. »Aus unserm Garten«, flüstert sie. »Haseldorfer Prinz. Wenn sie reif sind, klappern drinnen die Kerne.« Und ich nehm ihren Apfel, laß kurz die Kerne klappern, dann beiß ich rein und akzeptiere sie von diesem Moment an als meine Freundin.

»Weißt du noch?« sag ich. »Der Apfel, den du mir geschenkt hast? An unserm ersten Schultag?«

Daß sie sich daran noch erinnert. Ich könnte heulen, so sehr bewegt mich das. »Natürlich weiß ich noch«, sage ich, »von diesem Moment an waren wir doch unzertrennlich. Du hast sogar den Stiel mitgegessen.«

Dodo war damals alles, was ich auch sein wollte: dünn, mutig, freches Mundwerk, sprang schon vom Dreimeterbrett, als ich noch keine drei Züge hintereinander schwimmen konnte. Und als hätte sie dieses Amt gepachtet, war sie während unserer ganzen Schulzeit Klassensprecherin, vor allem deshalb, weil sie nie die geringste Scheu gehabt hat, sich mit den Lehrern anzulegen, notfalls sogar mit dem Direktor, so etwas wie Autoritätsangst war ihr schon damals völlig fremd. Sie war von Anfang an unangefochten der Star unserer Klasse, alle wollten mit ihr befreundet sein, aber sie hat mich erwählt. Von mir hat sie sich morgens zur Schule abholen lassen, von mir hat sie die Hausaufgaben abgeschrieben, meine Schulbrote hat sie gegessen, sich von mir vorsagen lassen. Sie hat sich blind auf mich verlassen, und das konnte sie auch.

Es ist wie immer auf unseren Reisen: Kaum sind wir eine halbe Stunde unterwegs, vergesse ich den ganzen übrigen Planeten und bin nur noch bei Dodo und Claire. Schon als ich mir den neuesten *Stern* gekauft habe vorhin und Claire sich mit drei Tageszeitungen eindeckte, habe ich gewußt, daß ich ihn nicht lesen würde. Was interessiert mich die Welt, wenn ich mit meinen Freundinnen zusammen bin. Oder vielleicht andersherum: Wir sind die Welt. Alles, was wir wirklich wissen und können und fühlen, passiert doch immer im ganz persönlichen Bereich, alles andere bleibt theoretisch und fern. Unser eigentliches Leben findet innerhalb unserer Beziehungen statt, da kann mir keiner etwas anderes erzählen. Und welche Fülle tut sich da auf. Ich wette, auch Einstein hat mehr mit seiner Frau und seinen Freundinnen zu tun gehabt als mit der Relativitätstheorie.

Seit über drei Jahrzehnten kennen wir uns mittlerweile, und insgeheim bin ich richtig ein bißchen stolz darauf, daß wir es geschafft haben, unsere Beziehung über alle Schwierigkeiten hinweg am Leben zu erhalten. Ich kenne nicht viele Leute, die eine Freundschaft über so lange Zeit bewahren, vor allem über diese kritische Phase hinweg, so zwischen zwanzig und dreißig meistens, wenn sich die Prioritäten des Lebens verschieben durch Männer und Kinder und man sich zwangsläufig neu orientiert, was Beziehungen und Kontakte betrifft.

Schade nur, daß ich Dodos kleine Tochter nicht kenne, ein einziges Mal hab ich sie gesehen, da war sie gerade zwei Wochen alt. Dabei hab ich Dodo so oft angeboten, sie mal ein paar Tage zu mir zu nehmen, ich täte es wirklich gerne, kleine Mädchen in dem Alter sind eine reine Freude für mich, vielleicht deshalb, weil ich mich so gut in sie hineinversetzen kann. Hoffentlich denkt Achim an Miriams Klavierstunde und daß sie abends nicht zu lange vor dem Fernseher sitzt. Aber ich habe frei und will mich nicht belasten, sie werden schon zurechtkommen.

Dodo stellt ihre Rücklehne zurück, sie hat sich natürlich wieder mal abgehetzt. Meinen ›Prinz‹ noch in der Hand, schließt sie die Augen, sie konnte das schon immer, schlafen in jeder Situation und sei sie noch so kummerbelastet.

Ich wende mich Claire zu, wir haben ja kaum ein paar Worte gewechselt bisher. Was kramt sie da jetzt raus? Steuerunterlagen? Also das find ich jetzt... Ganz ruhig, entspann dich, sei verständnisvoll. Sie hat viel um die Ohren mit ihrer Galerie, die offenbar phantastisch läuft, sogar im *Pinneberger Tageblatt* steht ab und zu etwas über ihre Vernissagen und die bis dahin unbekannten Künstler, die sie protegiert, sie hat sich auf Amerikaner spezialisiert, sie scheint ein Händchen zu haben für Entdeckungen. Hoffentlich hat sie nicht vor, während der nächsten Tage zu arbeiten.

Sie scheint meine Gedanken zu lesen. »Entschuldige«, sagt sie, »ich muß nur schnell noch das dritte Quartal durchgehen, dauert höchstens eine Stunde, du bist nicht böse?«

Ich schüttle den Kopf und lächle und schaue mir wieder Dodo an, die tatsächlich zu schlafen scheint. Ihre Stiefel müßten neu besohlt werden, wahrscheinlich kommt sie zu so etwas einfach nicht, mit Kind und Job und jetzt auch noch diesem Studenten. Bevor ihr mein Apfel aus der Hand kullert, nehm ich ihn behutsam aus ihren Fingern. Claire schaut auf und lächelt mir flüchtig zu, wir sind uns einig: Bisweilen muß man Dodo unter die Arme greifen. Im Kleinen wie im Großen.

Ob Claire mir mal ihren eleganten Mantel leiht? Weiß steht mir gut, und er müßte mir passen, so weit geschnitten, wie er ist, sie trägt immer noch Größe achtunddreißig, bei mir ist vierzig manchmal schon knapp. Nur zwei, drei Kilo, die ich zuviel hab, mit ein bißchen Kürzertreten hätte ich die schnell wieder runter, aber ich mag nicht, nicht jetzt, außerdem werden sie eher früher als später von allein verschwinden.

Mir fällt ein, wie wir in der Schule manchmal unsere Sachen getauscht haben, in der Pause sind wir ins Mädchenklo gerast und haben uns die Blusen und Pullover über die Köpfe gezogen und saßen dann im Outfit der anderen in der nächsten Stunde. Und jedesmal habe ich mich ein bißchen wie Dodo gefühlt oder wie Claire. Und ich roch dann auch wie sie, ich hätte ihre Sachen im Dunkeln unterscheiden können, allein aufgrund des Geruchs. Claire nach Wasser und ein bißchen Zitrone, kaum spürbar, und Dodo ziemlich heftig nach einem Gemisch aus Haut und Seife und Sportunterricht und irgendwo dahinter auch nach fernen Ländern. Von mir behaupteten sie einträchtig, ich röche nach Pudding.

Inzwischen benutzen wir natürlich alle drei verschiedene Parfums, vor allem Dodo. Aber Claires Mantel sieht so aus, als röche er immer noch nach Wasser mit ein bißchen Zitrus, obwohl er so mollig ist und wahrscheinlich kaum Gewicht hat, zu gerne würde ich ihn anprobieren. Aber ich frag sie lieber später, sie sieht gerade so konzentriert aus dem Fenster, obwohl sie von der Landschaft da draußen garantiert nichts mitkriegt. Wahrscheinlich grübelt sie über ihrer Einnahmen-Überschuß-Rechnung.

Claire

Wie unendlich flach diese Gegend ist, Wiesen, Felder, Gräben, kaum ein Baum oder ein Gebüsch. Und wie tief der Himmel. Natürlich seh ich sofort Dänemark vor mir, obwohl ich nie dort gewesen bin. Und wie oft war ich drauf und dran zu fahren, einmal stand ich sogar schon im Reisebüro, mit Philipp noch, »weihnachtliches Kopenhagen« war im Angebot, aber dann sind wir doch wieder nach Florenz gefahren über Silvester. Philipp war es recht, er kannte die Zusammenhänge ja nicht. Ich habe ihm nie erzählt, daß in Tønder, gleich hinter der deutsch-dänischen Grenze, vor mittlerweile zweiundsiebzig Jahren ein gewisser Erik Sørensen geboren wurde, der mein Vater war. Von ihm habe ich die blonden Haare und auch meine Körpergröße; auf dem einzigen Foto, das ich noch besitze, überragt er meine Mutter um einen guten Kopf.

Ein Winterbild. Vielleicht wurde es von meinem dänischen Großvater aufgenommen, ein knappes halbes Jahr vor dem Unfall. In verblaßter Schrift steht hintendrauf: *Erik og Christine i januar 62.* Meine Eltern stehen eng umschlungen da, die Gesichter einander zugewandt, sie lachen, und um sie herum nur Schnee, unendliche Mengen bis zum Horizont. Wohl deshalb verbinde ich in meiner Phantasie dieses Land immer nur mit Kälte und Eis und kleinen Häusern, die tapfer den Schneemassen trotzen, dabei weiß ich es natürlich besser, ich habe oft gehört und gelesen, daß auch in Dänemark die Sommer so heiß sein können wie in Italien.

Ich erinnere mich nicht mehr, obwohl ich damals dabeigewesen sein muß, im Januar 62, als ich dreieinhalb war. Auch an meine Eltern kann ich mich kaum noch erinnern, wie sie ausgesehen haben, sich bewegt, gelacht. Nur Bruchstücke einer Geschichte weiß ich merkwürdigerweise noch, die müssen sie mir erzählt haben, vorm Einschlafen wahrscheinlich, von Nis Puk, einem Kobold, der nachts kommt, um Unfug zu machen und den Schlaf der Kinder zu stören. Und der mich noch heute verfolgt, wenn er auch kein Kobold war, sondern ein Mensch aus Fleisch und Blut.

Dodo

Obwohl ich nur zu gern mal kurz zu ihnen rüberschielen würde, halt ich meine Augen fest geschlossen, sie sollen um Himmels willen denken, ich schlaf. Ich muß Kräfte sammeln, für diese Tage mit ihnen und überhaupt. Ich werd meine ganze Power brauchen in nächster Zeit.

Aber läuft doch ganz gut bisher. Offensichtlich sind wir alle wild entschlossen, diese Jubiläumsreise zu einem Erfolg werden zu lassen. Die letzte halbe Stunde waren sie beide still. Claire hat in irgendwelchen Papieren rumgefummelt und Nora eine Zeitschrift gelesen, jedenfalls den Geräuschen nach zu urteilen, geht immer zackzack bei ihr, raschel-raschel-nächste-Seite, bei ihrer *Bravo* früher hat sie sich mehr Zeit gelassen. Und gegessen hat sie, eine Mandarine, ein bißchen Schokolade, ausgerechnet Nougat, kann ich nicht ausstehen. Leider funktioniert meine Nase manchmal *zu* gut, bei Tiedjens hing früher immer so ein Duftstein im Klo, allein bei dem Gedanken an den Gestank könnt ich heut noch im Karree kotzen.

Jetzt packt Claire ihren Papierkram weg. »Fertig«, sagt sie. »Entschuldige noch mal. Schon phänomenal, oder? Daß Dodo immer noch so schnell einschlafen kann am hellichten Tag.«

Ich weiß, jetzt gucken sie mich beide an, aber ich zuck mit keiner Wimper.

»Und wie geht es deiner Familie?« Claire begibt sich auf

höflich gedämpften Konversationstrip. »Alles in Ordnung bei euch? Und was macht Achim?«

Um ein Haar hätt ich die Augen aufgemacht, um Noras Gesicht zu sehn, diese mütterlich-nachsichtige Miene, die sie immer aufstülpt bei der Erwähnung seines Namens. Na los, erzähl, Nora: Was macht eigentlich Achim?

Ich hatte ihn damals überredet, mitzukommen zu unserm Abiball. Unser erster öffentlicher Auftritt sozusagen. Ich war irrsinnig nervös, vor allem hatte ich Schiß vor Claire, richtig gebibbert hab ich vor ihrem Urteil. Aber sie war gnädig. »Scheint nett zu sein«, sagte sie auf dem Klo. Für Claires Verhältnisse ein Sonderlob. »Was studiert er?«

»Jura«, hab ich gesagt, lächerlich stolz. »Schon fast fertig.«

Ich war doch so was von selig in dem Moment, alles stimmte. Ich war neunzehn, schön und unbesiegbar, hatte mein Abi in der Tasche, was kaum einer zu hoffen gewagt hatte, ich selber schon gar nicht, ich hatte sogar schon an meiner ersten Demo teilgenommen, in Brokdorf, und hatte mit eigenen Augen gesehen, wie die Bullenschweine mit Wasserwerfern die Demonstranten auf einer Wiese zusammentrieben und in den Dreck schmissen, Hartmut hatte mich mitgenommen, war extra mit paar Freunden aus Berlin gekommen dafür, ich also in allem up to date, und das Leben lag vor mir wie eine Endlosrolle roter Teppich. In ein paar Tagen würde ich mit Claire auf einen Trip quer durch Europa gehn, ich hatte Ewigkeiten für das Interrail-Ticket gespart, ein ganzes Jahr lang zweimal die Woche abends im Ratskeller in der Küche gejobbt, trotz Abistreß, fettige Essensreste von den Tellern gekratzt, scheißschwere

Töpfe und Pfannen gescheuert, echt sauer verdiente Kohle. Und ich hatte Achim. Der vier Wochen später nachkommen sollte, in Italien wollten wir uns treffen, wir hatten uns auf Portofino geeinigt, das klang so vielversprechend, vorher mußte er nur noch eine Prüfung hinter sich bringen. Die Vorstellung, daß ich bald drei ganze Wochen Ferien mit ihm haben würde, ließ mich fast ausrasten vor Freude.

Ich war so jung, so arglos, im Grunde hatte ich doch bis dahin nie was wirklich Schlimmes erlebt, auch Brokdorf war doch eher ein Event für mich gewesen, ich hab mich zwar höllisch aufgeregt, aber was wußte ich denn schon tatsächlich von Politik. Und überhaupt vom Leben. Okay, mein Vater war abgehauen mit der Kirchenmaus, als ich sieben war, hatte meine Mutter sitzenlassen mit zwei Kindern und ohne einen Pfennig, und wir mußten aus dem Haus im Jägerkamp raus, aber das war schon so lange her, ich konnte mich kaum noch an ihn erinnern. Und sonst? Ich hatte mich immer so durchgemogelt, ich war ein Glückskind, und natürlich dachte ich, es würde immer so weitergehen und ich würde ohne große Blessuren durchs Leben zischen.

In meinem Glück konnte ich großmütig sein. Mir taten alle Mädchen leid, die keinen Achim hatten. Und so hab ich ihn auf Nora aufmerksam gemacht. »Mit der mußt du mal tanzen«, hab ich gesagt, »meine zweitbeste Freundin, supernett.« Dabei wollt ich nur ein gutes Werk tun, weil Nora den ganzen Abend von Lothar Kampe belagert wurde, diesem schleimigen Streber, Pickellotti genannt, der seit der Sexta in sie verknallt war und ihr ständig hinterhergelatscht ist. Achim hatte erst keinen Bock auf Nora, da gefiel ihm Claire schon besser, aber als ich ihn dann so richtig lieb gebeten hab, hat er sie aufgefordert, Foxtrott, weiß ich noch genau. Und danach hat sie ihn an den Tisch ihrer Eltern geschleift, und der alte Tiedjen, Noras *Paps*, hat sich lange mit ihm unterhalten, irgendwas Juristisches wahrscheinlich, Tiedjen war ja *der* Rechtsanwalt und Notar von Pinneberg. So sind sie sich damals zum ersten Mal begegnet, Nora und Achim. Ich hab gekuppelt, sozusagen. Wenn das nicht wahnsinnig komisch ist.

Nora

Dodo sieht irgendwie rührend aus, wenn sie schläft. Wenn ich ein Mann wäre, ich würde mich vermutlich in sie verlieben und nicht in Claire, vor deren Perfektion ich wahrscheinlich zu viel Respekt hätte. Dodo ist irgendwie menschlicher. So ganz ohne Scheu, ihre Gefühle zu zeigen. Kaum vorstellbar, daß sie mit ihren Emotionen jemals hinterm Berg hält. Wut, Freude, Lust, Trauer, alles muß bei ihr sofort heraus. Bestimmt auch damals, als sie erfuhr, daß Achim und ich... Heute noch bin ich froh, daß ich nicht dabeisein mußte, es wäre mir äußerst unangenehm gewesen, dabei weiß ich, daß ich wirklich kein schlechtes Gewissen zu haben brauchte. Sie hat es mir in gewisser Weise leichtgemacht damals, jedenfalls für den Moment. Hat einfach den Kontakt abgebrochen, mich aus ihrem Leben gestrichen, ich war nicht mehr existent für sie: Nora? Kenn ich nicht, nie gehört.

Zwölf Jahre lang habe ich mir den Kopf zermartert, wie ich die Geschichte wieder einrenken kann. Und als die Gelegenheit dann kam, war alles so einfach.

Ich weiß noch, welche Angst ich vor dem Wiedersehen hatte. Ich bin ja damals ganz spontan zu ihr gefahren, kaum daß Claire mir am Telefon erzählt hatte, was los war. Im Zug von Hamburg nach Köln bin ich erst so richtig zur Besinnung gekommen, ich hab mir alle Möglichkeiten ausgemalt. Daß sie mir die Tür vor der Nase zuschlägt, daß sie mich anbrüllt, daß sie mich behandelt wie eine Fremde. Trotzdem wollte ich es versuchen, wenigstens dieses eine

Mal. Wie sehr ich unter unserer Trennung litt, hatte ich nie jemandem erzählt, nicht einmal Claire und Achim sowieso nicht. Mit mir über Dodo zu reden interessierte ihn nicht, und wenn Achim sich für irgendein Thema nicht interessiert, ist jeder Versuch völlig sinnlos.

In Köln habe ich mir ein Taxi genommen und bin zu ihrer Wohnung gefahren. Bestimmt zehn Minuten habe ich vor ihrer Tür gestanden, ich habe gefroren und geschwitzt vor Angst. Meine Finger haben gezittert, als ich endlich geklingelt hab.

Mit allem hatte ich gerechnet, nur nicht damit, daß sie in Tränen ausbrechen würde, als sie mich sah. Wir standen in der offenen Wohnungstür, ich hab sie in den Arm genommen, und sie weinte Sturzbäche in den Kragen meiner Jacke. Da hab ich gewußt, daß ich das einzig Richtige getan hatte. Daß alles wieder gut werden würde zwischen uns.

Claire

Nora und ich sind in den Speisewagen gegangen, einen Kaffee trinken. Für Dodo hat sie einen Zettel hinterlassen, könnte ja sein, daß die beim Aufwachen denkt, wir sind aus dem fahrenden Zug gesprungen. Unterwegs bin ich kurz im Klo verschwunden und habe noch eine *Lenz 9* geschluckt, reine Vorsichtsmaßnahme, ich fühle mich eigentlich ganz gut. Aber ich will auf keinen Fall sentimental werden, die Gefahr ist groß, ich kann dieses heutige Datum nun mal nicht aus meinem Kopf verbannen, sosehr ich mich auch bemühe. Manchmal glaube ich, ich verbringe mein ganzes Leben mit dem krampfhaften Versuch, an so vieles *nicht* zu denken. Und immer scheitere ich.

Sie zupft an dem kleinen Strauß aus Plastikblumen, der zwischen unseren Bechern steht. »Weißt du, ich hab immer noch diese aparte grüne Vase, die deine Mutter gemacht hat«, sagt sie. »Hat sie mir zur Konfirmation geschenkt damals. Mit einem Strauß Maiglöckchen. Tausendmal runtergefallen und immer noch heil.«

»Wie schön«, sage ich. Der Kaffee ist heiß und schmeckt nach alter Männersocke, wie Dodo sagen würde. Immerhin kann ich mich darauf verlassen, daß Nora jetzt bis zur nächsten Station in Erinnerungen an unsere gemeinsame Konfirmation schwelgen wird, sie weiß noch genau, welche Kleider wir trugen und wer was von wem geschenkt bekommen hat, sie kann sogar noch ihren und meinen und Dodos Spruch auswendig, keine Reise, auf der sie diese Bibelstellen nicht zitiert, sie gehören zu ihrem festen Repertoire. Sie ist glücklich dran. Sie kann mit ihren Erinnerungen umgehen wie mit einem Setzkasten, alle Einzelteile werden immer wieder vorgeholt und hin- und hergewendet und benutzt und der Mitwelt präsentiert. Beneidenswerte Methode: nicht nur wiederkäuen, sondern zugleich alles Unangenehme aussortieren, so daß sich alles zu einem immer angenehmeren Bild neu zusammenfügt. Wenn man ihr glaubt, hat sie eine durch und durch glückliche Vergangenheit. Undenkbar, daß sie jahrelang an irgend etwas herumkaut wie ich an diesem Datum heute.

Dabei hatte ich mir die ganze Sache dramatischer vorgestellt, langwieriger. Aber wir waren nach ein paar Minuten wieder draußen aus dem Verhandlungszimmer. Unsere gemeinsame Anwältin hat sich eilig verabschiedet und sagte auf Wiedersehen, ohne daß Philipp oder ich widersprochen hätten. Sie mußte zum nächsten Termin, für sie war Routine, was für mich der Weltuntergang war.

Auch Philipp wollte weiter, ich habe das deutlich gespürt, für ihn setzte dieser Tag nur den offiziellen Schlußpunkt unter eine längst erledigte Geschichte. Aber dann hat er mich gefragt, ob wir noch einen Espresso zusammen trinken wollen, zum Abschied. Ich habe nur genickt, meine Zunge lag mir im Mund wie ein Stück Löschpapier.

Wir saßen dann in einem kleinen Café in der Nähe des Gerichts, es war voll und laut, am Tisch neben uns drängte sich eine siebenköpfige indische Familie, die Mutter im orangefarbenen Sari, sie hatte das Jüngste auf dem Schoß, es schrie die ganze Zeit, und sie strich ihm irgendwelche Tropfen aus einer kleinen braunen Flasche auf die zahnlosen Kiefer. Philipp hat versucht, Konversation zu machen, er hat von einem Bürokomplex erzählt, den er demnächst bauen würde, und wahrscheinlich äußerst komische Anekdoten über Bauherren, Genehmigungsverfahren und Handwerker, ich kannte ja seine Mimik in- und auswendig und seinen Witz und seine Themen für quasi offizielle Anlässe. Aber ich hörte nur das Baby neben uns schreien, und ich habe gelächelt und in meiner Tasse gerührt und meinen Blick an Philipp vorbei auf die durcheinanderplappernden indischen Kinder gerichtet, und in meinem Kopf verhakte sich wie ein Rettungsanker das Wort *Orgelpfeifen*. Ich glaube, ich habe kein einziges Mal den Mund aufgemacht in dieser halben Stunde, wozu und worüber hätte ich noch reden sollen. Es war zu spät, wir waren geschiedene Leute.

Die *Lenz 9* wirkt schnell, ich kann mich ohne Schmerz an diesen Tag vor zehn Jahren erinnern, von dem niemand weiß. Außer Philipp natürlich, aber er wird nicht daran denken. Der Tag einer Scheidung ist kein Datum, das man im Kalender vermerkt wie Geburts- oder Hochzeitstage. Geschafft, erledigt, vorbei, Gott sei Dank, so hat er es sicher empfunden. Wieso kann ich das eigentlich immer noch nicht. Endlich alles zu den Akten legen.

Sie hat Claire in der Mangel, als sie aus dem Speisewagen zurückkommen, es geht um *ihren* Daniel, der offensichtlich pubertären Streß macht. Eigentlich sollte Claire seine Patentante werden, Nora muß sie wochenlang bequatscht haben damals, 82 war das und ich bis über den Kragen in der Berliner Hausbesetzerszene. Ecke Grainauer Straße entdeckten wir diese Telefonzelle, man steckte einen Groschen rein und konnte endlos nach Japan telefonieren, wenn man wollte, dauerte drei Tage, bis die Schnarcher von der Post das gemerkt haben. Ich natürlich auch bei Claire angerufen und sie nach News ausgequetscht und ihr gesagt, daß sie mich vergessen kann, wenn sie das macht und sich auf Noras Seite schlägt, aber sie hat gesagt, sie kann eh nicht hin, weil sie auf Exkursion geht mit ihrem Seminar, französische Kathedralen oder weiß der Geier, wohin. Und ob ich mich nicht mit Nora wieder vertragen will. Ich hab auf die Gabel geschlagen und postwendend die Zeitansage in Japan angerufen, die Nummer kannten wir alle, irgendwas mit tausend Siebenen.

Als Noras Kronprinz dann Jahre später konfirmiert werden sollte, waren wir ja längst wieder on good terms, Nora und ich, und sie ging selbstverständlich davon aus, daß Claire und ich kommen würden. Claire hat sich tatsächlich geopfert, ich hatte eine Scheißangst, sie würde sich verplappern, aber hat sie nicht. Ist mit Unmengen von Geschenken da aufgekreuzt und ziemlich schnell wieder geflüchtet, aber klar, daß Nora ihr seitdem eine ganz besondere Beziehung zu ihren Kids andichtet.

»Ich hab schon überlegt, ob ich ihn dir nicht mal nach München schicke«, flüstert Nora, »vielleicht kriegst du ja was aus ihm raus oder kannst ihm mal bißchen zureden, er bewundert dich, das weißt du ja.«

Arme Claire. Was soll sie mit einem Siebzehnjährigen anfangen, ihn in ihrer Galerie ausstellen? Und er. Hat doch garantiert null Nerv, so eine mittelalterliche Tante zu besuchen, was hat die ihm schon zu bieten, Geschenke kann man schließlich auch per Post kriegen. Wetten, der ist ein kleiner Raffgeier?

Ich tu so, als ob ich grad aufwach, ausgiebiges Gähnen und Räkeln. »Ich könnt was essen.«

Trick siebzehn, wirkt prompt. »Erst die Vitamine«, sagt Nora und wirft mir ihren ›Prinz‹ wieder zu, dann greift sie nach ihrem Proviant, seit zehn Jahren ist sie für die Verpflegung auf unseren Reisen zuständig, und sie nimmt diese Aufgabe verdammt ernst. Sie fördert eine Tupperdose zutage, die sie mir strahlend präsentiert. »Käsegebäck, extra für dich gebacken, das ißt du doch so gerne.«

Daß sie sich so was merkt. Hat sie also gestern abend mindestens zwei Stunden lang in der Küche gestanden und Käsestangen für mich gemacht. Tut sonst kein Schwein für mich. Rührt mich irgendwie. Ich stopf das Zeug in mich rein, es ist wirklich klasse, auch sie greift zu. Den Apfel steck ich unauffällig in meine Tasche.

»Echte Butter«, sagt sie genießerisch. »Wißt ihr noch? Wie damit gespart wurde, als wir noch klein waren?«

»Bei euch doch nicht«, sag ich, »ihr hattet Joghurt und

Räucherlachs im Kühlschrank, als ich noch gar nicht wußte, daß es so was überhaupt gibt«, und reich die Dose an Claire weiter, obwohl ich schon vorher weiß, daß sie nichts nimmt. In aller Öffentlichkeit zu essen widerstrebt ihr, warum, weiß ich nicht. Sie hat garantiert in ihrem ganzen Leben noch nie eine Wurst oder eine Pizza im Stehen und aus der Hand gegessen. Schon als Kind war sie so, auf der Straße mochte sie nicht mal von meinem Brot abbeißen, was Nora andauernd tat, und die kam nun echt aus einem Haus, in dem alles immer nur etepetete war.

Aber auch Claires Eltern standen in der bescheuerten Pinneberger Hierarchie über mir und meiner sogenannten Restfamilie, er als Leiter des städtischen Bauamts und sie als dilettierende Künstlerin, na ja, was man eben in Pi-Dorf so dafür hielt. Sie hat getöpfert, auf gut Deutsch, unten im Keller ihres Reihenhauses im Rosenhof stand ihre Scheibe, billig war das Zeug nicht, Ma hätte sich eine Schüssel von Susanne Backe jedenfalls nicht leisten können. Bestimmt hat Claires Mutter ganz schön Schotter nebenher verdient, sie hat auch Kurse gegeben in der Volkshochschule, »Kreatives Arbeiten mit Ton« oder so ähnlich. Ging total auf in ihrer *Kunst*, war eigentlich kaum jemals zu sehen oben in ihrem Haus, immer in ihrem sogenannten Atelier im Keller zugange.

Wenn ich's mir recht überlege, war sie total farblos, eigentlich hab ich sie kaum gekannt. Genau wie den Alten. Ich hab ja auch nur ein paarmal bei denen übernachtet, irgendwie wollten die das nicht so gern, und bei mir durfte Claire nicht, bis auf dieses eine Mal an meinem Geburtstag, als sie noch ziemlich neu in unserer Klasse war, danach war

Sense, keine Ahnung, warum. Erst als wir fünfzehn, sechzehn waren oder so, haben wir das wieder gemacht. Wahrscheinlich nicht der richtige Umgang für ihr Schmuckstück, verlotterte Göre, die ich war, deren Vater mit einer zwanzigjährigen Orgelschülerin die Biege gemacht hatte und die mit ihrem abartigen Bruder von ihrer Mutter allein aufgezogen wurde. Und wir armen Schweine hausten ja auch nur in der Ebertstraße, in einem dieser langweiligen Wohnblocks, nicht grad die feinste Gegend, aber zu mehr hat's eben nicht gereicht.

Auf Claires Freundschaft mit Nora dagegen waren die Backes natürlich total heiß, Tiedjens gehörten schließlich zu den oberen Zwanzig. Und sie wohnten ja auch nah beieinander, Backes im Rosenhof und Tiedjens An der Drostei, mit bevorzugtem Blick auf das einzig schöne Bauwerk in Pinneberg, »Rocaille«, sagte die alte Tiedjen immer, wobei sie den Mund erst spitz machte, dann breit wie ein Frosch, dabei trifft der Begriff strenggenommen ziemlich daneben, aber die gab an mit dem Gebäude, als hätte sie es mit eigenen Händen erbaut, und bei jeder Gelegenheit hat sie uns mit ihren historischen Döntjes genervt, daß Dänemark mal bis nach Altona reichte und daß man sogenannte Drosten als Verwaltungsbeamte eingesetzt hat und daß die quasi kleine Könige waren pipapo. Und daß der Blick auf das historische Haus und die alten Eichen davor ihr das Gefühl vermittelten, mit der endlosen Kette ihrer Vorfahren verbunden zu sein oder so ähnlich, »Familie Tiedjen von Gottes Gnaden«, hat Hartmut immer gesagt.

Noras *Paps* und Walter Backe hatten auch beruflich miteinander zu tun, irgendwie gab's da eine Seilschaft zwischen denen. Gute Bekannte, hieß das in dem Kaff, aber ich könnte schwören, die beiden haben verdammt abgesahnt. Und Noras *Mami* kam ursprünglich aus Quickborn, hat Ma mir mal erzählt, war pure Hybris, ihr historisches Kettengefühl, aber bitte. Kann man ja auch sinnbildlich interpretieren.

Auch umgekehrt sind Noras Eltern natürlich total begeistert gewesen von Claire, eine passendere Freundin hätten sie sich für ihr einziges Kind nicht vorstellen können als die schöne, kluge, wohlerzogene kleine Backe.

Die haben beide noch mit zwölf geknickst, Claire und Nora, muß man sich mal vorstellen, ich wär doch eher gestorben, als vor irgendwelchen Dämlacken den Hampelmann zu spielen, aber da hat mir Ma natürlich den Rücken gestärkt, eigentlich war sie unheimlich fortschrittlich, was ihre Erziehungsmethoden anging, war mir natürlich nicht bewußt damals. Aber ich hätte weder Noras *Paps* noch Backe zum Vater haben wollen, das wußte ich immer.

Um Backe gab's dann ja auch diese peinliche Affäre, anders wurde in Pinneberg von der Geschichte nie gesprochen. Aber das war Ende 77, da waren Claire und ich schon in München, und sie wollte über die Sache nicht reden. Zu Nora hatte ich keinen Kontakt, also hab ich im Grunde keine Ahnung, was da eigentlich abgegangen ist, Ma wußte auch nur das, was im *Tageblatt* gestanden hat. Aber mich hat das alles sowieso nicht besonders interessiert, ich wollte generell nichts mehr wissen von diesem Pißdorf und seinen Schildbürger-Skandalen, für mich war Pinneberg gestorben und all seine Einwohner dazu, von Ma natürlich mal abgesehen. Sie hätte da weggehen sollen damals, als Hartmut und ich aus dem Haus waren, sie hätte ganz woanders neu anfangen können. Aber irgendwie hing sie an dem Kaff, hatte schließlich ja auch ihr ganzes Leben da verbracht, und wo hätte sie auch hin sollen, ich war damals echt nicht auf dem Trip, ausgerechnet mit meiner Mutter zusammenzuleben, und Hartmut schon gar nicht, damals war der gerade in Berlin mit Michel zusammengezogen.

»Wenn du dich da mal nicht irrst«, sagt Nora und packt ihre Tupperdose wieder ein, »ich hab das absolut deutlich vor Augen: du und dein Bruder an einem Sommerabend auf eurem winzigen Balkon, und eure Mutter mußte noch irgendwohin, nach Hamburg, glaube ich, sie hat es furchtbar eilig gehabt und stellte euch Radieschenbrote und Joghurt hin. Wir waren höchstens in der zweiten Klasse, Claire war jedenfalls noch nicht dabei. Es muß kurz nach eurem Umzug in die Ebertstraße gewesen sein, ich meine mich zu erinnern, daß noch tausend Kisten rumstanden.«

Ich verschluck eine Antwort. Von tausend Kisten kann nicht die Rede sein, aber sie weiß eh alles besser als ich. Nur eins nicht, aber das werd ich ihr nicht auf die Nase binden.

Nora

Der Zug läuft auf die Minute pünktlich ein, wir stehen mit unserm Gepäck vor der Waggontür eingekeilt zwischen anderen Fahrgästen, wir lächeln uns zu, verstehen uns auch ohne Worte. In einer halben Stunde werden wir im Hotel sein, ein langer Abend liegt vor uns. In mir ist grenzenlose Vorfreude, ich möchte jede Sekunde dieser Reise ausdehnen ins Unendliche, jeden Moment will ich in mich aufnehmen, ihn bewahren wie ein Schmuckstück, das ich in ein Kästchen packen und jederzeit herausholen kann, um es von allen Seiten zu betrachten und mich an seinem Besitz zu freuen. Und wie so häufig in letzter Zeit muß ich an meinen Konfirmationsspruch denken, wie durch ein Wunder sind plötzlich alle Zweifel an seinem Sinn und Wahrheitsgehalt verflogen. Paps hat ihn damals für mich ausgesucht. *Wer da kärglich sät, der wird auch kärglich ernten; und wer da sät im Segen, der wird auch ernten im Segen.*

Und automatisch muß ich daran denken, wie Dodo ohne jede Vorwarnung im Konfirmandenunterricht ihren Finger gehoben hat und mit Unschuldsmiene die Frage stellte, ob nicht Sprüche 1, Vers 10 wie gemacht sei für Nora. Bevor Pastor Lüders überhaupt reagieren konnte, erhob sie sich, schlug ihre Bibel auf und las mit frommem Augenaufschlag die Textstelle vor: *Mein Kind, wenn dich die bösen Buben locken, so folge nicht.* Natürlich haben alle gelacht und getrampelt und auf Lothar geguckt, dem das Blut ins Gesicht schoß. Ich hätte Dodo damals am liebsten auf der Stelle umgebracht, heute muß ich lachen. Meine Dodo. Wie frech und amüsant sie schon immer war.

Ich bin so voller Zuversicht wie schon lange nicht mehr. Am liebsten würde ich lauthals singen. So lauthals und fröhlich, wie Dodo damals auf der Straße *Marmor, Stein und Eisen bricht* gesungen hat, als wir am Radieschenbrotabend zu uns gegangen sind, weil sie bei mir schlafen durfte, vorbei an den beiden riesigen Ting-Steinen vor der Drostei, auf denen man in heidnischen Zeiten Dieben die Hand und Ehebrecherinnen die Köpfe abgeschlagen hat.

Wie immer ist Dodo auch dieses Mal draufgestiegen und hat nachgeguckt, ob man vielleicht doch noch Blutspuren in den Steinfurchen sieht. Ich weiß es deswegen noch so genau, weil sie mich in diesem Moment in einen besonders qualvollen Zwiespalt stürzte. Denn obwohl alle Vorbeikommenden guckten und lachten, hörte sie nicht auf, aus voller Brust *Marmor, Stein und Eisen bricht* zu singen, und ich wußte nicht, ob ich sie bewundern sollte oder mich für sie schämen.

Claire

Das Hotel ist leider drittklassig, Plastikmöbel, künstliche Grünpflanzen, dunkle Billigtüren. Nora hat gebucht, so wie immer, ich überlasse das ihr, mir wären die Preise egal, aber sie zahlt schließlich für zwei.

Beim ersten Mal hat Nora für Dodo, die ja damals kaum einen Pfennig hatte, sämtliche Kosten übernommen, was Dodo natürlich nicht wissen durfte, sie hätte sich nie darauf eingelassen unter den Umständen. Für Nora war diese Reise zu dritt aber unendlich wichtig, als Beweis ihrer Versöhnung mit Dodo sozusagen, also hat sie mich gebeten, Dodo zu sagen, ich würde sie einladen. Und dabei ist es geblieben. Angeblich bezahle ich alles für Dodo, während in Wirklichkeit Nora die Kosten übernimmt. Ich mag dieses Spiel nicht, das weiß Nora, aber sie überredet mich jedesmal wieder. Und ich denke, es ist ein harmloser und im Grunde liebevoller Betrug im Vergleich zu Dodos Lügen.

Man hat uns im vierten Stock untergebracht, mein Zimmer ist klein, nur mit dem Nötigsten möbliert, spießig. Aber wenigstens warm. Das einzige Problem ist die Bettwäsche, großkariert, ich werde darin nicht schlafen können. Ich werde bei der Rezeption anrufen, in diesem Hotel muß es doch einfarbige Wäsche geben, ich würde dafür jeden noch so unverschämten Aufpreis bezahlen. Ich will nicht riskieren, daß durch eine solche Kleinigkeit meine gute Stimmung zunichte gemacht wird.

Als wir vorhin im Taxi vom Bahnhof zum Hotel fuhren, auf der Rückbank so eng aneinandergedrängt, fiel mir Dodos elfter Geburtstag wieder ein, und ein Gefühl von Vertrautheit und Entspannung breitete sich in mir aus. Aber vielleicht erinnere ich mich an dieses Fest ja nur deshalb so gerne, weil es nur wenige Wochen vor meiner Schmach stattfand und ein Synonym geworden ist für Unbeschwertheit und Arglosigkeit, ich weiß es nicht.

Wir wohnten damals gerade erst zwei Wochen in Pinneberg, meine Freundschaft mit Dodo und Nora war natürlich noch im Anfangsstadium, und wir gingen vergleichsweise scheu miteinander um. Ich weiß noch, wie sehr ich mich gefreut habe, als Dodo mich einlud, wie ich nach der Schule euphorisch davon erzählte und wie sie reagiert haben, der Alte und Susanne, alles andere als begeistert: »Bei der kleinen Schulz? Und auch noch über Nacht?« Es war das erste Mal und für lange Zeit auch das letzte, daß ich woanders schlafen durfte, aber das ahnte ich damals nicht.

Nur Nora und ich waren eingeladen, mehr Mädchen hätten auch beim besten Willen nicht in Dodos enges Zimmer gepaßt. Frau Schulz hat uns Matratzen auf den Fußboden gelegt, auch Dodo schlief nicht in ihrem Bett, sondern neben uns. Ich war vorher schon bei anderen Kindergeburtstagen gewesen, in Plön, mit Kuchenschlacht, Topfschlagen und Eierlaufen, aber Dodos Fest war ganz anders.

Am Nachmittag sind wir nach Hamburg ins Kino gefahren, mit Dodos Mutter, *Die Ferien des Monsieur Hulot,* alberner Schund, hätte der Alte wahrscheinlich gesagt. Dodo wäre lieber in *Easy Rider* gegangen, der war damals gerade angelaufen, und in den Klassen über uns sprachen alle davon, Dodo fand Peter Fonda so toll, sie hatte eine

Zeitlang sogar ein Foto von ihm über ihrem Bett hängen, aus Noras *Bravo* wahrscheinlich, aber der Film war für Kinder nicht freigegeben. Ich war damals erst zum dritten Mal im Kino, bei Nora kann es kaum anders gewesen sein, dafür gingen ihre Eltern aber jedes Jahr mit ihr in Hamburg ins Weihnachtsmärchen.

Wir hatten so viel Spaß im Kino, wir konnten gar nicht aufhören zu gackern über diesen komischen dünnen Mann, Dodos Mutter hatte auf der Rückfahrt in der Bahn immer noch Schluckauf. Bei ihnen zu Hause gab es dann selbstgemachte Pizza, damals noch etwas ziemlich Exotisches bei uns im Norden, dazu süße Brause und zum Nachtisch drei verschiedene Sorten Götterspeise, grün, rot, gelb, lauter Sachen, die Susanne mir nie erlaubt hätte, und als wir, gegen halb elf erst, ins Bett gingen, kriegten wir noch Erdnüsse und eine ganze Schachtel Katzenzungen mit, für ein Picknick im Bett, wir haben uns nicht einmal die Zähne geputzt an diesem Abend. Auf der Schachtel waren drei Kätzchen abgebildet, mit Schleifen um den Hals, rosa, hellblau und gelb, zwei schmiegten sich zärtlich aneinander, die dritte saß daneben und putzte sich. Und Nora sagte: »Ich bin die, du bist die, und du bist die«, und ich war die, die sich die Pfote abschleckte.

Dodo hatte von ihrer Mutter ein Kofferradio geschenkt bekommen, und es lief den ganzen Abend, sogar beim Essen. Frau Schulz sang die Lieder mit, sie kannte jedes einzelne, das hat mich sehr verblüfft, überhaupt war sie ganz anders als Susanne oder Frau Tiedjen. Als ihr ein Glas aus der Hand fiel, sagte sie: »Scheiße!« Nora und ich guckten uns erschrocken an, aber weder Dodo noch ihr Bruder haben auf dieses Wort reagiert, es war offensichtlich an der Tagesordnung bei ihnen.

Das Kofferradio haben wir dann mitgenommen in Dodos Zimmer, und als ein langsamer Schlager kam, hat Dodo eine große Show für uns abgezogen, ihre Haarbürste war ihr Mikrofon, sie hat getanzt und gesungen und ihr Kopfkissen an die Brust gedrückt und geküßt, Nora und ich saßen im Nachthemd auf unseren Matratzen und haben so gelacht, daß uns die Katzenzungen wieder aus dem Mund fielen.

Dann fingen wir an, hintereinander im Kreis über die Matratzen zu stapfen und dabei Erdnüsse in die Luft zu werfen und mit dem Mund wieder aufzufangen, ich wäre fast erstickt dabei, weil ich nicht mit dem Lachen aufhören konnte. Nie zuvor in meinem ganzen Leben hatte ich irgend etwas so witzig gefunden, überhaupt der ganze Tag war so unerwartet heiter und unbeschwert gewesen, daß ich nicht anders konnte, als haltlos weiterzulachen, obwohl ich kaum Luft bekam. Sie haben auf meinem Rücken herumgetrommelt, und wir landeten in einem Knäuel auf den Matratzen und gackerten und kreischten, weil die Erdnüsse so piksten. Und niemand kam herein und zeigte mit vorwurfsvoller Miene auf die Uhr.

Später lagen wir dann nebeneinander. Sie hatten mich in ihre Mitte genommen, und wir wollten unbedingt bis Mitternacht wach bleiben. Wir haben über die Jungen in unserer Klasse geredet, welcher von ihnen der beste war, und Nora war beleidigt, als Dodo schrie: »Du heiratest doch sowieso Pickellotti!« und ich prompt wieder einen Lachanfall bekam.

Es war für mich ungewohnt, so eng zwischen den beiden zu liegen, aber ich fand es herrlich, ich fühlte mich geborgen und beschützt. Ich muß vor ihnen eingeschlafen sein, jedenfalls hat Dodo das am nächsten Morgen behauptet, als wir im schokoladenverschmierten Bett Marmeladenbrote aßen und die letzten Erdnüsse aufteilten, und das Kofferradio lief schon wieder.

Als Nora fragte, ob sie die Katzenzungenschachtel haben könnte, weil sie die Kätzchen so niedlich fand, hat Dodo einen Moment gezögert. Sie hätte die Schachtel natürlich selber gern behalten, und auch ich hätte sie gern gehabt, aber das hätte ich nie zu sagen gewagt. Außerdem lag noch eine allerletzte Katzenzunge darin, weil wir am Abend gerecht geteilt hatten, und eine war übriggeblieben. Auch Nora bemerkte Dodos Zögern, sie hob ihre Tatzen, legte ihr Gesicht in Falten und machte »miau-miau«.

Dodo nahm die letzte Katzenzunge, ließ zuerst mich das eine Ende abbeißen, dann Nora das andere und stopfte sich das übriggebliebene schmale Mittelstück in den Mund. Dann reichte sie Nora die leere Schachtel, plinkerte mir zu und sagte: »Damit sie was hat, worin sie Pickellottis Liebesbriefe aufbewahren kann. Verstehst du?« Und schon wieder mußte ich kichern. Das Stückchen Katzenzunge zerschmolz auf meiner Zunge, und ich bewunderte Dodo, weil sie den Bogen raushatte, großmütig zu sein und sich doch die Butter nicht vom Brot nehmen zu lassen. Und eigentlich hat sie mich als Siegerin aus dieser Situation hervorgehen lassen, ich konnte mich wie auf ein kleines Podest gehoben fühlen, von dem aus ich auf Noras Bettelei und Dodos schmerzliches Opfer gelassen herabschauen konnte, aber trotzdem einbezogen war in ihre Geheimnisse.

Wir kennen uns nun schon so lange, habe ich vorhin im Taxi gedacht, als ich links von mir Dodo spürte und rechts Nora, wir fuhren durch die fremden Straßen und sagten nur: »Guck doch mal!«, oder »Hast du das gesehen da eben?«, oder »He, ein Chinese!«, in den Kurven sind wir miteinander nach links oder rechts gefallen und haben dabei ein bißchen übertrieben und ein bißchen gelacht. Genau so haben wir schon als Kinder hinten im Auto gesessen, wenn Noras Mutter oder Susanne uns von einem Schulfest abholten. Wir sind im gleichen Dunstkreis aufgewachsen, haben so viel geteilt, so viel erlebt zusammen. Ich kann mich in ihrer Gegenwart sicher fühlen, immer, auch heute noch. Ich weiß ja, daß sie mich mögen. Daß sie an mir interessiert sind und mich verstehen, mit all meinen Macken und Schrullen. Und plötzlich habe ich Hoffnung geschöpft und mir vorgenommen, ihnen alles zu erzählen. Wem sonst, wenn nicht ihnen.

Dodo

Diese Stadt ist ein Fehlaufriß, hab ich auf den ersten Blick gesehn. Kalt, düster, deprimierend. Und überall dieses schweineschwarze Mittelalter. In Italien wär's jetzt bestimmt noch warm, zumindest tagsüber. Wir könnten im Pullover draußen sitzen, in der Sonne. Aber muß ja immer eine Stadt mit einzigartigen Kulturschätzen sein, wo es Bedeutendes und Interessantes zu sehen gibt, das man nachher in seinem Bildungsordner abheften kann.

Schon das Hotel. Das erste, was uns in der popligen, mit staubigen Plastikpalmen überfrachteten Halle über die Füße gelaufen ist, war ein Pulk Nonnen. Allein das würde mir normalerweise schon reichen, um sofort wieder abzuhauen. Bräute Christi. Kotz.

Jetzt tappern wir durch die Altstadt, Nora mit dem Reiseführer vorneweg. Quasselt was von einer weltberühmten Kirche mit spätgotischem Chorgestühl, das wir uns morgen ansehen sollen. Ich frier, unangenehmer Wind hier. »Können wir nicht ins Warme gehen?« sag ich und versuch, Engelsgeduld in meine Stimme zu legen. »Wird hier doch wohl irgendwo eine anständige Kombüse geben, oder?«

Die Erwähnung einer Kombüse war ein Fehler. Prompt erzählt sie uns wieder mal von ihrem ersten und einzigen Segelturn mit Achim, sie waren noch verlobt. Verlobt, mein Gott. So was macht man doch höchstens wegen der Geschenke, aber egal.

Der Skipper – Nora liebt diese Vokabel – war ein Studienfreund von Achim und hatte irgendwelche Beziehungen zu Leuten mit Boot am Bodensee. Und er hatte seine Mieze dabei, und natürlich taten sie es unentwegt, ob Nora zuhörte oder -sah, war ihnen egal, klar, wär mir auch schnurz gewesen damals. Natürlich hatte Nora erwartet, daß auch Achim bei jeder sich bietenden Gelegenheit über sie herfallen würde, war ja ihre erste gemeinsame Reise ohne *Paps* und *Mami*, die Gelegenheit wär also mehr als günstig gewesen, weit weg zehn Tage zusammengepfercht auf ein paar Quadratmetern.

Aber Noras erotische Erwartungen wurden bitter enttäuscht. Schon am ersten Tag hat sich Achim einen derartigen Sonnenbrand draufgeschafft, daß nichts mehr ging, außer im Schatten abzuhängen und jeder Berührung aus dem Weg zu gehen. Nachts hatte er Schüttelfrost, und sie haben ernsthaft überlegt, ihn zu einem Arzt zu bringen, mit einem Sonnenstich ist schließlich nicht zu spaßen. Aber Achim war ja so tapfer. Nahm sich Tag und Nacht zusammen und litt still und mit Haltung vor sich hin. Allerdings zog er nachts in die Kombüse um, um nicht versehentlich mit seinen versengten Gliedern gegen Nora zu stoßen. Sie ist heute noch voller Mitgefühl und weit davon entfernt, Achims Sonnenbrand und seine nächtlichen Vorsichtsmaßnahmen richtig einzuordnen.

Dafür dehnt sie ihren Bericht wieder mal endlos aus, Claire und ich lassen sie schwatzen, was raus muß, muß raus. Wir sind inzwischen in einer versifften Pinte gelandet und warten auf einen Klaren, obwohl es am ersten Abend eigentlich immer einen kleinen Schampus vorweg gibt, um das Wiedersehen zu feiern. Aber Claire hat gemeint, in diesem Laden wär das nicht sinnvoll, und sie muß es wissen, bei ihr in München wurde der Wein dekantiert, als sie noch mit Philipp zusammen war, ich hätt mich bepissen können.

Nora schippert immer noch mit ihrer Crew, auch so ein Wort, über den Bodensee. Sie hatten ständig Flaute. In jeder Beziehung, würd ich sagen. Zwei Tage hingen sie auf der österreichischen Seite in einem Kaff namens Hard fest, am Abend hat Achim pieksolo einen Landausflug gestartet, hat sich mordsmäßig einen hinter die Binde gekippt und ist erst am Morgen wieder an Bord gekommen. Nora interpretiert das als Kompensationsverhalten; Achim hätte sich diese Reise damals auch anders vorgestellt, sagt sie, es muß ihn furchtbar gequält haben, daß er ihre Erwartungen enttäuscht hat, und nur deshalb mußte er seinen Frust in Marillenschnaps und Schlimmerem ertränken.

Fast hätt ich einen kleinen Kommentar abgelassen, aber da kommt endlich unser Gesöff. Hätte ihr erzählt, fast, daß ich in besagter Nacht aus einem Kaff namens Hard angerufen wurde. Von wem wohl.

Nora

Habe ich die Geschichte unseres Segelturns wirklich schon so oft erzählt, oder warum grient Dodo so komisch. Ich muß aufpassen, daß ich mich nicht ständig wiederhole. Wie habe ich es verabscheut, wenn Achims Vater ewig mit den gleichen Anekdoten aus der Nazizeit ankam.

Aber im Grunde weiß ich natürlich, was Dodo denkt, und Claire vermutlich auch. Daß Achim nämlich seinen schlimmen Sonnenbrand damals im Unterbewußtsein beabsichtigt hat, weil er voller Angst und Zweifel war. An mir, an unserer bevorstehenden Hochzeit, an seiner beruflichen Zukunft, er war ja damals kurz davor, in Paps' Kanzlei einzutreten. Natürlich ist mir dieser Gedanke damals auch schon gekommen, aber angesprochen habe ich ihn nicht darauf. Ich habe ihm einfach Zeit gelassen, mich in Geduld geübt, auf keinen Fall wollte ich ihn bedrängen, ich liebte ihn doch über alles auf der Welt, auch wenn ich mir mehr versprochen hatte von unserer ersten gemeinsamen Reise.

Abgesehen von einer kleinen Zwischenphase habe ich immer sehr gerne mit Achim geschlafen, von Anfang an. Dabei hatte ich ehrlich gesagt ziemliche Manschetten vor dem ersten Mal mit ihm, aber es war dann Gott sei Dank völlig anders als im Jahr davor im Weserbergland mit diesem Wie-hieß-er-noch-Florian, von dem ich nicht einmal den Nachnamen kannte und der mit seiner Klasse aus Augsburg im selben Schullandheim war wie wir, alle in der Unterprima.

Keine sehr erfreuliche Angelegenheit, meine Defloration, ich hatte zu viel Cinzano bianco getrunken, unser Modegetränk damals, sonst hätte ich mich doch nie von diesem Knaben hinter den Busch ziehen lassen. Er roch irgendwie merkwürdig, und seine Küsse waren naß und erstaunlich kalt, und alles ging dann irritierend schnell und tat auch weh, Spaß hat es jedenfalls nicht gemacht, und hinterher dachte ich, wie kann Dodo so was toll finden, sie muß mich angelogen haben. Außerdem meinte ich endlich zu kapieren, warum Paps und Mami nur mich bekommen hatten.

Ich war endlos erleichtert, als dieser Mensch am nächsten Tag mit seiner Klasse wieder abfuhr, zum Glück hatte er mich nicht nach meiner Adresse gefragt, ich hätte ihn auf gar keinen Fall wiedersehen wollen, die ganze Angelegenheit war mir einfach nur peinlich. Aber wenigstens hatte er ein Präservativ benutzt, obwohl mir diese Gummigeschichte auch nicht behagt hatte. Aber ich hatte es hinter mich gebracht, hatte endlich gleichgezogen mit Dodo und konnte mich halbwegs elegant auf meinen Lorbeeren ausruhen.

Bis dann Achim kam. Er war der erste, mit dem ich es wirklich unbedingt wollte, vom ersten Moment an. Zwischen uns stimmt eben die Chemie, wie man so sagt. Und nach dieser Nacht in Hard, in der er bis zum Morgen verschwunden war, haben sich all meine Besorgnisse dann ja auch ganz schnell in Wohlgefallen aufgelöst. Seine kleine Krise war überwunden, und seine Haut heilte erstaunlich schnell, auch, weil ich ihn mit Magerquark behandelt habe. Oder Topfen, wie man dort sagt.

Insgeheim hatte ich erwartet, daß wir die Rückreise unterbrechen und in einem Hotel übernachten würden, und ich hatte es mir ein bißchen so vorgestellt wie eine Hochzeitsnacht, aber ich wurde nicht gefragt. Wir brachen bei Sonnenaufgang auf und fuhren in einem Stück durch; bis auf mich hatten ja alle ihren Führerschein und konnten sich am Steuer abwechseln. Sein Kommilitone und dessen Freundin kamen aus Itzehoe und hatten es eilig, irgendein neunzigster Geburtstag, glaube ich, und es gab eine Debatte, ob sie Achims wegen extra nach Hamburg hineinfahren sollten, und dann setzten sie uns beide in Pinneberg ab, es war ein Mittwoch, und Paps und Mami waren schon losgegangen zu ihrem Rotariertreffen in der Stumpfen Ecke, von dem sie nie vor elf zurückkamen. Achim schleppte das Gepäck ins Haus, er sah schrecklich müde aus, und ich sagte, er müßte sich ausruhen. Er hat sich auf mein Bett gelegt, und ich bin unter die Dusche gegangen, und dann habe ich mich zu ihm gelegt und habe ihn wach geküßt.

Als er dann ging, war ich glücklich. Das war kurz vor elf, und er mußte mit der Bahn nach Altona. Sein Gepäck hat er in meinem Zimmer gelassen, er wollte es dann mit seinem vw holen. Mami hat nur einen kurzen Blick darauf geworfen am nächsten Tag, dann wußte sie natürlich Bescheid. Aber weder sie noch Paps haben auch nur die kleinste Anmerkung gemacht, nur gefragt, ob es mir gutgeht. Ich hab nur gelacht, ich schwebte ja auf Wolken. Fast jeden Tag traf ich mich nun mit Achim in seinem komischen kleinen Zimmer in Altona, nachts brachte er mich zum letzten Zug, und zwei Monate später haben wir geheiratet.

Eigentlich schade, daß wir kein besseres Restaurant gefunden haben für unseren ersten Abend, aber die Lokale scheinen hier sehr früh zu schließen. Wären wir in den Süden gefahren, könnte uns so etwas nicht passieren, ja, Dodo, du hast recht. Das Essen ist lauwarm, die Bedienung schludrig, außerdem ist es viel zu heiß, aber wir lassen uns die Stimmung nicht verderben. Sogar Claire wirkt heiter und gelöst, auch wenn sie kaum etwas ißt, sie achtet unglaublich diszipliniert auf ihre Figur. Dodo hingegen hat das Essen nur so in sich hineingestopft, inklusive Dessert, aber sie hat immer viel und gerne gegessen, sie ist nun mal ein durch und durch sinnlicher Mensch mit der Fähigkeit, jeden Genuß, der sich ihr bietet, vollkommen auszukosten, beneidenswert. Aber kann ich mich beklagen? Das Leben hat es durch die Bank gut mit mir gemeint. Bisher jedenfalls.

Ich bin so froh und dankbar in diesem Moment, ich muß es einfach sagen. Ich nehme mein Glas und sehe Dodo und Claire an. Dodo kann sich ein süffisantes Lächeln nicht verkneifen, ich weiß, sie kann Trinksprüche nicht ausstehen. »Wißt ihr«, sage ich und muß plötzlich schlucken. Wie soll ich adäquate Worte finden für das, was ich fühle? »Ich möchte euch beiden danken«, sage ich, »für dreißig Jahre Vertrauen, Zuneigung und Freundschaft.«

Sie fixieren mich, sind plötzlich ganz ernst, darüber bin ich froh, aber es verunsichert mich auch. Warum sagen sie nichts.

»Tut mir leid, wenn ich wieder mal rührselig bin. Der Wein wahrscheinlich.«

»Schon in Ordnung«, sagt Claire.

Dodo hat den Inhalt ihres Glases schon hinuntergestürzt, in einem Zug, schenkt sich nach. Warum sieht sie mich nicht an. Ich weiß doch, an was sie jetzt denkt, nämlich an die lange Funkstille zwischen uns innerhalb dieser dreißig Jahre. Aber dieses Thema haben wir doch beide innerlich längst zu den Akten gelegt, wir haben einen neuen Anfang gemacht damals, als wir eng umschlungen in ihrer Wohnungstür standen, bis das Baby angefangen hat zu weinen. Kleine Fiona. Eigentlich war sie es, die uns wieder zusammengebracht hat.

Dodo war ziemlich am Ende damals. Ich wußte schon von Claire, daß Fionas Erzeuger nur eine kurze Affäre war, er hat Dodo wohl regelmäßig Alimente gezahlt, mehr aber auch nicht. Ihre Stelle hatte sie verloren, die Schwangerschaft war kompliziert gewesen, sie hatte wochenlang gefehlt in ihrem Job. Sie lebte von Arbeitslosengeld, mehr schlecht als recht natürlich, in einer viel zu kleinen Wohnung, kein Geld, keine Hilfe, nichts. Ihr Bruder hat ihr, glaube ich, ab und zu etwas zugesteckt, und natürlich lebte damals ihre Mutter noch, die hat sie sicher unterstützt, so gut sie konnte, aber viel war das bestimmt nicht, Frau Schulz war ja weiß Gott nicht auf Rosen gebettet.

Ich hätte Dodo gerne geholfen, auch mit Geld, aber das wollte sie partout nicht. »Ich komm schon klar«, war immer ihr Motto. Und sie hat es ja dann auch ganz gut hingekriegt, neue Arbeit gefunden, eine Tagesmutter für das Baby, ein Jahr später eine größere Wohnung. Aber damals, zwei Wochen nach Fionas Geburt, war sie ziemlich verzweifelt. Sie hat nichts gesagt, kein Wort der Klage, aber gespürt hat man's doch.

In dieser Zeit kam mir die Idee mit der Reise, nur wir drei, ein paar Tage nur für uns, eine Atempause, vor allem für Dodo. Ich habe alles organisiert, ganz heimlich, auch Claire habe ich erst nichts gesagt. Ich habe mich überwunden und bin zu Dodos Mutter gegangen und habe sie gebeten, das Baby zu hüten, ich habe lange über ein schönes Ziel nachgegrübelt und dann Barcelona ausgesucht, weil ich wußte, wie sehr Dodo den Süden liebt, ich habe Hotel und Flug gebucht und die beiden schließlich mit allem überrascht, sie mußten nur noch packen und mitkommen.

Claire hat sich zuerst geziert, viele Wochen hinterher erfuhr ich dann, daß ihre Scheidung bevorstand, und auch Dodo wollte um keinen Preis mitkommen, ich glaube, es war ihr peinlich, sich von mir einladen zu lassen. Mit Engelszungen mußte ich auf sie einreden. Erst als Claire auf meine Bitte hin gesagt hat, sie würde Dodos Reisekosten übernehmen, hat sie eingewilligt. Und wir haben eine himmlische Woche in Barcelona verbracht, Oktober 89, bei herrlichstem Wetter, man konnte noch kurzärmlig im Freien sitzen, und was wir in den deutschen Zeitungen über die Ereignisse in der DDR lasen, kam mir merkwürdig fern und zugleich anrührend vor, ich hatte ja keinerlei Beziehungen zu diesem Land, es war eigentlich in meinem Bewußtsein überhaupt nicht vorhanden gewesen, im besten Fall war es ein Phantomgebilde, mit dem die Politiker sich ihre Zeit vertrieben, für mich lag Berlin in einem luftleeren Raum, und Europa hörte an den verminten Todesstreifen auf. Nun aber fühlte ich mich plötzlich aufgefordert, mit unseren Brüdern und Schwestern dort mitzubangen, und auch Claire und Dodo verfolgten die Geschehnisse mit größtem

Interesse. Keine von uns hätte je gedacht, daß es tatsächlich zu einer Wiedervereinigung kommen könnte, obwohl wir mit dieser Vokabel weiß Gott gefüttert worden waren, aber sie hatte uns bis dahin nichts bedeutet. Jedenfalls war diese erste gemeinsame Reise in jeder Hinsicht etwas ganz Besonderes.

Ich habe dann dafür gesorgt, daß eine Fortsetzung zustande kam, ein Jahr später waren wir in Mailand, das voll war von Ostdeutschen, die in die Welt ausschwärmten nach dem Mauerfall, an jeder Ecke hörte man Sächsisch, im Jahr darauf London, später Prag, Weimar und Jena, Amsterdam. Schade nur, daß unsere Reisen immer kürzer wurden, aus einer Woche wurden schließlich vier Tage, aber geschafft haben wir es immer, auch wenn der Kontakt den Rest des Jahres über eher sporadisch ist.

Claire und ich telefonieren immerhin regelmäßig, und sie meldet sich natürlich zu Weihnachten und an meinem Geburtstag. Dodo mal ans Telefon zu kriegen grenzt an ein Wunder, sie ist kaum einen Abend zu Hause, immer erwische ich nur die Babysitter von Fiona, und wenn ich dann ausrichten lasse, daß ich angerufen habe, passiert gar nichts. Wahrscheinlich vergessen diese unbeholfenen und mürrischen Mädchen einfach, Nachrichten weiterzugeben. Aber im Grunde spielt es keine Rolle, nach diesen drei Jahrzehnten ist unsere Bindung durch nichts zu erschüttern. Und es gibt für Dodo wirklich keinerlei Grund, jetzt noch verlegen zu sein wegen der alten Geschichte damals. Aber noch immer weicht sie meinem Blick aus.

»Dodo.«

Sie sieht auf. »Was ist?«

»Möchtest du nicht mit mir anstoßen?« frage ich. »Nur dieses eine Mal. Ich verspreche feierlich, dies wird der erste und der letzte Toast sein auf dieser Reise.« Ich hebe ihr mein Glas entgegen.

Sie zögert einen Moment, dann sieht sie mir fest in die Augen. »Na gut«, sagt sie. »Trinken wir auf diesen Abend. Zufrieden? Übrigens bin ich schweinemüde. Wollen wir nicht langsam mal gehn?«

Claire

Das Bett ist tatsächlich frisch bezogen, ganz in Weiß, darin werde ich hoffentlich schlafen können. Ich bin kaputt, ich habe ein bißchen zu viel getrunken, aber das haben wir alle.

Im Gegensatz zum Essen war der Wein gut. Ich habe ihn sorgfältig ausgewählt, ich wollte etwas ganz Besonderes für diesen ersten Abend. Dodo ist es egal, sie trinkt ja alles, und Nora landet zwangsläufig immer bei einer Spätlese, weil sie von ihrem Vater gelernt hat, daß das der teuerste und beste Wein ist. Der alte Tiedjen hat bestimmt nie etwas anderes getrunken, er war ja unendlich konservativ in jeder Beziehung.

Eigentlich mochte ich ihn ganz gern, er hat mich immer in Ruhe gelassen. »Na, da ist ja unsere kleine hübsche Backe, dann spielt man schön«, pflegte er zu sagen, und das war es auch schon. Aber einmal hat er mich tatsächlich angerufen, während meiner Studienzeit, ohne daß Nora davon wußte, da wollte er mich überreden, Patin bei seinem ersten Enkel zu werden, Daniel. Nora würde unter meiner Absage sehr leiden, hat er gesagt, ob meine Exkursion nach Frankreich mir denn wirklich wichtiger sei als der von seiner Tochter erbetene Freundschaftsdienst. Er zog alle rhetorischen Register und schlug mir sogar vor, die bevorstehende Studienreise für drei Tage zu unterbrechen und auf seine Kosten schnell zwischen Wo-auch-immer-in-Frankreich und Hamburg hin- und herzufliegen, für Nora sei ihm nichts zu teuer. Um ein Haar wäre ich schwach geworden, diese Exkursion war ja nur eine Erfindung. Aber ich brauchte nur das Wort Pinneberg zu denken, und ich wußte, daß ich eher sterben wollte, als dorthin zurückzukehren, aus welchem Grund auch immer. Dennoch habe ich es Noras Vater hoch angerechnet, daß ihm so sehr am Glück seiner Tochter gelegen war, nur leider konnte ich in diesem Fall nichts dazu beitragen.

Erst viele Jahre später, als Herr und Frau Tiedjen schon längst nicht mehr lebten, fühlte ich mich in der Lage, den Ort des Geschehens wieder aufzusuchen. Wieder hatte Nora mir in den Ohren gelegen, wegen Daniels Konfirmation diesmal, wir trafen uns ja nur auf unseren Reisen, und ich kann gut verstehen, daß sie zu gern Dodo und mir endlich einmal ihre vorbildliche Familie live präsentiert hätte. Und ich dachte, nun kann ich es, jetzt bin ich stark genug. Damals lag ja alles schon so weit zurück, ich hatte mich sogar mit der Scheidung einigermaßen arrangiert, ich betreute seit fünf Jahren eigenständig Davids Galerie und fühlte mich innerlich gefestigt. Ich habe die Reise aufs sorgfältigste vorbereitet, mir den Kopf über sinnvolle Geschenke zerbrochen und mir plausible Ausreden zurechtgelegt, denn in den Konfirmationsgottesdienst wäre ich auf gar keinen Fall mitgegangen, zu nahe liegt die Christuskirche am Rosenhof, man kann hinübergucken, Susanne wohnte immer noch dort.

Als ich Dodo am Telefon von meinem Plan erzählte, wurde sie wütend. Sie fühlte sich von mir hintergangen, aber ich habe versucht, ihr meine Reise glaubhaft zu erklären. Würde Nora nicht irgendwann stutzig werden, wenn wir ihre vielfachen Einladungen immer nur ausschlügen? »Wenn ich sie jetzt endlich einmal besuche«, sagte ich zu Dodo, »dann tue ich das in erster Linie, um bei ihr keinen Verdacht aufkommen zu lassen. Ich bin immer auch *du* für sie. Verstehst du, was ich meine?«

Dodo verstand es nicht. Ich müsse selber wissen, was ich tue, sagte sie schließlich. Was sie angehe, so werde Fiona pünktlich eine ihrer bewährten Mittelohrentzündungen bekommen. Das Gespräch endete unversöhnlich.

Ich bin nach Pinneberg gefahren, und ich wollte, ich hätte es nicht getan. Ich hätte den Ort meiden sollen wie die Pest.

Dabei hat Nora sich alle Mühe gegeben, es schön für mich zu machen und mich aus ihren internen Querelen herauszuhalten: kein leichter Job, so ein Familienfest über drei Tage zu organisieren, ohne daß die schöne Fassade irgendwann zusammenfällt. Mit ihrem Sohn wurde sie damals schon nicht fertig, und auch das Mädchen, diese Miriam, ist verzogen nach Strich und Faden, wie Feuer und Wasser waren die beiden, aber Nora hat sie gezwungen, in einem Zimmer zu schlafen, es gab Tränen und Geschrei, aber vielleicht ist das normal in einer Familie mit Kindern.

Achim bin ich aus dem Weg gegangen, mein Besuch kann ihn nicht gefreut haben. Zufällig war ich mit seinem alten Vater allein im Eßzimmer, als er am Montagmorgen hereinkam, um sich zu verabschieden. Wir machten beide keine Anstalten, uns die Hand zu reichen, und er sagte: »Du siehst aus wie die Dezenz in Person, Claire. War mir ein Vergnügen.« Er log, und er hatte Angst vor mir. Nora hat übrigens bis zum Abend jenes Montags gehofft, daß Fionas Mittelohrentzündung überstanden wäre und Dodo doch noch kommen würde, es waren ja noch ein paar gemeinsame Tage geplant, und ich habe ihre Hoffnung nicht gebremst.

Seit über zwanzig Jahren ist meine Position zwischen den beiden ein permanenter Hochseilakt, vor jedem Satz, den ich ausspreche, muß ich überlegen, was ich sagen darf und was nicht. Ich habe mir angewöhnt, möglichst nur über neutrale Themen zu sprechen und etwaige Gefahrenzonen weiträumig zu umschiffen. Und ich bin heilfroh, daß kein Mißton den heutigen Abend getrübt hat, obwohl Dodo ziemlich betrunken war, ich hatte schon Angst. Sie wird dann oft aggressiv, und ich habe Mühe, sie zur Räson zu bringen, aber es ist ja alles gutgegangen.

Wenn ich nur zur Ruhe kommen könnte. Einfach wegdämmern, im Kopf nur angenehme Gedanken. In der ersten Zeit mit Philipp konnte ich das, ich hab die Arme um ihn gelegt, den Kopf an seinen Rücken geschmiegt, bin friedlich weggedriftet. Wenn ich ab und zu schlimm geträumt habe und völlig verstört aufgewacht bin, war er da, hat mich getröstet, beruhigt, mich gestreichelt, bis ich wieder schlafen konnte. Unser Schlafzimmer war meine Burg, meine Festung, ich war in Sicherheit, nichts konnte mir geschehen. Habe ich jedenfalls gedacht. Wie kurzsichtig ich war.

Zweiter Tag

Dodo

Klar bin ich wieder mit dickem Kopf aufgewacht, kenn ich ja nicht anders seit zwei Monaten. Ich haß diesen Zustand, aus dem ich mich nur mit größter Anstrengung befreien kann, eine Sisyphusarbeit jeden verdammten Morgen aufs neue, und ich frag mich, warum mir das immer wieder passiert: Wieso kracht immer wieder alles so grundsätzlich zusammen. Und wieso kommen andere problemlos durchs Leben, kriegen alles nachgeschmissen und rühren keinen Finger dafür, daß Miete und Heizung bezahlt werden und immer was zu essen im Haus ist. Nora zum Beispiel. Glaub ich nicht, daß die jemals nur zehn jämmerliche Liter getankt hat, weil über Nacht wieder mal der Benzinpreis erhöht wurde, und du stehst an der Tanke und hast gerade noch einen Hunderter, und du bist auf dem Weg in die Stadt, weil dein Kind neue Jeans braucht, weil es nun mal wächst, verdammt. Am liebsten würd ich liegenbleiben und mir die Decke über den Kopf ziehen und erst in drei Jahren wieder aufwachen, und puff! hätte ich einen lukrativen Job und eine Wohnung mit Garten und einen richtig reichen Kerl an der Hacke. Der mich auf Händen trägt und auch noch first class im Bett ist. Und der Fiona mit schicken Klamotten überhäuft, diese kastenförmigen Billigjeans von Aldi sind echt eine Zumutung, aber was soll ich machen.

Also aufstehen. Zähneputzen. Duschen. Nora hat es nicht gern, wenn man zu spät zum Frühstück kommt. Sie schwört auf Ordnung in sämtlichen Lebensbereichen. Gestern abend kam sie auch wieder drauf, nachdem sie ihren sogenannten Toast losgeworden ist. Die Reisen mit uns strukturieren ihr Jahr, hat sie gesagt. Strukturieren. Aber weiß ich ja, eigentlich hat sie was ganz anderes gemeint, sie hat halt nur versucht, ihre Sentimentalität zu verbergen. Sie *liebt* uns. Das ist es, was sie fühlt und nicht auszusprechen wagt. Weil das Wort zu heilig ist, um auf uns angewendet zu werden. Ist wahrscheinlich reserviert für ihren Achim und ihre Blagen. Ist auch okay für mich.

Kann mir einer sagen, warum das Wasser in diesem Laden nicht richtig heiß wird? Wahrscheinlich verbraucht von den Bräuten des Herrn, falls die sich überhaupt waschen dürfen, hieße ja, sich mit dem eigenen Körper beschäftigen, Brüste anfassen und Schlimmeres. Also Katzenwäsche. Noras Busen ist immer noch bemerkenswert, jedenfalls soweit er unter ihrer Bluse gestern abend zur Geltung kam, ich an ihrer Stelle hätt ruhig noch einen Knopf mehr offengelassen, sie hat immer noch einen total schönen Hals, überhaupt sieht sie besser aus, als mir lieb ist.

Irgendwie hat sie sich verändert seit unsrer letzten Reise, äußerlich, mein ich. Einen Tick schlanker. Und ihre Augen strahlen noch mehr als früher. Hat mich immer gewundert, daß graue Augen so einen Glanz haben können. »Funkel-Nora«, hat Ma immer gesagt, und Hartmut betete jedesmal sein idiotisches »Welcher Glanz in unserer Hütte« runter, wenn Nora zu mir kam, ich hätt ihn erwürgen können. Ma hat mir später mal anvertraut, daß sie gehofft hatte, er würde sich für Nora interessieren, aber derartige Perspektiven haben sich ja dann ziemlich schnell zerschlagen.

Was zum Teufel zieh ich an? Immer noch mein bestes Stück, den guten alten Kaschmirblazer, bestimmt acht Jahre alt inzwischen. Claire hat ihn mir in London geschenkt, bei Aquascutum in der Regent Street auf einer unsrer ersten Reisen, über vierhundert Pfund hat sie für das Teil hingeblättert, und ich hab noch jahrelang die edle Einkaufstüte spazierengetragen zu besonderen Anlässen. Wie viele Kneipen und Restaurants der schon miterlebt hat. Ganz zu schweigen von all den Katastrophen, allen voran die letzte.

Warum hab ich bloß mein Maul nicht gehalten; pünktlich hätt ich mein schönes Gehalt auf dem Konto gehabt und wär eher früher als später in Kannemanns Abteilung rübergewechselt, und da hätt mir niemand mehr was sagen können. Aber nee, Dodo Schulz muß natürlich zurückschlagen, wenn ein Bodo K. Rücker ihr *Fehlentscheidungen im kaufmännischen Bereich* vorwirft, inkompetenter alter Sack. Vorn den Seriösen mimen und hinten die Praktikantinnen vernaschen, weil er bei erwachsenen Frauen nicht landen kann. Dabei war die Strategie für die *Sirta*-Werbung echt das letzte, haben alle gefunden, aber kneifen natürlich den Schwanz ein, wenn die Idee von Bodo K. himself stammt, selten genug, daß von dem überhaupt mal was kommt, worüber nachzudenken sich vielleicht lohnen könnte. Aber auch nur vielleicht. Ich darf gar nicht dran denken, sonst kommt mir die grüne Galle wieder hoch. Noch ganz andre Dinge hätt ich ihm an den Kahlkopf knallen sollen. Wenn man seinen Job eh schon hingeschmissen hat im ersten Zorn, hätt man noch mal so richtig vom Leder ziehen und ein paar Wahrheiten ausspucken können, aber ich hab nur noch rotgesehn, bin aus seinem Büro gerannt und hab die Tür zugeknallt. Die andern standen wie vom Donner gerührt im Flur rum, machten allesamt dämliche Schafsgesichter und dachten nicht dran, mich aufzuhalten, als ich meinen Kram zusammenschmiß und B&R für immer verließ, Nase ganz hoch. Weil ich dachte, dem hab ich's gezeigt, dem alten Bock. Und seiner subalternen Gefolgschaft dito. Daß ich ihn unbedingt so weit hätte bringen müssen, daß er die Kündigung ausspricht und nicht ich, ist mir erst auf der Straße eingefallen. Jetzt hab ich die Quittung, keinen Job, kein Zeugnis, kein Arbeitslosengeld. Und weit und breit keine Perspektive.

Ob ich vielleicht doch Claire anhau? Sie hat schließlich jede Menge Connections, aber allein bei der Vorstellung, ihr mein Schlamassel zu offenbaren, wird mir übel. Aber hab ich die Wahl?

Nora

So müde, nur fünf Minuten noch liegenbleiben, noch dunkel draußen, so schön warm im Bett, wenn ich die Augen schließe, kommt alles wieder, jede Berührung, jedes Wort, flaumige Härchen, die Nacht viel zu kurz… Wie kann man nur so schreckliche Sehnsucht haben. Immer noch. Nach so langer Zeit.

Claire

Gleich beim Aufwachen und noch bevor die *Lenz 9* zu wirken beginnt dieses fast vergessene Gefühl der Gewißheit, einen unbeschwerten Tag vor mir zu haben. Ob es daran liegt, daß ich mich entschlossen habe, ihnen die Wahrheit zu sagen?

Dodo

Die Halle ist verstopft von Nonnen. »Darf ich? Erlauben Sie?« Schweißgeruch, wußt ich's doch. Pfui Deibel.

Frühstücksraum im Souterrain, ich hasse das, hat immer was von zweitklassiger Kantine an sich, oder Gefängnis, was auf eins rauskommt. Ach. Und wer ist nicht da? Gab's doch noch nie.

Claire sitzt vor Joghurt und Orangensaft und sieht wieder aus wie aus dem sprichwörtlichen Dingsbums gepellt, Pikeebluse, enger langer Rock, eindeutig italienische Schuhe. Ich nehm den Platz neben ihr, dann brauch ich ihr nicht in die Augen zu sehen, falls ich es fertigbring, die Gelegenheit zu nutzen und ihr ohne Noras Beisein mein Desaster zu beichten.

»Na, ausgeruht?« frag ich, munter-munter.

»Mir geht's gut«, sagt sie. »Ob Nora verschlafen hat? Sollen wir sie wecken lassen?« Ihr Blick verhakt sich kurz an einem Pärchen ein paar Tische weiter, unverkennbar Amerikaner, keine zwanzig. Die mampfen stumm in sich rein, befummeln sich dabei aber permanent, sogar zwischen den Beinen. Rundherum läßt sich jetzt der Nonnenpulk nieder, jede Menge hochgezogene Augenbrauen.

»Wer schläft, sündigt nicht«, sag ich und ärger mich zugleich über die dämliche Plattitüde. »Außerdem wollt ich dich sowieso was fragen. Ohne sie, wenn's geht.«

So. War schon mal der Anfang. Wenn ich nur wüßte, warum mir die Sache so verdammt peinlich ist, Arbeitslose gibt's schließlich wie Sand am Meer, den Job zu verlieren ist doch fast schon Ehrensache heutzutage. Aber ihr ist so was natürlich nie passiert, lief ja immer alles superglatt bei ihr, okay, das Studium und der Magister waren wahrscheinlich schon stressig, aber danach? Sie hat ihre Galerie geerbt, wurde ihr sozusagen auf dem Silbertablett serviert, sie hat nicht geschuftet und malocht dafür, muß ich mir immer wieder klarmachen, gibt echt keinen Grund, mich zu schämen. Und trotzdem tu ich's. Ich konzentrier mich auf mein Croissant, noch nie hab ich Blätterteig so akkurat auseinandergesäbelt, Noras *Mami* wär zufrieden mit mir. Trotzdem spür ich Claires Kurzblick an meinem Ohr, ich kenn diesen Blick nur zu gut, viel Blau und eine winzige Spur Mißtrauen. Eis eben.

»Brauchst du Geld?« sagt sie.

Ich könnt den ganzen Krempel vom Tisch fegen. Sie hat eine Art, einem den Wind aus den Segeln zu nehmen, die ihresgleichen sucht. Soll ich etwa ja sagen? Und sie zückt ihr verdammtes Scheckheft? Und ich sag »danke«, und die Sache hat sich? Sie mal wieder die coole Geldtante. Und ich das Versagerschaf.

»Wie kommst du darauf«, schnapp ich wütend zurück, »auch finanziell geht's mir klasse.« Und könnt mir die Zunge abbeißen. Warum zum Teufel bring ich das nicht: ihr meinen Zusammenknall mit dem Schwein von Rücker als hochdramatische Story zu präsentieren, ihr zu verklickern, daß ich nicht anders konnte, daß Frauen in meinem Job immer noch die Arschkarte kriegen, abgezockt werden, einfach als was Minderes gehandelt werden und daß ich verdammt noch mal nicht mitspiel dabei. Sie lebt doch auf einem ganz andern Stern, mit ihrer Galerie und ihrer Kunst und all diesen Typen, die ihr die Wangen küssen und für irgendwelche postmodernen Schmierereien Tausende von Dollars rüberschieben, Peanuts für die. Sie hat ihr Renommee, sie hat Geld, sie ist der Chef in ihrem Laden. Sie hat keinen Schimmer, wie andre sich durchwurschteln müssen.

»Also?« fragt sie.

»Vergiss es«, sag ich und flüchte zum Büfett, knall mir jede Menge Schinken und Käse über die Croissanthälften.

Als ich an den Tisch zurückkomm, blättert sie mit ihren supergepflegten Händen im Reiseführer, liest sich fest. Als wär ich nicht da. Ich kann sie nicht ausstehen in diesem Moment. Sie ist der Prototyp einer ganz bestimmten Sorte Frau, der man in der Hochglanzwerbung und auf Managerseminaren begegnet: schön, cool, effizient, abgebrüht, eine frigide Zicke eben. Die mich immer wieder spüren läßt, daß ihr im Grunde nichts mehr an mir gelegen ist. Ist ihr zu Kopf gestiegen, ihr Erfolg, früher war sie echt anders. Ganz plötzlich kam das, im Frühjahr vor vier Jahren, sie war noch auf dieser piefigen Konfirmation gewesen und gleich anschließend auf Reisen gegangen, und ich mußte in Pinneberg Ma begraben, die Wohnungsauflösung und all das konnte ich dann ja zum Glück Hartmut aufs Auge drücken. Vierzehn Tage später kam ein Brief aus Kalifornien, sie hatte nur vier armselige Worte geschrieben: »Tut mir leid. Claire.«

Klar, weiß ich. Beileidsbriefe zu schreiben ist unheimlich schwer und unangenehm. Klingt irgendwie alles immer total verlogen, was man sich da so abbricht. Aber mich mit einem Allgemeinplatz abzuspeisen, fand ich schon verdammt kaltschnäuzig. Ich hab nicht drauf reagiert, sondern abgewartet. Da kommt noch was, hab ich gedacht. Wenn sie zurück ist aus Amiland, fragt sie mal nach, wie es mir geht, schickt Blumen oder so. Aber nix.

Nora wollte in dem Jahr Ende August mit uns nach Prag, aber Claire konnte nicht. Sie konnte auch nicht im September und nicht im Oktober, Nora und ich sollten doch ausnahmsweise ohne sie fahren, meine Reisekosten würde sie selbstverständlich wie immer übernehmen. Ich weiß nicht, welche Tricks Nora angewandt hat, aber im November trafen wir uns in Prag.

Claire kam mit dem Flieger, und ein Blinder hätte sofort gesehen, daß sie mir aus dem Weg ging. Klar, ich hing mal wieder durch, aber ist das ein Grund? Noch am ersten Abend, als wir über die von Touris verstopfte Karlsbrücke zurück zum Hotel gingen, ist mir der Kragen geplatzt, aber sie hatte natürlich keine Ahnung, worum es mir ging. Gott bewahre, keineswegs hatte sie mich vergessen, sondern das ganze Jahr über wahnsinnig viel Arbeit gehabt und war pausenlos in der Welt rumgejettet, zeitgenössische Kunst zu vermarkten, funktioniert nun mal nicht vom Bürostuhl aus, pipapo und trallala.

Ich war drauf und dran, einen Wahnsinnsstreit vom Zaun zu brechen, aber Nora warf sich dazwischen und stellte den Frieden wieder her. Wenn nicht mal wir drei es schaffen, unsere Freundschaft zu bewahren, kann die gesamte Menschheit einpacken, fauchte sie und funkelte uns an. Wir müssen uns aufeinander verlassen können, auch wenn eine mal ein paar Monate nichts von sich hören läßt. Wir wären doch bescheuert, wenn wir aus kleinlichen Gründen unsere bewährte Phalanx auflösen würden. Wenn's ihr drauf ankommt, benutzt sie gern ein ausgewähltes Vokabular, hat sie wahrscheinlich von ihrem *Paps* übernommen.

Jedenfalls brachte sie mich noch auf der Brücke dazu, Burgfrieden zu schließen mit Claire, zumindest für die Dauer unseres Aufenthalts in Prag, wir landeten in der Hotelbar, und eine Stunde später wußte ich nicht mehr, worüber ich mich überhaupt aufgeregt hatte, die hatten klasse Alk da und billig.

Insgeheim nenn ich Claire schon lange *die Eisprinzessin,* und so unbefangen, wie es vorher zwischen uns war, ist es nie wieder geworden. Hab ich doch grad eben wieder gemerkt. Manchmal hab ich den Verdacht, es kostet sie eine Wahnsinnsbeherrschung, mich diese paar Tage im Jahr zu ertragen. Und sie schafft es nur mit ihrer berühmten Disziplin, diesem eisigen Korsett, das keine Spontaneität erlaubt, keine Euphorie und keine Zusammenbrüche. Depressionen sind für sie doch ein Charakterfehler, dem man gnadenlos zu Leibe rückt. Wie geklont wirkt sie manchmal, irgendwie künstlich gebremst. Jedenfalls nicht so, wie sie eigentlich sein sollte.

Aber ich sitz im Glashaus. Oder entsprech ich etwa der Vorstellung, die ich von mir selber habe? Bei mir sind es Alkohol und Männer und meine verdammte Unbeherrschtheit, meist alles zusammen. Genaugenommen betäuben wir uns doch alle drei: Bei Nora ist es die Illusion ihrer heiligen Rama-Familie, mit der sie sich über Wasser hält, das ist ihre Droge, preiswert, sozial verträglich und ohne gesundheitliche Risiken.

Nora

Wir waren eingekerkert in einer mittelalterlichen Festung mit mindestens sechs Meter dicken Mauern. Der nackte Raum, in dem wir uns befanden, war eine Art Turmzimmer mit schmalen Fensterscharten, durch die ich weit über das flache Land sehen konnte, durch unzerstörbare Panzerglasscheiben. Dodo war an eiserne Ketten und Ringe gefesselt, ihre Gelenke waren blutig und verschorft; Claire lag am Boden und schlief. Oder war sie tot? Ich jedenfalls stand am Fenster und bewunderte die Landschaft, so fern und so schön und so tröstlich, mit einem irgendwie verschleierten Blau am Horizont, das ich von den alten Meistern kenne; Paps erwähnte manchmal das *Blau der Ferne,* wenn er sonntags seine Spätlese trank, während Mami ihn sorgenvoll beobachtete, und ich wurde von ihr spätestens dann aus dem Zimmer geschickt, wenn er sein Glas zum dritten Mal füllte. Am nächsten Morgen stand immer eine leere Flasche in der Küche. Erst als ich Achim in meine Familie brachte, wurde auch alltags mal Wein getrunken, sogar Mami gewöhnte sich daran, zum Schluß trank sie schon vormittags ihr Gläschen Sekt, gut für den Kreislauf, sagte sie immer, sollte ich vielleicht auch mal probieren, mein Kopf knirscht wie eine Schotterstraße. Ich muß besser aufpassen, Bitterling hat Alkohol auf die Liste gesetzt. Daß ich gestern trotzdem mitgetrunken habe, mußte sein, sie wären doch schlagartig mißtrauisch geworden, wenn ich mich ausgeklinkt hätte. Nicht daran denken, was auf mich zukommt.

Wir drei im Kerker, und irgendwie wußte ich zwar, daß wir niemals wieder herauskommen würden, aber es machte mir nichts aus. Auch Dodos Gewimmer beunruhigte mich nicht. Warum steht sie nicht auf und schaut hinaus, hab ich gedacht, die Ketten sind doch nur aus Pappmaché, sie spielt mal wieder Theater, das Blut und der Schorf sind nur aufgemalt, sie will mich schockieren, sie liebt es, mich zu beunruhigen, sie will mir ein schlechtes Gewissen einjagen, das hat sie schon in der Schule perfekt durchgezogen, einmal hat sie eine tote Maus in meine Manteltasche geschmuggelt, ich habe geschrien wie am Spieß, und bis auf Lothar haben alle gelacht.

Und dann entdeckte ich am Horizont eine kleine dunkle Wolke, die sehr schnell immer näher kam und immer größer wurde, und dann sah ich, daß es lauter Vögel waren, Stare oder Drosseln in einem riesigen Schwarm, und sie flogen direkt auf mich zu, wie bei Hitchcock, aber merkwürdigerweise hatte ich überhaupt keine Angst. Und dann flogen sie ohne innezuhalten durch das Panzerglas, ohne sich zu verletzen oder das Glas zu zerstören. Flogen um mich herum und über mich hinweg, richtigen Wind machten sie und brausende Geräusche, für einen Moment wurde es dunkel von all den unzähligen Vogelleibern, sie flogen durch den Raum und verschwanden durch die gegenüberliegende steinerne Wand, ich war starr vor Staunen und Glück. Ich fühlte mich plötzlich genauso frei und ungebunden, wie die Vögel es waren. Ich wollte mich unbedingt mit Dodo darüber austauschen, ob auch sie dieses Gefühl beseligender Freiheit verspürte, aber dann sah ich, daß sie trotz ihrer Ketten zu Claire hinübergekrochen war und sie auf den Mund küßte. Wie Prinz und Dornröschen. Und Claire schlang ihre Arme um Dodos Hals und erwiderte den Kuß auf eine Weise, die ich ihr nie zugetraut hätte.

Claire

Wieso war ich vorhin noch so zuversichtlich. So fröhlich beinah. Wie habe ich das angestellt. Und wie kann ich diesen Zustand wieder erreichen. Es liegt nicht nur am fehlenden Schlaf, das kenn ich doch nicht anders seit Jahren. Es hat mit Dodo zu tun, natürlich. Daß sie so bemüht arglos neben mir sitzt und sich vollstopft mit Kohlehydraten und Fett und Koffein. Warum spricht sie ihre Frage nicht aus. Was kann sie von mir wissen wollen.

Ich muß in mein Zimmer, eine Tablette nur. Aber wie schaff ich einen eleganten Abgang, es wäre zu auffällig, sie jetzt hier alleine sitzenzulassen. Aber ich muß raus hier, schnell. Ehe auch noch Nora kommt, aber zu spät, da ist sie schon. Ein paar Minuten wenigstens muß ich noch bleiben, Konversation machen, heiter und tatendurstig wirken. Bloß, wie mach ich das.

Dodo

Eine Minute vor zehn taucht sie im Frühstücksraum auf, blitzblank und rosig, als hätte sie eine Stunde lang Tennis gespielt und anschließend heiß und kalt im Wechsel geduscht. Das Leben in Person. Lacht, hat den Wecker nicht gestellt, entschuldigt sich bei uns, schickt den Kellner nach einer sauberen Tasse, grüßt hinüber zu den aufstrahlenden Schweißnonnen, muß uns unbedingt von ihrem Traum erzählen, alles auf einmal.

Wenn ich die Zeit verpenn, brauch ich drei Stunden, um genießbar zu werden. Nora hat es irgendwie drauf, alle Unannehmlichkeiten des Lebens zu überspielen, und ihre Methode funktioniert blendend. Läppisches Beispiel: Sie ist genervt durch den stinkenden Aschenbecher vor ihrem Teller, aber sie meckert nicht rum, sondern stellt ihn einfach auf die Fensterbank, befördert ihn aus ihrem Gesichtsfeld. Schon gibt es ihn nicht mehr. Für sie. Oder zupft wie nebenbei eine Fluse von meinem Kaschmirjackett, die sie stört, nicht mich. Und quasselt gleichzeitig was von Vögeln, die sage und schreibe durch ihren Körper geflogen sind.

Wahrscheinlich bürstet sie Achim jeden Morgen von Kopf bis Fuß ab, wünscht ihm einen angenehmen Arbeitstag und fragt liebevoll, was sie ihm zum Abendessen kochen soll, perfekt-perfekt. Unvorstellbar, daß sie jemals in so rabenschwarze Löcher fällt wie ich. Daß sie sich ganz einfach vertut in ihren Entscheidungen und anschließend das große Jammern kriegt. Bei ihr hat immer alles geklappt, von Anfang an. Daß wir jetzt hier rumsitzen und darauf warten müssen, daß sie ihre Rühreier wegputzt, und nicht mal rauchen können, merkt sie nicht mal. Sie lacht und schwallt und will uns glauben machen, daß sie Achim jeden Morgen beim Frühstück ihre Träume erzählt.

»Er dir seine auch?« frag ich nachlässig.

»Stell dir vor«, sie tupft eine Rührei-Schliere aus ihrem Mundwinkel, »er träumt nicht.«

»Gibt's nicht«, sag ich. »Jeder träumt.«

»Er sagt, er hat noch nie«, beharrt Nora. »Paps übrigens auch nicht. Warum soll es so was nicht geben. Bei Männern, mein ich.«

Ich weiß es zwar besser, werd mich aber hüten, mit ihr zu diskutieren. Andererseits, vielleicht träumt Achim wirklich nicht. Und hat mich angeflunkert. Ich trau ihm inzwischen alles zu.

»Du hast also von Vögeln geträumt«, sag ich. »Was will uns das sagen.«

Sie lacht kurz auf, aber dann erscheint eine klitzekleine Falte zwischen ihren Brauen. »Irgendwie hatte ich Freiheitsgefühle. Kennt ihr das? Ich kann es nicht beschreiben, es war... also es war so, als wenn ich überhaupt kein Körpergewicht mehr hätte. Ich war...« Sie sucht nach Worten.

»Du warst?«

Sie lächelt wieder. Sie hat zwei unsymmetrische Grübchen, hat mich schon vom ersten Tag an irritiert, weil sonst immer alles so ordentlich ist bei ihr. Das neben dem gesäuberten Mundwinkel sitzt eine Spur höher als das andre. Und jetzt erst seh ich, daß sie sich Farbe ins Gesicht geschmiert hat. Dezent, aber Farbe. Das hatte sie bisher nie nötig, jedenfalls nicht am Morgen. »Glücklich«, sagt sie.

»Im Traum«, sag ich. »Aber bist du doch sonst auch. Oder nicht?«

»Natürlich«, sagt sie wie aus dem Revolver geschossen.

Bißchen *zu* schnell geschossen, nach meinem Gefühl. Ahnt sie etwa was? Hör bloß auf, mir wird flau. Das hab ich anders geplant, auf gar keinen Fall will ich auf ihre Gnade angewiesen sein, wär das letzte, was ich ertragen könnte. Sie hat den Betrug begangen, es kommt ihr nicht zu, mir gegenüber auch noch die Großmütige zu spielen. Soll ich sie auf die Probe stellen? Andererseits: Will ich wirklich wissen, was sie weiß?

»Wenn ihr jetzt über Glück oder Nichtglück debattieren wollt«, sagt Claire und steht auf. »Bitte. Wir treffen uns in einer Viertelstunde in der Lobby.« Immerhin läßt sie mir ihre Zigarettenschachtel da, eine ist noch drin.

Nora schaut ihr nach. Alle im Raum schauen ihr nach. »Schöner Rock«, sagt Nora mit vollem Mund, aber dann vergißt sie das Kauen. Der Kellner ist zur Schwingtür gestürzt, reißt sie auf, buckelt. Wir können Claires Gesicht nicht sehen, aber ich weiß genau, wie es in diesem Moment aussieht: Dienstleistungen aller Art werden von ihr immer mit dem gleichen Marmorlächeln entgegengenommen. Sie hat es nicht nötig, wirklich zu lächeln. Im Gegensatz zu Nora und mir gehört die Eisprinzessin zu den Frauen, vor denen permanent die Türen aufgerissen werden. In aller Welt. Diese Unterwürfigkeit von Taxifahrern, Polizisten, Busschaffnern, Verkäufern, Bankfritzen oder Kellnern mit anzusehen ist nicht immer witzig, auch für Nora nicht. Wetten, sie sagt jetzt »tja«?

»Tja«, sagt Nora und wendet sich dem Brotkorb zu, fischt ein zweites Brötchen heraus.

»Tja« ist Pinneberg. »Tja« ist speziell die Tiedjensche Methode, komplizierte Gefühlsmixturen zu komprimieren und mit einem kleinen Schnalzer loszuwerden. Auch Achim, inzwischen ein waschechter Tiedjen, hat nur noch ein »Tja« parat, wenn er auf Granit beißt, bei mir zum Beispiel. Und Noras *Paps* damals. Hat garantiert Ma mit einem Scheiß-»Tja« abgespeist, als sie um seine Hilfe bei der Scheidung bat, aber die Anwaltshonorare im Moment nicht aufbringen konnte. Sie hat mir das erst 89 in Köln erzählt, als ich von der ersten Reise mit Nora und Claire aus Barcelona zurückkam, sie hatte Fiona gehütet und blieb dann noch paar Tage, bevor sie zu Hartmut und Michel nach Berlin weiterfuhr, sie wollte unbedingt die Löcher in der Mauer sehen.

War irgendwie unheimlich süß mit ihr. Zum ersten Mal nahmen wir uns so richtig Zeit füreinander. Wenn die Schnecke schlief und ich an meinen Bewerbungen bastelte, legte sie ihr Bein hoch und fing an zu erzählen. Wie sie eines Tages vom jungen Burgdorff zurückkam, dem Frisör in der Bahnhofstraße mit dem Pferdegebiß, und wie der vw mit offenem Kofferraum vor dem Haus im Jägerkamp stand, in dem wir damals wohnten, und auf dem Beifahrersitz saß Marita Böttcher, die bei meinem Vater Orgelunterricht hatte seit ein paar Wochen. Total unscheinbar war die, sagte Ma, eine Kirchenmaus. Ma hat sich erst gar nichts dabei gedacht, daß die Kirchenmaus in unserm vw saß. Sie blieb bei ihr stehen und fragte nach ihren Fortschritten auf der Orgel, wie man das so macht als Ehefrau des Pinneberger Kirchenmusikers, wenn man eine von dessen Schülerinnen trifft. Die Kirchenmaus hat ganz normal geantwortet, erzählte Ma, sie sagte, daß sie froh sei, einen so verständnisvollen Lehrer gefunden zu haben. Und dann kam mein Vater aus dem Haus und trug zwei Koffer. Die hat er in den vw gelegt, und zu Ma hat er gesagt: »Ich kann nicht anders, Almuth.« Mehr nicht. Hat sich neben die Kirchenmaus gesetzt und ist abgefahren und hat nichts mehr von sich hören lassen. Hat sich nicht um seine Kinder gekümmert, hat keinen Pfennig gezahlt. Hat sich hundertprozentig gedrückt. Zehn Jahre lang war Ma zu stolz, ihm nachzuspionieren. Erst 71 ließ sie ihn suchen und beantragte die Scheidung, auch in der vergeblichen Hoffnung, noch ein bißchen Schotter aus ihm rauszuschlagen.

Ich weiß nicht, ob sie ihn nicht auch einfach noch mal wiedersehen wollte, ich an ihrer Stelle hätt's gewollt, wenn auch nur, um diesem Miesling ins Gesicht zu spucken, außerdem wär ich einfach neugierig gewesen, aber er hat sich zu keinem persönlichen Kontakt herabgelassen, kein Anruf, kein Brief, nix. Hat durch einen Anwalt antworten und wegen der Alimente seine *finanzielle Situation* darlegen lassen, die selbstredend so beschissen war, daß er sich nicht in der Lage sah, auch nur einen einzigen Piaster abzudrücken. Ma hätt ihn verklagen sollen, ihn notfalls pfänden lassen, was weiß ich, ich hab auf sie eingeredet wie auf einen lahmen Gaul, aber sie blieb eisern, ihn bis aufs Hemd auszuziehen kam für sie nicht in Frage. Ich hätt's getan, bis zur allerhöchsten Instanz wär ich notfalls gezogen, der

Scheißkerl wär mir nicht davongekommen. Aber als Ma mir vorschlug, ich könnte ja mal hinfahren zu ihm, zusammen mit Hartmut, hab ich abgewinkt. Feige, kann sein. Aber wer hat schon Bock, seinen Haß auf die Probe zu stellen. Nachher hätte der mich noch vollgejault und mein Mitleid erpreßt, muß ich nicht haben.

»Claire kam auch vor in meinem Traum«, sagt Nora. »Du übrigens auch. Banane?«

»Nicht eben jetzt«, sag ich. »Und? Haben wir uns anständig benommen?«

Sie stopft eine Banane in sich rein, eine zweite in ihre Handtasche. Mit diesem entwaffnenden Gesichtsausdruck, den sie schon als Kind aufsetzte, wenn sie in der Schule darum bat, austreten zu dürfen. Sie sagte nicht: »Ich muß mal aufs Klo«, sie sagte: »Darf ich bitte austreten?« Ich bin in meinem ganzen Leben nur ein einziges Mal ausgetreten, und zwar aus der Kirche. Hat Spaß gemacht.

»Ihr wart mit mir in diesem Gefängnis, irgendwelche Details hab ich leider vergessen«, sagt sie und reicht gleichzeitig Salz und Pfeffer zum Nachbartisch hinüber, wo eine der Schweißbräute vor einer halbierten Tomate rumzögert. Bricht eine ihrer typischen, belanglosen Kurzplaudereien mit Wildfremden vom Zaun, wobei sie auch schon aufsteht, ihren Stuhl ordentlich zurechtrückt und ihre Tasche schnappt.

Wetten, sie kann sich erinnern? Ich weiß, wie ihre Stimme klingt, wenn sie schwindelt. Aber was gehen mich schließlich ihre Träume an. »Also, bis gleich«, sag ich und rausch vor ihr aus dem Frühstücksraum. Wenigstens einmal will ich vorn sein, wenn's auch nur an einer läppischen Schwingtür ist.

Natürlich hat sie mir angesehen, daß ich mich genauestens erinnere, aber ich werde den Teufel tun und ihr beschreiben, wie sie sich an Claire geschmiegt hat, wie animalisch sie sich miteinander beschäftigt haben, wie zwei Katzentiere, und wie vergessen ich dabei war. Als hätte es mich nie gegeben. Aber letzten Endes werden alle Menschen vergessen sein, wie wichtig sie zu ihrer Zeit auch sind und wie aufregend ihr Leben auch sein mag. Ein paar Namen bleiben übrig im besten Fall. Worthülsen. Alexander der Große. Mozart. Von Dodo und Claire und mir wird schon in ein paar Jahrzehnten keine Seele mehr etwas wissen, nichts wirklich Wichtiges. Und es wird sein, als hätten wir nie existiert. Irgendwelche Grabsteine vielleicht, aber auch die werden heutzutage ja nicht besonders lange in Ehren gehalten.

Schon komisch, daß ich mich hier und jetzt am offenen Fenster mit irgendwelchen absurden gymnastischen Übungen abmühe, weil mir vor der Vorstellung graut, während unserer Stadtbesichtigung keine vertrauenswürdige Toilette zur Hand zu haben. Für mich in diesem Moment die wichtigste Sache auf der Welt, aber als Ganzes gesehen nicht mal ein Hühnerwind, wie Paps sagen würde. Seitdem ich nicht mehr Tennis spiele, roste ich spürbar ein, ich sollte wenigstens regelmäßig Gymnastik machen.

Ich hab mir oft gewünscht, einmal für ein paar Minuten in Dodos Körper zu stecken, zu gern hätte ich gewußt, wie sich das anfühlt, so flink zu sein und so gelenkig. Und immer vorn. Wie sie das wieder hingekriegt hat, mit einer ihrer schnellen Bewegungen vor mir den Speiseraum zu verlassen, es muß für jedermann ganz normal ausgesehen haben, aber den Blick, den sie mir dabei zugeworfen hat, konnte ich sehr wohl einordnen. Genau so hat sie mich angesehen, wenn sie beim Weitsprung früher gute achtzig Zentimeter weiter gekommen war als ich, und immer war sie sofort wieder elegant auf den Füßen, während ich mir noch den Sand abklopfte. In meiner Erinnerung ist sie grundsätzlich nach mir gesprungen, niemals hat sie diesen kleinen speziellen Triumph ausgelassen. Aber vielleicht irre ich mich ja auch. Vielleicht ist es nur zwei- oder dreimal vorgekommen und hat sich in mir so festgesetzt, daß ich es als Fait accompli nehme. Jedenfalls hab ich mir Dodos wegen in vielen Bereichen ganz besondere Mühe gegeben, da, wo ich schlechter war als sie, und auch da, wo ich besser war als sie, sie war immer so etwas wie eine Leitplanke für mich. Vielleicht wäre ich ohne sie ein ganz anderer Mensch geworden.

Draußen schaukeln die letzten krumpeligen Blätter an den Zweigen eines Baumes, der drüben auf dem Nachbargrundstück steht, jenseits einer Ziegelmauer. Irgendwie deprimierend, die absterbende Natur. Aber ich weiß ja, der Winter ist nur eine Phase äußerlichen Stillhaltens, Lothar hat mir erzählt, daß sich in einer einzigen Zelle eines aktiven Menschen pro Sekunde an die vierzigtausend chemische Reaktionen abspielen. Man mag gar nicht darüber nachdenken, weil jede einzelne ein Schritt näher hin ist zum Tod, auch das hat Lothar gesagt. Wie oft ich immer noch an ihn denken muß, vorhin im Bett hab ich ihn mir auch schon wieder herbeigeträumt, wann hört das endlich auf.

Wenn ich ihm irgendwo auf der Straße begegnet wäre, ich hätte ihn vermutlich gar nicht wiedererkannt. Er war ja, genau wie Dodo und Claire, nie zu unseren Klassentreffen gekommen, ich hörte immer nur über Dritte von ihm, daß und wo er studierte, ich hatte nie den Versuch gemacht, den Kontakt wiederaufzunehmen, wozu auch, er interessierte mich nicht, hatte mich im Grunde nie interessiert.

Als Schrade, unser langjähriger Zahnarzt, uns zu seinem Fünfzigsten einlud, wollte ich erst gar nicht mitgehen, wieder so ein entsetzlich öder Abend, habe ich gedacht. Aber Achim bedrängte mich, er ist ja immer darauf bedacht, unsere sozialen Kontakte nicht einschlafen zu lassen, und Schrade saß schließlich auch im Stadtrat. Ich ließ mich überreden, aber ich nahm Achim das Versprechen ab, daß wir spätestens um elf aufbrechen würden.

Es war ein drückend schwüler Abend in diesem ohnehin so heißen Sommer 96. Ich trug ein ärmelloses Kleid aus sehr dünner Seide, es klebte mir schon nach wenigen Minuten am Körper, und ich fühlte mich unsauber und klebrig. Schrades hatten in ihrem Wohnzimmer sämtliche Fenster aufgerissen und die doppelflügelige Tür zum Garten geöffnet. Schon von weitem hörte man die Stimmen ihrer Gäste und wunderbar heitere Musik, ich glaube, er spielte gerade Gershwin, als wir ins Zimmer traten, Achim und ich.

Ich nahm ihn zuerst gar nicht wahr. Ich überreichte Schrade unser Geschenk, Achim übergab die Blumen an

Frau Schrade, einen dicken Strauß weißer und mauvefarbener Rittersponnrispen aus unserm Garten, wir tranken ein Glas Champagner. Dann nahm Schrade mich am Arm. »Ich muß Ihnen unbedingt einen jungen Kollegen von mir vorstellen«, sagte er und zog mich Richtung Flügel. »Ich glaube, Sie kennen sich sogar.« Und der junge Kollege war Lothar. Er hörte nicht auf zu spielen, als ich neben ihm stand. »Sind Sie nicht zusammen zur Schule gegangen?« sagte Schrade.

Ich starrte Lothar ungläubig an. Er hob kurz den Kopf, blickte mir in die Augen, lächelte und sagte: »Nora.« Kein freudiger Ausruf, keine Überraschung, keine Frage. Nur: »Nora.« Dabei spielte er weiter, auf eine phantastisch mitreißende Weise, und hinter mir fragte jemand, ob er Pianist sei, und er lachte nur.

Natürlich erinnerte ich mich, daß er Klavierunterricht gehabt hatte während unserer Schulzeit und daß er ein guter Tänzer war und sich sogar mit dem Gedanken getragen hatte, Musik zu studieren. Aber ich hatte ihn nie spielen hören. Bei Schrades spielte er ohne Noten, und er sah auch selten auf die Tasten. Meistens blickte er hinaus in den dunklen Garten, während seine Hände auf der Tastatur tanzten, und sein Gesicht hatte einen Ausdruck unendlicher Gelassenheit und Freude.

Ich konnte nicht aufhören, ihn anzusehen, den ganzen Abend lang. Ich zwang mich, andere Gäste zu begrüßen, Konversation zu machen, heiter zu plaudern, aber immer wieder wurde mein Blick wie magnetisch von ihm angezogen, ich hatte schon Angst, es könnte auffallen, nicht nur den anderen, sondern auch ihm.

Wenn mir einer vor dreißig Jahren gesagt hätte, daß ich ausgerechnet ihn eines Tages so faszinierend finden würde, ich hätte nur gelacht. Damals war er zwar vorhanden gewesen in meiner Welt, aber in meinen Gedanken hatte er keine Rolle gespielt. Ich hatte ihn ganz nett gefunden und Mitleid mit ihm gehabt, aber seine offensichtliche Zuneigung war mir peinlich und lästig gewesen, seine Aknepickel hatten mich ebenso abgestoßen wie seine unbeholfenen Annäherungsversuche.

Er war sehr groß, bestimmt einen Meter neunzig, breitschultrig, langbeinig. Das Haar dicht, perfekt geschnitten und ohne einen Hauch von Grau. Dunkler Anzug, teure Schuhe. Seine Haut war gebräunt, und nur ein paar winzige Narben im Gesicht erinnerten an seine früheren Hautprobleme, auf mich wirkten diese kleinen Unregelmäßigkeiten erotisierend. Er spiele auch erstklassig Tennis, raunte mir Frau Schrade zu, und seine Frau sei einfach reizend.

Seine Frau. Er war verheiratet, natürlich. Und glücklich, wie mehrfach betont wurde. Sie hieß Natalie, war zehn Jahre jünger als er und damit auch als ich, Fotografin, zierlich, bildhübsch, charmant, Achim war auf den ersten Blick von ihr begeistert. Ich sah ihn stundenlang mit ihr sprechen, sie standen in der Tür zum Garten und unterhielten sich angeregt, während ich wieder einmal am Flügel stand, schräg hinter Lothar. Ich war in guter Gesellschaft, die meisten Frauen standen dort, nicht nur auf mich wirkte er wie ein Magnet. An seinem Hals sah ich im Gegenlicht flaumige Härchen, von der Sonne gebleicht, und ich fühlte das unwiderstehliche Bedürfnis, die Hand auszustrecken und über diesen Flaum zu streichen, es kribbelte mir in den

Fingern, ich mußte mich abwenden und ein paar Schritte weggehen.

Erst später, am kalten Büfett, sprach er mich an, und wir setzten uns gemeinsam zum Essen an einen kleinen Tisch. Ich weiß nicht mehr, was er alles erzählt hat, ich glaube, von seiner Praxis in Eppendorf und wie er vor ein paar Wochen zufällig auf einem Kongress Schrade getroffen habe, irgend so etwas. Ich sah ihn an und bemühte mich um einen unverbindlichen Gesichtsausdruck, und die ganze Zeit über dachte ich nur: O Gott.

Während meiner ganzen Ehe hatte ich bis zu diesem Moment nie an einen anderen Mann auch nur gedacht, ich war glücklich mit Achim, alles stimmte, auch im Bett. Und nun saß ich hier, mit einem Mann, den ich seit Kindesbeinen kannte, und wünschte mir nichts sehnlicher, als daß er mich berühren würde. Ich hatte so etwas noch nie erlebt, dieses brennende körperliche Verlangen, nicht einmal bei meiner ersten Begegnung mit Achim. Ich starrte auf Lothars Mund, auf seine Unterlippe, die weich und fest zugleich aussah, und auf seine Zunge, die sich zwischen seine Zähne schob, als er mir Wein nachschenkte.

Gegen halb eins wollte Achim nach Hause, er hatte einen anstrengenden Tag in der Kanzlei vor sich. Beim Abschied wartete ich darauf, daß Lothar ein Treffen zu viert vorschlagen würde, eine Einladung aussprechen, aber er sagte nichts. Natürlich hätte auch ich die Initiative ergreifen können, Achim hätte Lothars schöne Frau sicher gerne wiedergesehen, aber irgend etwas hielt mich zurück. Vielleicht hatte ich insgeheim auch Angst vor einem Wiedersehen, vor der unwiderstehlichen Faszination, die dieser

Mann auf mich ausübte, von der ich völlig überrumpelt und schockiert war.

Obwohl wir beide müde waren, Achim und ich, schliefen wir in jener Nacht miteinander. Und in meiner alkoholumnebelten Vorstellung war nicht er es, sondern Lothar, der in mich eindrang. Ich schlang die Arme um Achims Rücken und schob meine Hand hinauf zu seinem Nacken, um den weichen Flaum zu streicheln, den ich immer noch so deutlich vor mir sah. Und den meine gierigen Finger nicht finden konnten.

Claire

Immer wieder faszinierend, wie schnell die *Lenz 9* wirkt, ich bewundere die Chemiker zutiefst, die diese winzigen Meisterwerke erfunden haben. Dodo und ich warten unter den falschen Palmen in der Lobby auf Nora, schon sechzehn Minuten, und ich habe das Gefühl, als könnte ich die sprichwörtlichen Bäume ausreißen, aktiv, optimistisch, schön. Ich muß nur aufpassen, höchstens noch zwei weitere heute, ich darf nicht in Abhängigkeit geraten, auf keinen Fall so viele nehmen wie gestern. Aber gestern war ein besonderer Tag, heute wird alles leichter gehen. Meine Seele hat eine kugelsichere Haut.

Ich will nicht mehr warten, ich will jetzt los, nach draußen, durch diese fremde Stadt wandern. Es wird sein, als säße ich im Kino und sähe mir selbst zu. Vielleicht sitzen alle Menschen immerzu nur im Kino, und niemand kennt die Wirklichkeit.

»Laß uns gehen«, sage ich, hänge mich bei Dodo ein und ziehe sie Richtung Tür.

Sie bläst ihre Backen auf. »Und Nora?«

Ich werfe pro forma einen Blick auf meine Armbanduhr. »Wer zu spät kommt, den bestraft das Leben«, sage ich. »Gib zu, du hast auch keine Lust auf ihr Kulturprogramm, oder? Nur ein Stündchen shoppen, na komm.« Damit kriege ich sie immer rum.

Sie knallt mir einen Kuß auf die Wange, und wir beschleunigen unseren Schritt und sind schon draußen.

Dodo

Es wimmelt von Gotteshäusern in dieser Stadt, mir schwant Übles: Nora wird uns in jede einzelne Kirche schleifen wollen, sie kann ja nichts auslassen, ihre Bibel ist der *Baedeker.* Wir haben zwanzig Minuten vergeblich auf sie gewartet, wahrscheinlich hat sie ihre edlen Vorsätze über Bord geworfen und stundenlang mit ihrem Achim telefoniert und hockt jetzt im nächstbesten Café und streicht ihre Besichtigungsplanung zu einem Intensivprogramm zusammen. Anstatt die Gelegenheit zu nutzen und sich ohne uns ein paar von diesen gruseligen Kapellen und modrigen Grüften reinzuziehen. Und ihrem lieben Gott für ihren lieben Achim zu danken.

In den letzten Jahren hat sie irgendwie ein abartiges Bedürfnis nach Religiosität entwickelt, keine Ahnung, was da in sie gefahren ist. Als wir dreizehn waren und zu diesem bescheuerten Konfirmandenunterricht mußten, zwei Jahre lang jede geschlagene Woche, da hat sie begeistert mit uns zusammen geschwänzt. Wenn Backes oder Tiedjens uns draufgekommen wären, hätte ich die tollsten Ausreden parat gehabt, war alles echt konspirativ abgesprochen zwischen uns dreien. Und als wir irgendeinen Jokus in den Klingelbeutel tun wollten, und es sollten keine Knöpfe sein, da hat sie ihrem *Paps* die Visitenkarte eines Klienten gemopst, Bürgermeister in Rellingen war der, und mit verstellter Schrift hat sie draufgeschrieben: »Habe DM 3 entnommen bis zum 6. Sonntag nach Trinitatis.« Fanden wir witzig.

Ohne die Eisprinzessin zu fragen, bestell ich uns noch mal das gleiche, wir müssen Power tanken für den Nachmittag. Sie fabrizieren hierzulande fünfzig verschiedene Geneversorten, *fünfzig*, muß man sich mal reinziehen. Außerdem haben die hier Heizstrahler über dem Gestühl vor den Cafés, man kann tatsächlich draußen sitzen, obwohl wir graues Schmuddelwetter haben. Claire hat diesen speziellen Ich-bin-nicht-da-Ausdruck in den Augen und läßt die Blicke der vorbeiflanierenden Typen von sich abperlen wie Essigtropfen von einem frischgepellten harten Ei. Immer ein Auge auf meinen kostbaren Einkaufstüten, brüte ich über einem originellen und zugleich liebevollen Text für eine Ansichtskarte an Fiona, sie erwartet unbedingt Post von mir, dabei wird die Karte garantiert erst nach mir in Köln sein, aber egal.

Sie fängt jetzt an, verdammt konkrete Fragen nach ihrem Vater zu stellen, wo er lebt und was er macht. Ich muß auf jeden Fall verhindern, daß sie auf eigene Faust recherchiert und womöglich eines Tages einen Brief an ihn schreibt, ohne mein Wissen, schön ordentlich mit ihrem Absender hintendrauf, wie ich es ihr beigebracht hab. Das wär die Katastrophe.

Ich muß unbedingt hinkriegen, daß sie sich mit seinen gelegentlichen Besuchen zufriedengibt. Andre Kinder haben gar keinen Vater, oder einen, der mit einer Kirchenmaus abgehauen ist, oder einen, der sich aufgehängt hat wie weiland Walter Backe, weil er irgendwelche krummen Dinger gedreht hat, da in seinem Städtischen Bauamt. Saß ja auch direkt an der Wurst sozusagen, konnte sich bequem eine dicke Scheibe nach der andern abschneiden, sprich

Bimbes kassieren, hier mal zügig ein Areal für Industrieansiedlungen freigeben, da kurz durch die alte Bebauung eine *Tangente* genehmigen, wie sie das nannten, bloß nie das Kind beim Namen nennen, Ma hat sich immer wahnsinnig aufgeregt darüber. Man würde die Stadt nicht mehr erkennen, hat sie gesagt. Nur noch Karstadt und Johs Schmidt und Schnellimbisse, und in den achtzigern dann diese elende Pseudogemütlichkeit auf Teufel komm raus, hier ein Erker, da ein Giebel, aber komisch, immer nur da, wo sie total unmotiviert an den Gebäuden rumhängen. Ich hab ja nicht soviel am Hut mit Architektur, aber Ma war da schließlich aufgewachsen und schwärmte davon, wie individuell die Stadt früher gewesen war. Herzerwärmend, sagte sie und daß sie jetzt den Eindruck hätte, Pinneberg würde von einer Mafia regiert. Sie hat nie Namen genannt, aber ich könnte schwören, der alte Tiedjen hatte genauso seine Finger im großen Ausverkauf wie Backe, die haben sich doch garantiert die Projekte gegenseitig zugeschoben.

»Sag mal, Claire. Dein Vater damals…«

»Adoptiv, ja?« Sie schnappt automatisch zu, obwohl sie mit ihren Gedanken sonstwo ist.

»Gut, Adoptiv. Was hat der eigentlich verbockt damals?«

Sie wirft mir einen ihrer berühmten veilchenblauen Blicke zu, schaut dann hinüber zu den Giebeln der alten Kaufmannshäuser. Oder, eher, ins Nichts.

»Ich mein, ehe man sich aufhängt? Machst du doch nicht, wenn du meinetwegen zwei achtzig aus der Portokasse geklaut hast. Der muß doch echt Scheiße gebaut haben.«

Sie zögert. Dann mit flacher Stimme: »Interessiert dich das wirklich?«

»Klar«, sag ich. »Ich hab mich immer gefragt, was…«

»Er war ein Schwein«, fällt sie mir ins Wort. »Ich hab mit ihm nichts mehr zu schaffen.« Fummelt mit unsicheren Fingern eine Zigarette aus dem Päckchen. »Man sucht sich seine Adoptivväter nicht aus, verstehst du? Jedenfalls nicht, wenn man vier ist. Aber man hat immerhin die Möglichkeit, wenn man halbwegs bei klarem Verstand ist, so eine aufgezwungene Beziehung zu beenden. Und beenden heißt für mich beenden. Ob er tot ist oder nicht, der Mann existiert nicht für mich. Jedenfalls versuch ich das. Aber…«

»Aber man erinnert sich doch. Ob man will oder nicht.« Ich hab sie unterbrochen. Mist. Immer einen Tick zu schnell, Dodo Schulz, wann wirst du's mal endlich lernen.

Sie zündet ihre Zigarette an. Ihre Finger zittern tatsächlich. Gitarrenfieber hat Axel das immer genannt und damit gemeint: zuviel gesoffen, zuviel gekifft, zuviel Scheiße auf der Welt. Wie komm ich jetzt auf Axel, verdammt.

»Hat mit Noras seriösem *Paps* gemauschelt«, sag ich. »Stimmt's? Grundstücke verschoben und so.«

Sie bläst Rauch rauf zu den rotglühenden Heizschlangen.

»Hat meine Ma mal angedeutet«, sag ich. »Väter sind ja leider oft daneben, ob sie jetzt Amigos sind oder mit irgendwelchen Girls die Biege machen.«

Sie quetscht die Zigarette in den Aschenbecher. Nach zwei Zügen, mein Gott, aber sie hat's ja. Und sagt, wieder mit dieser flachen Stimme: »Backe war nicht mein Vater, kannst du dir das bitte merken. Ich probier mal, die neue *Zeit* zu kriegen da drüben.«

Steht auf, dreht ab und geht mit langen Schritten über den Platz, auf den Kiosk zu. Ich könnt mich in den Hintern beißen: Statt Noras Abwesenheit zu nutzen, eine harmonische und freundschaftliche Stimmung herzustellen und Claire doch noch mein Finanzdesaster zu beichten, bring ich ihre bescheuerte Familie aufs Tablett.

Adoptivfamilie, pardon. Weiß ich doch, daß das ein Tabuthema ist, ich dumme Kuh. Warum sollte Claire jetzt plötzlich über die Backes reden wollen, sie hatte doch schon damals nur ein einziges Ziel: Abi und Abflug. Sie hat sich in München eingeschrieben, um möglichst weit weg zu sein von Pinneberg. Und Pinneberg waren für sie nun mal in erster Linie die Backes, klar. Das Kaff war für sie genauso gestorben wie für mich, aber ich hatte immerhin einen handfesten Grund, sie dagegen nur irgendwelche Animositäten gegen ihre spießigen Eltern. Adoptiv, meine ich.

Doch nur, weil ich es so wollte, sind wir damals von Amsterdam direkt nach München gefahren, wo sie das Wunder vollbrachte, innerhalb von vier Tagen ein Zimmer zu finden, so lange haben wir in der Jugendherberge gepennt, wo man tagsüber raus mußte. Ich hab von morgens bis abends im Englischen Garten rumgelegen und geheult. Und als ich leergeheult war, hab ich Rache geschworen.

Das Zimmer lag unterm Dach, und es regnete durch, und das Klo war eine Etage tiefer, und wenn man von zu Hause angerufen wurde, mußte man zur Vermieterin ins Schlafzimmer, Birke geflammt, und sie machte sich an ihren diversen Dirndln und Lodenmänteln im geflammten

Kleiderschrank zu schaffen, bis man fertig war mit Telefonieren, und wenn sie einen beim Flennen erwischte, kam sie zehn Minuten später mit einem Glas angezittert, da hatte sie rohes Ei und Portwein drin verquirlt, und sie hat einem auf der Pelle gehockt, bis man das Zeug runtergewürgt hatte, nicht ein einziges Mal hab ich dem Glibber ausweichen können.

Aber für Claire war's natürlich das Paradies. Sie sagte, ich könne bei ihr wohnen, solange ich wolle. Ich wollte eigentlich gar nichts, auch nicht mehr leben, aber sie brachte mich dazu, noch einmal mit ihr zurückzufahren, wir packten unsre Sachen, sie bei Backes im Rosenhof und ich bei Ma in der Ebertstraße, und drei Tage später waren wir wieder in München. Sie hat Kunstgeschichte belegt und Germanistik und Archäologie und hat gleich im ersten Semester zwei Referate gemacht. Ich hab nur rumgehangen und ließ mich von ihr durchfüttern, bis sie mir eines Tages ganz fürchterlich den Kopf gewaschen hat: Sie könne nicht länger mit ansehen, wie ich meine Zeit vergeude, es mache sie krank, daß ich mich so vernachlässige. Wenn ich mich zu einer Drohne entwickeln wolle, solle ich das außerhalb ihres Gesichtsfeldes tun pipapo.

Irgendwie war ich unheimlich erleichtert, daß sie endlich explodierte, obwohl ich so tat, als fänd ich ihre Standpauke zum Kotzen überheblich. Ich zögerte zum Schein paar Tage rum, dann suchte ich mir nach bewährtem Muster wieder mal einen Job in einer Kneipe, und zum Sommersemester hab ich mich dann immatrikuliert. Ist dann ja nicht besonders erfolgreich gewesen, mein sogenanntes Studium, aber ich hab doch immerhin einen Schimmer gekriegt, wie uneffektiv an so einer Universität gearbeitet wird. *Forschung und Lehre,* daß ich nicht lache.

Mit ihrer *Zeit* unterm Arm kommt sie zurück über den Platz, hinter ihr her zwei Kerle, denen die Dorschaugen gleich aus dem Kopf fallen. Ich sollte ihr gelegentlich sagen, wie gut mir ihr Anschiß getan hat damals. Wenn sie mich weiter hätte rumlottern lassen, wär ich vielleicht echt unter die Räder gekommen, in Schwabing konnte man damals ja Drogen an jeder Ecke kriegen, und ich ließ natürlich nichts anbrennen, was irgendwie geeignet war, mir die Verantwortung für mich selber abzunehmen. Wenn ich's recht bedenke, hat Claire mir immer nur geholfen, und zwar entscheidend. Daß sie mir nach dem Tod von Ma keine Seelenergüsse geschrieben hat, ist eigentlich überhaupt nicht verwunderlich: Sie weiß nicht, wie es ist, die Mutter zu verlieren. Sie kann es nicht wissen.

Sie nimmt neben mir Platz, die beiden Typen drehen mit bedauernder Grimasse ab. Sie winkt der Bedienung.

»Möchtest du noch was«, sagt sie. »Sonst zahl ich mal. Wir sollten uns um Nora kümmern.«

»Einen Zitronengenever«, sag ich. »Und danke übrigens. Hierfür«, ich schnipp gegen meine Einkauftüten, »und überhaupt.«

»Nicht der Rede wert«, sagt sie.

Ob sie das auch sagen würde, wenn sie das Ausmaß der Ebbe in meiner Kasse kennen würde? Wenn sie wüßte, daß ich nicht weiß, wie ich die Miete nächsten Monat bezahlen soll. Daß seidene Unterröcke nun wirklich das letzte sind, was ich brauch. Als wir vorhin vor dem Schaufenster einer dieser zahllosen Nobelboutiquen mit schniekster Unterwäsche stehenblieben, hat sie mich spontan reingeschleppt, wir haben fürchterlich zugeschlagen, anschließend auch in einem Schuhgeschäft, sie immer mit ihrer Golden Card. In mir der krasse Neid, sie muß einen Schweine-Umsatz machen in ihrer Galerie. Die ihr in den Schoß gefallen ist, weil dieser alte Ami einen Narren an ihr gefressen hatte, klar, alle Schwulen fahren auf Claire ab, und zwar auf Dauer. Heteros werfen eher früher als später das Gewehr ins Getreide, siehe Philipp Pilardy. Werd ich nie vergessen, wie der sich vor mir ausgejammert hat, ziemlich detailliert. Und lange vor ihrer Scheidung.

Sie zahlt, ich kipp den Zitronengenever runter. Nette Wärme breitet sich in meinem Bauch aus. Ich schreib: »Liebe Schnecke, aus dieser wunderschönen Stadt schick ich dir tausend Küsse und Grüße.«

Und dann sticht mich der Hafer, und ich sag: »Was meinst du: Soll ich Nora unterschreiben lassen? An Fiona?«

Sie überläßt der Bedienung ein erstaunlich knappes Trinkgeld und hebt die Brauen: »Rechne damit, daß ich dir eines Tages nicht mehr zur Verfügung stehe, als deine Komplizin.« Bündelt ihre *Zeit,* erhebt sich und geht los.

Was ist denn jetzt in sie gefahren? Will sie mir drohen? Aber warum, zum Teufel? Ich sprinte ihr nach.

»He Claire, was sollte denn das eben?«

»Könnte sein, daß ich demnächst ganz und gar weg bin.«

Weg? O verdammt, ich hab gedacht, das Thema wär vom Tisch.

»Willst du jetzt etwa doch nach New York?« sag ich. »Wolltest du doch schon im letzten Winter, als dein Ami abgetreten ist, und hast dann doch nicht die Kurve gekriegt.«

»Sommer«, sagt sie. »David ist im Sommer gestorben. Am siebenundzwanzigsten Juli.«

»Von mir aus auch im Sommer. Du hast es nicht gemacht, weil du genau weißt, daß du nicht der Typ bist, der drüben auf Dauer glücklich werden kann, hast du selber erzählt. Diese ewigen Parties sind dir total auf den Senkel gegangen und daß die null Ahnung von Kultur haben.«

Es fängt an zu regnen. Sie macht noch längere Schritte und hält ihr Gesicht in die mir abgewandte Richtung. Ich lauf neben ihr her und schwall Dünnsinn ohne Punkt und Komma. Ich hab Angst, sie zu verlieren. Sie ist mein Mitwisser, sie ist der einzige Mensch, der meine Rache rechtfertigen kann. Und sie ist der einzige Mensch, an dessen Schotter ich rankommen könnte.

Nora

Wann bin ich das letzte Mal allein im Regen durch einen Park gegangen? Ich kann mich nicht entsinnen. Als Kind bin ich immer durch den Wald gelaufen, wenn ich traurig war, von der Christuskirche bis zum Sportplatz und zurück durch den Rosengarten. Wenn ich dachte, Dodo und Claire wollen mich nicht dabeihaben. Manchmal kamen sie mir so entsetzlich aufeinander eingeschworen vor, daß ich mich für alle Ewigkeiten ausgestoßen fühlte. Und anstatt mir ein Herz zu fassen und sie zur Rede zu stellen, bin ich weggelaufen, weil ich Angst vor einer Abfuhr hatte. Eigentlich hat sich daran überhaupt nichts geändert bis heute.

Daß sie mich zum Beispiel nie besuchen zu Hause. Na ja, bis auf dieses eine Mal, als nur Claire kam, und ausgerechnet da wäre sie besser weggeblieben, habe ich oft gedacht. Sie müssen Pinneberg aus tiefstem Herzen hassen, alle beide, und wahrscheinlich verachten sie mich, weil ich dort geblieben bin, ein Nesthocker. Dabei lebt man in Pinneberg unter Garantie besser als in Köln oder München, warum würden sonst immer mehr Hamburger zu uns raus ziehen in den Speckgürtel, wie Achim immer sagt. Natürlich haben auch wir Ausländerprobleme und Drogen und herumlungernde Jugendliche, aber doch nicht diesen Krach überall und diese entsetzliche Reizüberflutung. So wie Dodo in Köln möchte ich nicht für alles Geld dieser Welt leben müssen, allein dieser ewig zusammenbrechende Verkehr und die ganze Stadt voller Jecken. Achim behauptet ja, daß man den Menschen dort heute noch ihre Abstammung von irgendwelchen zweitrangigen römischen Legionären ansieht, die nichts im Kopf hatten als... ich glaube, er benutzte sogar das Wort *rammeln.*

Ich habe schon oft versucht, ihnen zu erklären, warum ich an meinem Heimatort so hänge. Daß ich völlig zufrieden bin dort. Daß es mir ausreicht, meine Neugier auf die Welt während der Reisen mit meiner Familie und auch mit ihnen beiden zu befriedigen, und daß ich jedesmal gern zurückkomme und jedesmal aufs neue verblüfft und entzückt bin, wie gut ich es habe zu Hause. Denn jedesmal sehe ich meine alte Umgebung mit neuen Augen. Claire und Dodo hören sich das zwar immer geduldig an und sagen: »Wie schön für dich«, aber ich merke ihnen an, daß sie mich für rettungslos hinterwäldlerisch halten.

Auch daß sie nicht auf mich gewartet haben heute morgen, schmerzt mich immer noch. Dabei liegt der Fehler bei mir, ich hätte kurz beim Portier anrufen können, daß ich noch ein paar Minuten brauche, daß ich mich nicht gut fühle, daß ich den Alkohol gestern nicht hätte trinken dürfen. Aber dann hätten sie sich Sorgen gemacht und mit der Fragerei nicht aufgehört. Schon besser so. Sie haben mir ja auch einen Zettel hinterlassen, ich hab also gar keinen Grund zum Jammern, wir sind erwachsene, selbständige Frauen. Und wenn ich mir jetzt noch die Jeruzalemkerk ansehen will, sollte ich allmählich mal umdrehen. Beim Standbild da vorne, alter Mann auf Sockel.

Guido Gezelle, 1830 bis 1899, berühmter Priesterpoet.

Sieht ausgesprochen verbittert aus, der Herr, wahrscheinlich war er unzufrieden mit der Welt, die sich natürlich auch vor hundert Jahren schon immer weiter vom ursprünglichen Gedanken der Schöpfung entfernt hatte. Als ich klein war, wollte ich vorübergehend mal Nonne werden, erst Seiltänzerin, dann Konditor, dann Nonne, aber wahrscheinlich hatten alle kleinen Mädchen damals diese Vorstellung, in die Welt hinauszugehen und Gutes zu tun.

Sogar Dodo wollte nach Afrika und kleine schwarze Kinder retten, in der Sexta war das, weiß ich noch genau, lange bevor sie dann auf den politischen Trip kam und immerzu von Revolution in der Dritten Welt geredet hat. Sie war ja sogar in Brokdorf gewesen, gar nicht lange vorm Abi, ich weiß noch, daß Paps und Mami sich entsetzlich aufgeregt haben darüber, sie würden sich nicht wundern, wenn Dodo bei der RAF landen würde, haben sie mal gesagt. Sie haben ihr alles zugetraut, damals flog ja auch alles drunter und drüber, alle naslang ein neuer Mord und diese ewigen Studentenunruhen überall. Eines Morgens hat Paps die Zeitung auf den Fußboden geworfen und gesagt, er verstehe die Welt nicht mehr, aber als ich aus der Schule zurückkam, überwachte er die Installation des neuen Farbfernsehers, und sogar Mami hat sich dann regelmäßig die *Tageschau* angesehen. Und Dodo hat in der Schule wie ein Weltmeister mit ihren politischen Aktivitäten angegeben, und alle haben sie bewundert. Sie war von Polizisten verprügelt und von Wasserwerfern in einen Graben geschleudert worden, sie habe Glück gehabt, überhaupt mit dem Leben davongekommen zu sein, hat sie gesagt, und noch tagelang kam sie mit ihren zerrissenen und schlammverkrusteten Brokdorf-

Jeans zum Unterricht. Und wenn sie einen Polizisten auch nur von ferne sah, hat sie »Scheißbulle!« gezischt, selbst dann, wenn er nur den Verkehr regelte, weil die einzige Ampel in Pinneberg mal wieder ausgefallen war, zwischen Bahnhofstraße und Fahltskamp.

Heute liegt jegliches politische Engagement längst hinter ihr, sie kümmert sich im Grunde genauso wenig um das Weltgeschehen wie ich und auch Claire, die wir uns bei Lichte betrachtet nur mit uns selbst und unserem allernächsten Umfeld beschäftigen. Von tatkräftigem Mitgefühl mit der übrigen Menschheit ist bei keiner von uns viel geblieben.

Na sieh mal, da sind ja meine Nonnen wieder, wenn man vom Teufel spricht... Mit lauter schwarzen Schirmen, ein bißchen unheimlich, wie ein Lindwurm schlängeln sie sich eine hinter der anderen den schmalen Weg entlang, zwischen den kahlen, nassen Büschen. Ich würde mich ganz gern mal länger mit ihnen unterhalten, sie fragen, weshalb sie sich für so ein Leben entschieden haben, manche von ihnen sind noch blutjung. Ob sie gar nicht unter dem Zölibat leiden? Na gut, wenn man nicht weiß, was einem entgeht, kann man's vielleicht ertragen ohne Sexualität. Aber ein bißchen Körperkontakt braucht doch jeder Mensch. Daß einen mal jemand in den Arm nimmt, einfach so. Daß man nachts aufwacht, und jemand liegt neben einem, ist einfach da, das sind doch tröstliche Momente, auf die ich nicht verzichten möchte. Auch wenn ich eine Zeitlang davon geträumt habe, es wäre nicht Achim, der neben mir liegt, sondern Lothar.

Nach unserem Wiedersehen bei Schrades hatte ich insgeheim erwartet, er würde sich melden, aber er tat es nicht. Im Herbst fand in unserm Club ein Tennisturnier statt, und ich hoffte, er würde daran teilnehmen, ich wußte von Schrades, daß die beiden Ehepaare ab und zu gemischtes Doppel spielten, aber er tauchte nicht auf. Ich überlegte, ob ich ihn in seiner Hamburger Praxis aufsuchen sollte, am unverfänglichsten mit einem der Kinder, bei Daniel stand eine größere Zahnregulierung an, aber ich fürchtete, Lothar würde diesen Vorwand sofort durchschauen, Schrade war ein sehr guter Zahnarzt, wir brauchten keinen anderen, das wußte auch Lothar. Außerdem hatte ich Angst, Schrade könne gekränkt sein, wenn er erführe, daß wir den Dentisten gewechselt hatten.

Ich fühlte mich nicht gut während dieser Wochen im Herbst, ich spürte eine quälende Rastlosigkeit in mir, die ich bis dahin nicht gekannt hatte. Sogar Achim fiel auf, wie unruhig und gereizt ich war, aber er schob es auf die ständigen Auseinandersetzungen mit Daniel, dessen Schulleistungen damals rapide nachließen und mit dem es häufig lautstarke Auseinandersetzungen gab.

Im November endlich faßte ich mir ein Herz und lud Lothar, natürlich gemeinsam mit seiner Natalie, zu einem Abendessen in kleinem Kreis zu uns nach Hause ein. Ich war zu feige, ihn anzurufen, statt dessen schickte ich eine Einladungskarte, ganz formell, wie meine Eltern es getan hätten.

Drei Tage später rief er mich an, gegen elf Uhr vormittags, ich räumte gerade die Geschirrspülmaschine aus. Als ich seine Stimme hörte, fingen meine Beine an zu zittern, ich mußte mich an den Küchentisch setzen. Er bedankte sich förmlich für die Einladung, leider aber sei es ihnen unmöglich zu kommen, sie hätten bereits vor Wochen eine feste Verabredung für besagten Abend getroffen.

»Wie schade«, sagte ich, »aber da kann man nichts machen.« Ich hatte Mühe, einen unauffälligen Tonfall zu finden, am liebsten wäre ich in Tränen ausgebrochen, so niedergeschlagen war ich.

»Vielleicht ein andermal«, schlug er vor, höflich wie eh und je. »Am besten nach Weihnachten, da hab ich mehr Luft.«

Bis Weihnachten waren es noch sechs Wochen. »Und vorher? Wenigstens auf einen schnellen Kaffee?« Ich merkte selbst, wie drängend meine Stimme klang, und ich verabscheute mich dafür.

Wir verabredeten uns für den Mittag des 18. November, den kommenden Montag, in einem Lokal in der Nähe seiner Praxis. Ich müsse an diesem Tag ohnehin nach Hamburg, log ich. Weihnachtseinkäufe machen.

Drei Tage vorher rief er wieder an, kurz nach dem Mittagessen. Es war ein Freitag, ich war allein mit den Kindern, Achim war zur Fortbildung auf einer Juristentagung in Düsseldorf, die bis Montag dauern sollte, zum ersten Mal war ich froh gewesen, daß er weggefahren war, ich hatte das Bedürfnis, so oft wie möglich allein zu sein.

Er sagt unsere Verabredung ab, war mein erster Gedanke. Und ich versuchte mich innerlich gegen diese neuerliche Enttäuschung zu wappnen. Aber es kam anders. Ob ich für diesen Abend schon etwas vorhätte, fragte er, seine Frau habe überraschend einen Auftrag für eine große Reportage in den neuen Bundesländern bekommen und sei gerade eben aufgebrochen und er habe Konzertkarten für den Abend, in der Musikhalle, allein habe er keine Lust, aber es wäre schade, sie verfallen zu lassen, und da habe er an mich gedacht.

An jenem 15. November spielte das NDR-Symphonieorchester Brahms und Mahler, ausgerechnet. Ich saß neben Lothar in der fünften Reihe, meine Hände waren eiskalt, ich zitterte so, daß er es bemerkte, denn nach dem Brahms zog er seine Smokingjacke aus und legte sie mir um die Schultern, sie war warm von seinem Körper, und ich zog sie eng um mich und konnte doch nicht aufhören zu zittern.

Nach dem Konzert schlug er vor, noch ein Glas trinken zu gehen, aber die Vorstellung, gemeinsam mit ihm in irgendeiner Kneipe zu sitzen, inmitten von Lärm und Rauch, war mir unerträglich. Ich bat ihn, mir seine Wohnung zu zeigen. Ich weiß bis heute nicht, woher ich diese Kühnheit nahm. Insgeheim erwartete ich, er würde meinen Vorschlag zurückweisen, es hätte mich nicht gewundert, nur verletzt, und sicherlich hätte ich in diesem Fall nie wieder einen Versuch unternommen, den Kontakt aufrechtzuerhalten. Aber er war sofort einverstanden, zögerte nicht eine Sekunde. Und ich denke, er wußte genau, worauf dieser Abend hinauslaufen würde, er war ja inzwischen kein naiver Junge mehr, seine vielfältigen Erfahrungen mit Frauen waren ihm anzumerken.

Den ersten Schritt habe ich getan. Ich bat ihn, mir etwas vorzuspielen, die ersten Takte der Vierten von Mahler, und als er am Flügel saß, trat ich hinter ihn, streckte die Hand aus, und endlich, endlich berührte ich seinen Nacken, strich mit klammen Fingern über die samtweiche Flaumlinie. Er reagierte erst nicht, spielte weiter, als sei nichts geschehen, und ich stellte schon Überlegungen an, wie ich aus dieser peinlichen Situation halbwegs elegant herauskommen könnte, da nahm er plötzlich, mitten im Takt, die Hände von den Tasten, drehte sich schnell herum und zog mich auf seinen Schoß. Und küßte mich. Und tat alles andere, noch auf dem Klavierhocker, sein Gesicht so nah an meinem, daß es verschwamm, und hin und wieder geriet einer von uns an die Tasten, und wir lachten und küßten uns wieder.

Später landeten wir auf dem Sofa, und ich war überrascht von mir selbst, wie hemmungslos ich war, all meine Ängste, er könnte mich nicht attraktiv genug finden, waren verflogen, immerhin war ich zehn Jahre älter als seine Frau. Ich bestand aus nichts als Gier, lieferte mich ihm vollkommen aus, mit Haut und Haaren, ich schlang die Beine um seine Hüften und zog ihn so eng und tief in mich hinein, wie ich konnte, hätte ihn am liebsten für immer in mir behalten. Er wußte genau, was ich wollte, was ich brauchte, was mir gefiel. Wenn ich schrie, legte er mir die Hand aufs Gesicht, und ich nahm seine Finger und schob sie mir in den Mund, alle auf einmal, und hielt sie mit meinen Zähnen fest.

Morgens um halb fünf machte er mir einen Espresso und rief ein Taxi, es war stockfinstere Nacht, zum ersten Mal fuhr ich nicht mit S-Bahn oder Auto nach Hause, die Fahrt kostete ein halbes Vermögen, aber das war mir egal. Im Wagen lehnte ich meinen Kopf ans Fenster, schloß die

Augen und träumte mich zurück. Meine Lippen waren wund von seinen Küssen, meine Brüste schmerzten, auch meine Oberschenkel taten weh, noch tagelang hatte ich eine Art Muskelkater, der mich ständig an unsere Nacht erinnerte.

Erst als das Taxi vor unserem Haus hielt, es war immer noch dunkel, fielen mir die Kinder ein, an die ich während der vergangenen Stunden nicht eine Sekunde lang gedacht hatte. Zum ersten Mal hatte ich sie eine ganze Nacht lang allein gelassen, Gott weiß, was hätte passieren können in meiner Abwesenheit, aber sie schliefen fest, bei Daniel lief noch das Radio. Ich legte mich nackt ins Bett, ohne zu duschen, verkroch mich unter der Decke und berührte mich überall, meine Haut war heiß und empfindlich wie bei hohem Fieber, und ich stellte mir vor, meine Hände seien Lothars Hände, Lothars Zunge, Lothars Mund.

Und es muß schon in dieser Nacht gewesen sein, vielmehr an diesem Morgen, daß ich mir vorstellte, mit ihm ein neues Leben zu beginnen. Im Geist sprach ich schon mit Achim, ich dachte über die Reaktion der Kinder nach, ich überlegte, wie Natalie es aufnehmen würde. Ich hatte nicht die Spur eines schlechten Gewissens damals. Die Liebe hatte mich überrollt wie eine Lawine, ich konnte ihr nicht ausweichen, ich fühlte mich ohne Schuld. Und ich hatte nicht den geringsten Zweifel, daß es Lothar ebenso erging wie mir. Er hatte mich doch schon immer geliebt, seit wir Kinder waren, stark und ausschließlich, er war klüger gewesen als ich, hatte von Anbeginn gewußt, daß wir zueinander gehörten.

Die Nonnen gehen an mir vorbei, immer noch in einer

ordentlichen Schlange. Die letzte, höchstens zwanzig, wirft mir im Vorübergehen einen langen und ernsten Blick zu, als mißbillige sie meine Gedanken. In diesem Moment beneide ich sie glühend um ihren unerschütterlichen Glauben. Sie sind gefeit gegen Anfechtungen, vor zermürbenden Verwirrungen, wie ich sie erlebt habe. Sie legen ihr Leben und die Verantwortung dafür einfach in Gottes Hand. Was ihnen auch immer geschieht, es ist der Wille des Allmächtigen, eine Prüfung, nur erdacht, um bestanden zu werden. Alles ist zu etwas gut, nichts geschieht ohne Sinn. Ich kann daran nicht wirklich glauben, obwohl ich mich durchaus für einen religiösen Menschen halte. Ja, ich glaube, daß es Gott gibt, aber ich glaube auch, daß er manchmal ziemlich unaufmerksam ist beim Verteilen seiner Katastrophen.

Wieso trifft manche Leute ein Schicksalsschlag nach dem anderen, während andere von jedem Leid verschont bleiben und auch noch ohne Qualen sterben dürfen. Paps zum Beispiel. Gut, er ist nicht besonders alt geworden, gerade mal siebenundsechzig, aber er war gesund und lebensfroh bis zum letzten Tag. Er hat vor dem Fernseher gesessen, sein Weinglas in der einen, seinen Zigarillo in der anderen Hand, und hat über einen alten Film gelacht, *Die Feuerzangenbowle* mit Heinz Rühmann, den hat er sich immer wieder gerne angesehen, und plötzlich sackt er im Sessel zusammen und ist tot. Innerhalb von Sekunden. *Mitten aus dem Leben gerissen* haben wir in die Todesanzeige geschrieben, Mami wollte das so, obwohl ich schon damals das Wort *gerissen* viel zu schroff gefunden hab, *genommen* wäre passender gewesen. Mich hat jedenfalls bei allem Kummer der Gedanke sehr getröstet, wie leicht sein Tod war. Und daß Mami ihm dann so schnell gefolgt ist, nach knapp einem halben Jahr, hatte auch etwas unendlich Anrührendes. Jedenfalls kann ich das heute so einordnen.

Dieser Gezelle ist zwei Jahre älter geworden als Paps, ganz schönes Alter für die damalige Zeit. Frauen leben ja bekanntlich länger, ich glaube sieben Jahre statistisch. Wie oft habe ich mir ausgerechnet, daß ich Achim also um diverse Jahre überleben würde, er ist ja fünf Jahre älter als ich. Vertane Zeit und Energie.

Ich glaube, ich erspare mir die Jeruzalemkerk und gehe direkt zurück zum Hotel. Dodo hat recht, Kirchen machen schwermütig. Ich hab Sehnsucht nach unbeschwerter Gesellschaft. Vielleicht warten sie ja schon auf mich.

Claire

Sie steht barfuß vor dem Spiegel, in seidenem Unterkleid, pfirsichfarben, nichts darunter. Wie schön sie ist. Wie lebendig. Ihre Haut noch braun vom Sommer, Griechenland, glaube ich. War sie da mit diesem Nick oder mit dem davor? Wo lernt sie diese ganzen Männer bloß immer kennen, wie macht sie das, sich immer wieder neu zu verlieben. Immer wieder ein neuer Mensch, ein neuer Körper, ich könnte das nie. Aber sie hat die Fähigkeit, einfach zu vergessen. Sie kann sich entspannen, quälende Gedanken einfach abschalten für eine Weile. Sie schläft ja auch in Zeiten großen Kummers wie ein Stein. Was würde ich darum geben, wenn ich das könnte, Ruhe finden, alles ausblenden, wenigstens für ein paar Stunden.

Jetzt malt sie sich die Lippen an. Blutrot. Damals war sie die erste von uns, die Lippenstift zu benutzen wagte, dieses glossige Braun, das damals modern war. Sie hatte ihn in der Drogerie Schuppenhauer geschenkt bekommen, sie kriegte überall etwas umsonst, die Leute mochten sie einfach, ich hab sie immer beneidet darum. Und sie fängt leise an zu summen jetzt, ganz unbewußt. Schön. So stell ich mir Schlaflieder vor, die Eltern ihren Kindern vorsingen, damit sie nachts keine Albträume bekommen, auch Erik und Christine, mein Vater und meine Mutter, haben mir immer ein bestimmtes Lied vorgesungen, von dem ich nur noch Bruchstücke der Melodie im Kopf habe, so oft habe ich versucht, mich an den Text zu erinnern, aber es ist mir nie gelungen.

Dodos Stimme ist tief und weich und trotzdem ein bißchen rauh, ich werde ganz müde dabei, und endlich wird mir auch wieder warm. Wenn ich die Augen zumache, kann ich vielleicht wieder zurückfinden zu diesem Gefühl der Geborgenheit wie damals bei Dodos elftem Geburtstag, aber dann darf sie nicht mit ihrem Summen aufhören, wenn sie anfängt zu reden, ist alles vorbei. Und ich will doch nur ausruhen, nur einen Moment.

Dodo

Das Seidenteil ist ein Traum, ich könnt mir so was nie leisten, jetzt schon gar nicht, Claire ist unheimlich großzügig, aber war sie eigentlich schon immer. Mit Geld, meine ich, und nur damit. Was andres kann sie nicht geben, aber immerhin. Ich muß nur die richtige Gelegenheit abpassen, dann beichte ich meinen Schlamassel, Augen zu und durch.

Sie ist auf ihrem Bett eingeschlafen, hinreißend sieht sie aus, immer noch. Aber ihre Hände. Sogar jetzt hat sie sie zu Fäusten geballt, als müßte sie auch im Schlaf noch Haltung bewahren.

In diesem Schummerlicht hier sieht man keine Pickel und keine Leberflecke und nicht mal die Cellulitis-Dellen in den Oberschenkeln, und das Unterkleid kaschiert meinen Bauch. So müßte mich einer fotografieren, so klasse werd ich nie wieder aussehen, mein Busen fängt verdammt an zu hängen, und gegen die Falten um die Augen hilft die teuerste Creme nichts mehr. Trotzdem, insgesamt hab ich mich nicht übel gehalten, trotz Lotterleben, Alkohol und Millionen von Zigaretten. Mein Vater sollte mich mal so sehen. Verdammt, wieso fällt der mir jetzt schon wieder ein, dieser beschissene Drückeberger. Ewigkeiten erfolgreich verdrängt, und auf dieser Reise taucht der feige Typ plötzlich in jedem zweiten Gedanken auf.

Fiona hatte mal so eine Tour, da hat sie ständig rumgequengelt, daß sie ihren Großvater kennenlernen will, war ein Fehler von mir, ihr zu erzählen, daß er noch lebt, aber ich werd einen Teufel tun und anrufen bei dem Sack, in Holzminden oder wo der jetzt hockt, mit seiner dritten Frau, wie ich gehört hab, mit der Kirchenmaus hat's ja nicht lange gehalten, bei seiner Scheidung von Ma war die schon seit Jahren kein Thema mehr, gönn ich der Schnalle von ganzem Herzen, den Mißerfolg, obwohl ich sie gar nicht gekannt hab.

Ob Claires Fotoapparat Selbstauslöser hat? Garantiert, bei ihr ist doch alles nur vom Feinsten. Gut, daß sie schläft, wär mir peinlich, wenn sie sieht, wie ich mich hier in Szene setz, fast wie beim Onanieren ertappt zu werden.

Wenn die Fotos was werden, kriegt Nick eins zum Abschied, vergrößert natürlich. Ich geb uns noch bis Weihnachten, höchstens Ostern, ich muß aufpassen, daß ich den richtigen Moment erwisch, wenn's ihm noch weh tut. Bißchen leiden soll er schon, auf keinen Fall will ich so was wie Erleichterung in seinem schnuckligen Face sehen, wenn ich ihn vor die Tür setz. Klar hat auch er immer gewußt, daß es keine Dauerkiste wird mit uns beiden, ich kann mir genau vorstellen, wie seine Kumpel in der Kneipe ablästern über mich und ihn, für die bin ich doch eine halbe Matrone, auch wenn der eine oder andere mich gierig anglotzt, aber das sind ja zwei Paar Stiefel.

Früher hab ich immer gedacht, für eine feste Beziehung ist immer noch Zeit. Später. Aber irgendwie hab ich den Moment verpaßt. Irgendwie ist mir Mister Right nie vor die Füße gelaufen nach Achim. Was natürlich an mir lag. Wahrscheinlich doch was Wahres an diesem Psychologenkram, daß ich unbewußt Schiß hab, an so einen wie meinen Organistenvater zu geraten. Daß ich verlassen werd, wenn ich mich auf was wirklich Verbindliches einlaß. So wie damals von Achim.

Und zack bin ich jetzt auf einmal eine *Frau in den besten Jahren.* Alt, auf deutsch. Was jetzt noch kommt, wenn das mit Nick mal vorbei ist, sind doch wahrscheinlich in erster Linie One-night-stands, hektische Vögeleien, die nur trostlose Gefühle hinterlassen. Oder aber ich schraub meine Ansprüche runter und schnapp mir einen Kerl in meinem Alter, der mir finanzielle Sicherheit bietet. Den ich ja nicht unbedingt lieben, andererseits aber Tag und Nacht in meiner Nähe ertragen müßte. Und genau das ist das Problem.

Wenigstens hab ich meine Schnecke. Wenn ich mir vorstell, die wär nicht da. Ich würd total verschlampen, garantiert. Ist irgendwie so was wie eine Erdung, so ein Kind, schon toll, wie das funktioniert. Vorher hat man echt null Ahnung, daß das Leben sich so komplett ändert, wirklich in jeder Beziehung, plötzlich ist was da, was grundsätzlich das Wichtigste ist, aber eben nicht mehr man selber. Wenn sie ihren Kicheranfall kriegt und sich nicht wieder einkriegen kann, ich könnt jedesmal ausflippen, oder wenn sie Kummer hat und zu mir ins Bett gekrochen kommt. Und niemand auf der ganzen Welt außer mir kann sie trösten. Absolut irre. Manchmal könnt ich sie auffressen vor lauter Liebe.

Ich glaub ja auch, ich hätt mit dem Älterwerden noch viel mehr Probleme, wenn ich ohne die Schnecke wär, kommt doch ganz automatisch, daß man die Welt mit den Augen seines Kindes ansieht, alles noch mal, alles neu und spannend. Was ist schon ein Bodo K. Rücker gegen einmal Monopoly mit der Schnecke, bei Licht besehen. Klar. Einerseits. Aber warum zum Teufel gibt's eigentlich kein Müttergehalt, das bißchen Kindergeld kannst du doch vergessen, wieso haben die eigentlich keinen Schimmer da oben, was so ein Kind kostet jeden Tag. Allein, was die essen. Ganz abgesehen davon, daß man sie auch irgendwie unterbringen muß tagsüber, kannst du doch nur, wenn du einen halbwegs guten Job hast, und schon ist die halbe Knete weg dafür. Doch beknackt, du arbeitest, um dein Kind loszuwerden, irgendwie ist das ganze System verkorkst. Und niemand geht mehr auf die Barrikaden.

Mist, da klopft wer. Claire natürlich sofort hellwach. Das Zimmermädchen wahrscheinlich, die beharren ja darauf, einem das Bett aufzudecken überflüssigerweise, sollten lieber Feierabend machen und mit ihren Kids spielen. Aber nee. Nora. Pudelnaß und das gesamte Leiden der Menschheit im Gesicht. In der Hand eine Schachtel. »Katzenzungen«, sagt sie. Als hätte sie den Gral gefunden.

Nora

Sie kapieren beide nicht, was ich ihnen mit den Katzenzungen sagen will, sie haben Dodos elften Geburtstag natürlich längst vergessen. Mein Gott, was waren wir alle drei scharf auf die Pappschachtel mit den drei Kätzchen drauf, die Frau Schulz als Betthupferl spendiert hatte, und wie peinlich war es mir vor Claire, die damals eben erst nach Pinneberg gezogen war, daß Dodo mir die Schachtel am nächsten Morgen geradezu aufdrängte. Mir wär es lieber gewesen, wir hätten sie ausgelost, das wär irgendwie gerecht gewesen, aber Dodo mußte Claire ja unbedingt demonstrieren, daß sie der Boß war und ich ihr Sklave. Daß sie der gebende Teil war und ich der nehmende. Ich würde die Schachtel dringend brauchen, hat sie gesagt, um Lothars Liebesbriefe darin aufzubewahren, ich hätte ihr am liebsten die Augen ausgekratzt. Ich hab die Schachtel auf dem Nachhauseweg zerrissen und weggeschmissen, Schnipsel für Schnipsel, ganz unauffällig, zum ersten Mal in meinem Leben war ich krank vor Eifersucht. Und ich hätte in diesem Moment wer weiß was dafür gegeben, wenn Claire nie aus Plön nach Pinneberg gekommen wäre.

Heute kann ich darüber lachen. Wie ich spontan aufgelacht habe, als ich vorhin die Schachtel entdeckte, in der überwältigenden Auslage eines altmodischen Schokoladengeschäftes, Etageren mit den verschiedenartigsten Trüffeln, Silbertabletts mit Ingwerstäbchen, stanniolumwickelte Märchenfiguren, Marzipanbrote, dicke Würste aus Nougat mit Trockenobst, Meeresfrüchte in Braun und Weiß, und inmitten all dieser Herrlichkeiten die Kätzchen. Nicht genau unsere Schachtel von früher leider, aber der Effekt ist der gleiche geblieben, sofort hatte ich dieses besondere Lustgefühl in den Fingerspitzen und auf der Zunge. Diese kostbare Erinnerung daran, wie man vorsichtig die Zellophanhülle entfernt, ohne den Blick von den Kätzchen lösen zu können, wie man den Schachteldeckel endlich lüftet und mit der Abbildung nach oben ablegt, denn der Anblick der Kätzchen ist der wichtigste Teil des Genusses. Wie die braunen Zungen so schön geordnet vor einem liegen, und dann die Qual, welche man als erste aus dem Bett nehmen soll. Im Vergleich zu diesen Sensationen ist der Geschmack der Schokolade dann ja eher langweilig, aber um den geht's auch gar nicht. Es geht darum, wieder so zu fühlen wie als Kind. Wieder Lust zu empfinden, sich um Zuneigung zu bemühen und Freuden miteinander zu teilen. Diese Schachtel ist nicht mehr und nicht weniger als ein *Wißt ihr noch?*.

Aber Dodo hat sich Wäsche gekauft, einen Unterrock, sehr elegant. Sie führt ihn mir vor, während sie sich gleich zwei Katzenzungen auf einmal in den Mund steckt, als wären es nichtssagende Trüffel, stolz wie ein Kind dreht sie sich vor mir. Ihre Freude rührt mich, meinen leisen Ärger, weil sie nicht auf mich gewartet haben und auch beide nicht auf meine Reminiszenz an unsere gemeinsamen Anfänge reagieren, schluck ich schnell runter. Ich weiß doch, wie gern Dodo einkauft.

Das letzte Mal, als ich mir so sündhaft teure Wäsche gekauft hab, war vor zwei Jahren in Wien, Claire und Dodo haben mich überredet damals, und ich ließ mich leicht überreden, insgeheim dachte ich dabei an Achim und sein Faible für schöne Dessous. Ich hatte ihm gegenüber immer noch Gewissensbisse wegen Lothar. Etwas hatte sich zwischen uns geschoben, zwischen ihn und mich, und es war meine Schuld gewesen. Wäsche als Wiedergutmachung, manchmal benehme ich mich wirklich wie ein tumber Teenie.

Ich kaufte ein Set aus Spitze, schwarz, das hatte ich bis dahin nie getragen, alle anderen Farben schon, aber nie diese. Mami war der festen Überzeugung, schwarze Unterwäsche sei ordinär, irgendwie saß mir das immer noch in den Knochen, über bestimmte Kleinigkeiten in der Erziehung kommt man ja niemals hinweg.

Ich habe diese Wäsche nie getragen. Als ich sie auspackte zu Hause, nach meiner Rückkehr aus Wien, schämte ich mich plötzlich für diesen Kauf und für die Absicht, die ich damit verbunden hatte. Ich packte die Tüte mit dem Set ganz nach unten in die Schublade mit meinen Strumpfhosen, sie liegt dort heute noch. Und an jenem Tag nahm ich mir fest vor, das Kapitel Lothar aus meinen Gedanken zu verbannen, Achim niemals wieder mit ihm zu vergleichen, meine Ehe so gut zu führen, wie es in meiner Macht stand, ich liebte Achim doch, und ich hatte alles, was ich mir jemals gewünscht hatte. Und diesen Vorsatz habe ich ausgeführt, ich glaube sagen zu können, daß wir ein glückliches Paar sind, so wie Mami und Paps es waren, sie sind diesbezüglich immer noch ein Vorbild für mich.

»Wollen wir nachher noch mal zusammen in den Laden gehen?« fragt Dodo. »Was Schönes für dich aussuchen?«

»Ich brauch nichts«, sage ich und halte die Schachtel noch einmal Claire unter die Nase.

Claire steht vom Bett auf, zieht ihren Rock glatt. »Danke, wirklich nicht«, sagt sie, sie ißt so gut wie nie etwas Süßes. »Und was heißt schon brauchen. Mach dich einmal frei von deiner protestantischen Erziehung. Ihr habt es doch, Achim und du. Immerhin ist es auch dein Geld, oder?«

Sie versteht es nicht, wie sollte sie auch. Ich habe kein Problem damit, daß es strenggenommen Achims Geld ist, von dem ich mir hier eine schöne Zeit mache, ich bin selbstbewußt genug zu wissen, daß meine Arbeit für Haus und Familie einen großen Wert hat, gar nicht zu reden von meiner Tätigkeit in der Kanzlei, die sich mittlerweile auf einen Halbtagsjob summiert hat, wenn man mal ehrlich rechnet. Es geht auch nicht darum, daß seidene Unterwäsche ein Luxus wäre, der mir nicht zusteht. Ich habe mir oft und gerne etwas Schönes gegönnt, ich konnte das ja auch immer. Finanzielle Sorgen hab ich eigentlich niemals kennengelernt, Geld war schon bei Paps und Mami kein Thema. Und später mit Achim ging's mir auch gut, wir waren nie knapp dran wie so viele andere junge Ehepaare. Nach unserer Hochzeit haben wir bei meinen Eltern gewohnt, sie haben uns den ganzen zweiten Stock überlassen und sehr großzügig eingerichtet. Achim war das, glaube ich, ein bißchen unangenehm, aber Paps hat immer abgewinkt: »Ich hab nun mal nur dies eine Kind«, hat er gesagt, »gönn mir doch die Freude, es euch ein bißchen behaglich zu machen.«

Damals hat Achim schon in Paps' Kanzlei mitgearbeitet, zu einem sehr anständigen Gehalt, von dem wir den Löwenanteil zurücklegen konnten, weil wir ja keine Miete bezahlen durften, und fürs Essen hat Mami auch nie einen Pfennig genommen. Wir haben immer zusammen gegessen, dreimal am Tag, unten im Speisezimmer, wir hatten damals ja noch Frau Biesterfeld, unsere Haushälterin, die oft auch gekocht und sogar bei uns oben saubergemacht hat, nur im Schlafzimmer nicht, das wollte ich nie. Manchmal hab ich mir schon gewünscht, ab und zu selbst für Achim kochen zu können und mal einen ganzen Abend mit ihm allein zu sein, aber ich wollte meine Eltern nicht kränken. Sie haben so viel für uns getan. Als wir ein paar Jahre später das Haus gekauft haben, in der Lindenstraße, ganz in der Nähe meiner Eltern, da hat uns Paps an einem Sonntagabend feierlich einen Umschlag überreicht mit einem Scheck über zweihunderttausend Mark, »kleiner Vorschuß auf Noras Erbe, damit ihr nicht so sparen müßt«.

Theoretisch könnte ich also die ganze teure Wäscheboutique leerkaufen, wenn ich wollte, das ist nicht der Punkt. Ich tue es nicht, weil es sich ganz einfach nicht mehr lohnt. Aber wie sollte ich das Claire und Dodo erklären.

Claire

Zum Ausgleich für unsere morgendliche Shopping-Tour ohne sie machen wir mit Nora nach dem Mittagessen eine Besichtigung ihrer Wahl. Sie entscheidet sich für den Beginenhof: »Nur ein kleiner Spaziergang, das Wetter ist doch so phantastisch.« Tatsächlich hat es aufgehört zu regnen, die Sonne scheint durch die Wolken, das Licht ist sanft und diffus wie auf einem Impressionistengemälde.

Wir betreten die Anlage durch ein Torhaus und bleiben wortlos stehen. Weißgekalkte Giebelhäuser mit rotschuppigen Ziegeldächern bilden einen lückenlosen Kranz um eine kleine Kirche. Ein lichter Säulenwald auffallend hochstämmiger Bäume inmitten dieser Umfriedung läßt den Blick rundum auf alle Fassaden zu, die wie frischer Schnee schimmern, wo sie von der Sonne beschienen werden. Hier hätte ich leben können in einem anderen Jahrhundert. In dieser Stille. In diesem Frieden. Ob Nora und Dodo auch so denken?

Dodo setzt sich als erste wieder in Bewegung, Nora und ich schlendern ihr nach durch den weitläufigen Hof, bei jedem meiner Schritte verstärkt sich in mir dieses Gefühl, hier an einem Ort zu sein, der gut ist. Der richtig ist für das, was ich mir vorgenommen habe. Hin und wieder läßt eine Brise ein paar Blätter von den Bäumen fallen, wie schwerelos tanzen sie hinunter auf den Rasen, drehen sich, gaukeln, nehmen sich Zeit. Hier passiert nichts in Hektik oder mit Gewalt.

Nora breitet ihren Stadtplan auf der ausgetretenen Granitstufe eines der Häuser aus, wir setzen uns dicht nebeneinander darauf, Dodo in der Mitte, wir gucken und schweigen. Irgendwo über uns gurrt eine Taube. Aus der kleinen Kirche drüben kommen zwei dieser merkwürdig zeitlos wirkenden Frauen in bodenlangen beige-grauen Gewändern und blütenweißen, lang über den Rücken fallenden Kopfbedeckungen, schweigend kommen sie auf uns zu und wandeln an uns vorbei, die Hände vorm Bauch gefaltet, ihre Blicke streifen uns gleichmütig, als wären wir nicht vorhanden. Ich atme dreimal tief durch, dann setze ich an. »Wolltet ihr auch mal Nonne werden? Früher?«

Nora, die gerade eine unansehnlich braune Banane aus ihrer Tasche zieht, lächelt und nickt. Dodo guckt mich von der Seite an und rümpft die Nase. »Igitt. Du etwa? Echt?«

Ja, wollte ich. Allen Ballast abwerfen. In eindeutigen Grenzen leben.

Sie faßt nach. »Du als Braut Christi? Aber wieso?«

Soll ich wirklich? Jetzt, in diesem Moment? Aber wenn ich jetzt kneife, werde ich es nie tun. Es kann in dieser ganzen Stadt keinen besseren Ort geben. Ich sage: »Ich dachte, es müßte schön sein, in Sicherheit zu leben.«

Nora zieht sorgfältig die Schale von ihrer Banane, Dodo schubbert mit der Stiefelspitze am Katzenkopfpflaster. Sie hören mir tatsächlich zu.

»Und dann natürlich auch«, ich muß mich räuspern, »weil alles Körperliche dann überhaupt keine Rolle mehr gespielt hätte.«

Dodo zieht die Schultern hoch, als würde sie frieren. Sie mag solche Gespräche nicht, ich weiß das. Aber sie sagt nichts, und dafür bin ich dankbar. Ich will weiterreden, ich will es loswerden, wenigstens ein Mal. »Und niemand hätte mehr etwas von mir gewollt.«

Nora bricht die Banane in drei Stücke, hält mir eins davon hin. »Wie alt warst du da?«

»Elf«, sage ich und weiche ihrem Blick nicht aus. Sie runzelt die Stirn. Jetzt muß sie fragen, es liegt doch auf der Hand.

Aber ehe Nora den Mund öffnen kann, steht Dodo ungeduldig auf. »So warst du eben schon immer«, sagt sie, und ich höre Aggression in ihrer Stimme, »das edle Fräulein Rühr-mich-nicht-an. Dich durfte man ja nicht mal antippen. Sobald man dir zu nahe kam, bist du zurückgezuckt, als würden wir dich dreckig machen oder was. Schmuddelkinder, ja? Verschon mich um Gottes willen mit deiner Matschbanane, Nora.«

»Aber das stimmt doch nicht.« Meine Stimme klingt schrill in meinen Ohren.

»Klar stimmt's«, sagt Dodo, »weißt du nicht mehr, sogar im Turnunterricht. Da wollte dir die alte Oppenkowsky mal Hilfestellung geben beim Bockspringen. Du hast ihre Hand richtig weggeschlagen. Dabei mochte sie dich am liebsten von allen, na ja, wie die meisten Lehrer. Haben dich doch alle angebetet.«

Wieso sagt sie so was. Darum geht's doch jetzt gar nicht. Ich will nicht über Lehrer sprechen. Ich versuche es noch einmal. »Daß ich nicht wollte, daß mich einer anfaßt«, sage ich und merke selbst, wie unbeholfen das klingt, »das war, weil ...«

»Verdammter Mist aber auch! Immer ich!« Dodo brüllt

und stampft mit dem Fuß auf. Ein Klacks Vogeldreck ist auf sie heruntergefallen, auf die Schulter ihrer Jacke, mit klatschendem Flügelschlag fliegt die Taube zu den Bäumen hinüber.

In Nora erwacht wie auf Knopfdruck die Hausfrau, sie springt auf und hat mich schon vergessen. »Trocknen lassen, auf keinen Fall jetzt wegputzen, wir kriegen das wieder raus, nachher im Hotel.«

»Na hoffentlich«, schnaubt Dodo, »mein bester Blazer. Außerdem holt man sich hier garantiert eine Blasenentzündung. Wollen wir nicht langsam mal weiter? Hast du eine Zigarette, Claire?«

Der passende Moment ist zerschlagen. Wieder einmal.

Dodo

Wir müssen natürlich noch in diese Kirche, wär ja Verschwendung, wenn man mal bloß zum Vergnügen unterwegs wär, immer müssen sie ihr Programm abhaken, egal, ob da jetzt drei Busladungen voll Touris durchs Tor schwappen oder nicht. Mit ihnen zusammen verlier ich langsam jede Lust am Reisen, ausgerechnet ich.

Früher gab's nichts Geileres für mich, als irgendwo anzukommen, wo ich vorher noch nie war, den Geruch von Abenteuern in der Nase. Mein Gott, was hab ich den Schweizer Bahnhof in Basel geliebt, diese riesigen grauen Hallen, als ich mit fünfzehn zum ersten Mal allein los bin, und zu Hause dachten sie, ich hab Nora dabei und besuch ihre Verwandten in Lörrach: Alles roch anders, klang anders, sah anders aus, war so vielversprechend, und ich einer von den absolut hypercoolen Zugvögeln mit Rucksack und Sonnenbrille und einer Wahnsinnsneugier auf alles, was ich noch nicht kannte, klar, vor allem auf die Typen, im Zug hatte ich einen aus Schweden kennengelernt, Ole oder Sven, was weiß ich, Jens vielleicht, der fuhr nach Italien, eine ganze Zweiliterpulle Lambrusco haben wir leergesoffen und uns geküßt wie verrückt und uns alles erzählt, er hat keine Sekunde gemerkt, hab ich gedacht, daß ich ihm nur einen vom Pferd vorflunker, daß ich Claire Backe heiße und später mal Kunstgeschichte studieren will und jetzt in Basel in die berühmten Museen. Aber auch, daß ich eine bedauernswerte Vollwaise bin und daß meine Adoptiveltern mich stressen und so was, wenn man mal anfängt mit den Stories, kann man ja nicht aufhören. Jens oder Sven oder Ole war echt beeindruckt und hat mir seine Adresse in Stockholm gegeben, ich könnte da jederzeit hin, seine Eltern würden sich freuen. Und ich dämliche Gans schreib ihm auch noch, ein paar Wochen später, weil ich dachte, warum soll ich nicht auch mal nach Stockholm, und dann hätt ich gleich eine Unterkunft. Kam zurück, mein Brief an Jens oder Ole oder Sven, Empfänger unbekannt, auf schwedisch natürlich. Scheißtyp. Hat mich genauso verarscht wie ich ihn. Vielleicht hieß er in Wahrheit ja auch Ingulfur oder ähnlich abartig.

Wenn ich noch mal fünfzehn sein könnte und im Zug nach Basel sitzen würde, ich würde mit Sven oder Ole weiterfahren nach Italien. Oder mit Jens, zum Teufel. Das Rumschwindeln hätten wir ganz schnell aufgesteckt, wär überflüssig geworden, weil wir gemerkt hätten, daß wir zusammengehören. Für immer. Vom gleichen Kaliber. Mit der gleichen Sehnsucht. Wir hätten zusammen alt werden können, mein Mister Right und ich, ihm wär's egal, wie meine Oberschenkel jetzt aussehen bei Tageslicht und daß ich eine Brille aufsetzen muß vorm PC.

Wär gewesen wie damals mit Achim. Ich war doch tausendprozentig sicher, daß wir zusammenbleiben würden, hab ihn sogar Ma vorgestellt, dabei hatte sie vorher nie einen von den anderen kennengelernt, aber bei Achim wollte ich ihr Okay haben. Ich wollte, daß sie auf den ersten Blick sieht, daß er der Richtige ist, für immer und ewig. Und daß sie ihn sympathisch fand, hab ich als gutes Omen genommen für unsre Zukunft. Aber ich war eben immer schon bescheuert in der Beziehung. Konnte ich nie, in der Liebe kühl sein bis ins Herz, wie Claire zum Beispiel, nichts an mich ran lassen, die Kerle tanzen lassen nach meiner Pfeife. Ich wollte immer den Märchenprinzen, der mich entführt auf seinem weißen Pferd. Auch wenn das Pferd ein klappriger grauer Käfer war wie der von Achim, aus siebter Hand, mit durchgerostetem Auspuff. Heute fährt er natürlich den dicksten Benz, was denn sonst.

Ich hätt's damals machen sollen wie Nora, gleich zuschnappen. Wir haben sogar schon mal darüber geredet, Achim und ich, ob wir bei Nacht und Nebel nach Gretna Green fahren sollen, heimlich und Hals über Kopf. Im Morgengrauen war das, wir lagen in seinem elend durchgebeulten Bett, wo hinten immer seine Füße raushingen, weil es zu kurz war für ihn, in dieser Miefbude, in der er damals gewohnt hat, in der Nähe vom Bahnhof Altona, wir hatten stundenlang gevögelt, vor dem Fenster zwitscherten schon die Amseln, und wir waren wahnsinnig glücklich. Dachte ich zumindest. Er noch die Hand zwischen meinen Beinen, an denen sein Sperma runterlief, und ich den Kopf auf seinem warmen Bauch, und wir haben uns mit allen Schikanen ausgemalt, wie es wär, zurückzukommen nach Pinneberg, als Ehepaar. Wär damals ein leichtes für mich gewesen, ihn rumzukriegen, aber in der Kategorie hab ich nicht gedacht damals, heiraten war doch der hinterletzte Spießerkram für mich, sich vom Staat die Beziehung absegnen lassen. Also ist das große Los dann an Nora gegangen.

Sie hat im Mai geheiratet, mußte ja wohl sein, dieses abgeschmackte Wonnedatum. Mich hat sie wohlweislich nicht eingeladen. Claire hat sie erzählt, sie hätte mich liebend gern dabeigehabt. Aber klar hatte sie Schiß, ich würde tatsächlich kommen und Rabatz machen, dabei war mir damals nur sterbenselend zumute wegen der ganzen Chose. Claire kriegte natürlich eine Einladung, und als ich im März bei ihr in München war, hab ich sie auf ihrem Schreibtisch liegen sehen, nicht irgendwie obendrauf natürlich, nee, unter einem Stapel andrer Briefe versteckt, ich geb zu, ich hab geschnüffelt. Die Karte natürlich Bütten handgeschöpft mit Goldrand und eingeprägter Blumenranke: *Eleonore und Carl-August Tiedjen geben sich die Ehre, die Vermählung ihrer Tochter Nora mit Herrn Dr. jur. Joachim Kluge* und so weiter, wie im vorigen Jahrhundert, dabei war's 1978 und die ganze übrige Welt voller Hippies. Kirchliche Trauung, selbstredend, danach die Feierlichkeiten im Cap Polonio, dem dicksten Schuppen am Platz.

Claire ging natürlich nicht hin, wär ja auch noch schöner gewesen, bestimmt hat sie eine superhöfliche Absage geschrieben, irgendwelche Termine vorgeschützt, sie wußte genau, ich hätt's ihr nie verziehen, wenn sie echt da angetreten wär, womöglich auch noch als Trauzeugin.

Warum ich gefahren bin, weiß ich bis heut nicht, ich muß echt masochistisch drauf gewesen sein. Ich hab's niemandem erzählt, nie, nicht mal Claire. Auch Ma wußte nicht, daß ich in Pi-dorf war, ich hatte wahnsinnig Glück, daß mich keiner gesehen hat, als ich da vorm Cap stand in der Abenddämmerung und durch die Fenster geguckt hab. Sie spielten gerade einen Walzer, drei von diesen ekelhaften Bongoschwengeln in weinroten Jacketts hatten sie aufgefahren, wie auf einer Butterfahrt, und Achim hat mit *Mami* getanzt, ganz der abgerichtete Schwiegersohn. Und ich hab's nicht geglaubt, aber er hatte echt so einen ekelhaften Zweig in der Brusttasche, so was Immergrünes, weiß der Geier, wie das Zeug heißt, aber vielleicht war's ja auch Plastik, kann man länger aufbewahren. *Paps* saß neben einer Dicken mit Stützstrümpfen, die war so gnadenlos in ein lila glitzerndes Kleid gezwängt, daß sie bestimmt keine Luft gekriegt hat, keine Ahnung, wer das war, man konnte ihm ansehen, daß er sich überwinden mußte zu höflicher Konversation. Nora hab ich erst nicht gesehen, aber dann kam sie rein, vom Klo wahrscheinlich, in einem langen weißen Kleid, klar, aber obendrauf noch Schleier und Kranz. Schleier, ja? Und Kranz. Irgendein Tattergreis hat sie noch an der Tür abgefangen und auf die Tanzfläche gezerrt, wahrscheinlich ein Geschäftspartner ihres Vaters, jedenfalls ließ sie sich von dem Alten rumschwenken und strahlte dabei wie ein Honigkuchenpferd immer wieder zu Achim rüber. Der Tanz war noch nicht zu Ende, da hab ich schon die Biege gemacht, durch den Wald zurück zum Bahnhof und mit der nächsten S-Bahn weg aus dieser Scheißstadt. Ich wußte, was ich wissen wollte, wissen mußte: Achim hatte es tatsächlich getan. So wie mein Vater mich eingetauscht hatte gegen die Kirchenmaus, so hatte Achim mich ausgewechselt gegen Nora. Mit Schleier und Kranz und kirchlichem Segen. Für immer und ewig.

Nora

Vor der Beginenkirche fotografiere ich sie. Natürlich muß ich sie erst wieder dazu überreden, sie finden es immer peinlich, sich wie ganz normale Touristen knipsen zu lassen. Die Japaner um uns herum haben solche Hemmungen nicht, fröhlich schnatternd machen sie ein Bild nach dem anderen, schließlich will man auch etwas vorzuzeigen haben nach zwei Wochen Europa.

Ich bitte mit Nachdruck um die Fotos, die mir diesmal so besonders wichtig sind. Auf jeder Reise bin ich es, die fotografiert, Claire hat zwar immer einen Apparat dabei, benutzt ihn aber nie für persönliche Aufnahmen, immer nur für Objekte, die irgendwie mit ihrem Beruf zu tun haben. »Ich brauche keine Fotos, um mich an euch zu erinnern«, hat sie mal gesagt. Mir hingegen macht es immer wieder größtes Vergnügen, mir die Bilder von uns anzusehen, jedes Jahr ein bißchen älter, neue Kleider, andere Frisuren, und zu jedem Bild fallen mir Situationen wieder ein, die ich sonst vergessen hätte.

»Ach übrigens, Claire«, sagt Dodo, »ich hab deinen Apparillo benutzt vorhin, bei dir im Zimmer, du brauchst einen neuen Film, den alten hab ich rausgenommen.«

Claire zieht die Brauen hoch, ihre Stimme klingt ungewohnt scharf. »Was hast du fotografiert?«

Dodo grinst ein bißchen verlegen. »Mich, keine Panik. Selbstauslöser. Knipst mich ja sonst keiner.«

»Doch«, sag ich. »Ich. Könntet ihr vielleicht endlich mal hergucken zu mir.«

Sie drehen sich um und stellen sich nebeneinander in Positur, aber nicht so eng zusammen, wie ich es mir wünschen würde. Mindestens zehn Zentimeter Luft bleiben zwischen ihnen.

Es stimmt wohl, was Dodo vorhin sagte: Man darf Claire einfach nicht zu nahe kommen. Sicher hat das was mit ihren frühkindlichen Erfahrungen zu tun, wenn man als Vierjährige von einer Sekunde auf die andere beide Eltern verliert, schottet man sich vermutlich automatisch ab. Trotzdem hätte ich es gerne von ihr selbst gehört vorhin, sie spricht so selten über sich. Dodo und ich zum Beispiel, wir schwelgen nur zu gern in Erinnerungen an unsere gemeinsame Kinder- und Jugendzeit, aber Claire trägt dazu kaum etwas bei. Ob sie so unglücklich war bei ihren Adoptiveltern? Frau Backe war doch eigentlich sehr sympathisch, angenehm bescheiden und unauffällig, sie wirkte immer ein bißchen abwesend, sie ist wohl voll und ganz in ihrer Töpferei aufgegangen. Er war da ganz anders. Ab und zu tauchte er bei uns zu Hause auf, wenn er beruflich mit Paps zu tun hatte, der ja viel juristischen Kram für die Behörden erledigt hat, und dann, zusammen mit Paps, war er immer sehr geschäftsmäßig und ernst. Aber mit Kindern konnte er ganz anders sein, ausgesprochen nett und witzig, man hatte das Gefühl, er lebte dann richtig auf, es ist wirklich ein Jammer, daß er mit seiner Frau keine Kinder kriegen konnte, ich hätte ihn mir gut als Oberhaupt einer zahlreichen Schar vorstellen können.

Irgendwie hatte er ein geschicktes Händchen. Einmal kam er, da war Paps noch nicht da, und Mami hatte sich hingelegt, sie hatte furchtbares Kopfweh und gesagt, ich solle mich mit Herrn Backe unterhalten, bis Paps kommen würde, und ich dürfe ihm auch einen Sherry anbieten aus der blauen Karaffe. Ich hab ihn also ins Wohnzimmer komplimentiert und ein Glas für ihn geholt und ihm eingeschenkt, es machte mir Spaß, weil ich mir dabei erwachsen vorkommen konnte, als sei er mein Gast.

Gleichzeitig aber wußte ich nicht so recht, was ich mit ihm reden sollte, nachdem er mit seinem Sherry versorgt war; am liebsten wäre ich in mein Zimmer gegangen, aber das ging natürlich nicht, es wäre unhöflich gewesen. Er muß meine Verlegenheit gespürt haben und fing eine nette Plauderei mit mir an, wobei er so lästige Themen wie Lernen und Schule zu meiner Erleichterung aussparte, und er vermittelte mir das Gefühl, sich gerne mit mir zu unterhalten.

Dann fragte er, ob ich denn schon einen richtigen Freund hätte, sicherlich wären die Jungen doch hinter mir her und auch hinter Dodo und Claire. Oder? Wir hätten doch bestimmt schon eine Menge Liebesbriefe bekommen, vielleicht sogar schon einen Kuß. Er zwinkerte mir anhaltend zu dabei und wurde immer lustiger, und dann fragte er, ob er noch einen Sherry kriegen könne. Als ich ihm eingeschenkt hatte, machte er plötzlich eine ganz schnelle Handbewegung vor meiner Nase, ich zuckte zurück, und er lachte und hielt mir einen eingewickelten Bonbon hin, rot und gelb gestreift, und er sagte: »Dir wachsen ja Drops aus der Nase, kleine Nora.« Ich fand das zwar ein bißchen albern, ich muß damals mindestens schon dreizehn gewesen sein, aber trotzdem hab ich gedacht: Claire hat wirklich Glück mit ihrem Vater, so witzig, gar nicht wie Erwachsene sonst. Paps war ja doch ganz anders, strenger irgendwie, und so einen Scherz wie mit dem Bonbon hätte er nie gemacht.

Ich glaube, für die Backes war Claire wirklich wie ein eigenes Kind, sie haben sich ein Bein für sie ausgerissen, sie hat Klavierunterricht gekriegt und durfte zum Ballett, ständig hatte sie neue Kleider und Fahrräder und Schulsachen, ich hab sie oft beneidet darum. Natürlich hatten sie auch ihre Prinzipien, daß sie zum Beispiel lange Zeit nicht woanders übernachten sollte. Kann sein, sie waren ein bißchen hyperprotektiv, aber sie haben es bestimmt immer gut gemeint.

Ich weiß bis heute nicht, wieso sich Walter Backe damals das Leben genommen hat. Paps wollte mit mir darüber nicht reden und auch Mami nicht. In der Stadt hieß es, er hätte Geld unterschlagen, aber ich konnte mir das nie so recht vorstellen, er verdiente doch sehr gut, und auch sie hatte Einnahmen durch ihr Töpfern. Claire behauptet, den genauen Grund für den Selbstmord auch nicht zu kennen, und weigert sich, darüber zu spekulieren, aber ich glaube ihr in diesem Punkt nicht. Wenn der eigene Vater, na gut, Adoptivvater, sich aufhängt, dann fragt man doch nach. Sie muß ihn doch auch geliebt haben auf ihre Art, oder zumindest gemocht, sein Tod muß ihr nahegegangen sein, davon bin ich überzeugt. Zur Beerdigung konnte sie ja leider nicht kommen, sie war ein paar Tage vorher gerade zu Hause gewesen, über Weihnachten, und gleich als sie wieder in München war, kriegte sie eine Blinddarmentzündung und lag in der Klinik, während Walter Backe auf dem Waldfriedhof zu Grabe getragen wurde.

Meine Theorie ist ja, daß Backes Selbstmord sie viel

mehr getroffen hat, als sie zugibt, und daß sie sich deshalb auch von Susanne Backe losgemacht hat. Claire ist so, wenn ihr etwas zu nahe geht, flüchtet sie. Trotzdem finde ich es, ehrlich gesagt, ein bißchen undankbar von ihr, daß sie sich praktisch überhaupt nicht um Frau Backe kümmert, die einsam und allein im Altenheim Tangstedter Straße lebt, mittlerweile geistig verwirrt, wie ich gehört habe.

Ich hab mir schon oft vorgenommen, sie endlich einmal zu besuchen, es wäre ein gutes Werk, aber irgendwie scheue ich immer wieder davor zurück. Ich habe meine beiden Schwiegereltern bis zu ihrem Tod betreut, seither sind mir kranke Menschen ehrlich gesagt ein Greuel, ich gehe ihnen aus dem Weg, so gut ich kann. Und bisher konnte ich. Aber auch das wird sich sicher ändern in Zukunft.

Claire

In einem Pulk von schwatzenden und schubsenden Touristen verlassen wir den Beginenhof. Ein paar Leute drängeln von hinten, ich höre ein tiefes Lachen und plötzlich, ganz nah an meinem Ohr, ein paar Worte mit scharfen S-Lauten, bei denen ich zusammenfahre. Dänisch, da sind Dänen hinter mir. Ich fahre herum, lauter Gesichter, Mützen, Käppis, Sonnenbrillen, jemand lacht wieder, und mir wird kalt. Ich seh wieder den Schnee, und mittendrin steht Erik Sørensen, mein Vater. Ich brauche eine *Lenz*, ich taumle gegen Nora, die mich erschrocken festhält. »Hast du was?«

»Nein, nichts, nur gestolpert.«

Nur David habe ich das Foto von meinen Eltern mal gezeigt, 1995, ein paar Wochen nach jener schwärzesten Nacht in Pinneberg. Ich war ihm lange aus dem Weg gegangen, er kam nach München und merkte natürlich sofort, daß es mir hundsmiserabel ging, aber wie es seine Art war, bedrängte er mich nicht ein einziges Mal mit Fragen, die den Kern meiner Verstörung getroffen hätten. Und trotzdem ließ er nicht locker, Tag und Nacht hat er sich um mich gekümmert, wir waren uns sehr nahe damals, weil wir beide auf einer Ebene miteinander umgehen konnten, auf der keiner vom anderen etwas erwartete, was Gefahr bedeutet hätte.

Eines Abends habe ich das Bild herausgesucht, er hat es sich lange angesehen. Dann sagte er: »Wollen wir da nicht mal hinfahren, wir beide zusammen? Nur mal gucken, wo deine Wurzeln sind, Cleary. Nächsten Winter vielleicht.«

Mit ihm hätte ich es gewagt. Ich hätte nicht reden müssen, vielleicht sogar weinen können, bei David konnte ich das. Aber dann ging es ihm gesundheitlich nicht gut, wir haben die Reise immer wieder verschieben müssen, und schließlich brach seine Krankheit aus, wir konnten nicht mehr fahren, schon gar nicht in die Kälte. Ein paarmal haben wir noch darüber gesprochen, in den langen Nächten in der Klinik. »Du mußt ohne mich fahren, Cleary, sorry.«

Ein paar Tage später hat er mich verlassen. Er hat mir alles vererbt, was er besaß: die Galerie, seine Eigentumswohnung am Washington Square, seine Bildersammlung, den Steinway, die Bücher, alles. Aber er war weg. Und mit ihm seine Zuneigung, sein Humor, sein Mitgefühl, seine Geduld, meine Zuflucht in der Welt.

Warum haben mich alle Menschen, die mir jemals nahe waren, allein gelassen? Angefangen bei Erik und Christine Sørensen. Die mich hätten beschützen sollen vor Nis Puk und allen Gefahren der Welt. Und die mich statt dessen zurückgelassen haben unter wilden Tieren.

Dodo

Nicht, daß wir direkt zurück zum Hotel könnten. Obwohl wir alle hungrig und schweinemüde sind, schleppt uns Nora noch auf einen historischen Glockenturm, den man einfach gesehen haben muß. Und auf dem Weg dahin müssen wir uns zu allem Überfluß auch noch diese mechanische Puppe reintun, die in der Wollestraat irgendwo im ersten Stock hinter einem Fenster hockt und zur Erbauung der Touris vor sich hin klöppelt. Zwei Phasen haben sie ihr einmontiert, erst bißchen mit dem Kopf wackeln, dann bißchen mit den Händen rummachen, dann wieder debil rumwackeln. Merkt eigentlich keiner, wie pervers das ist? Die haben sich die Augen kaputtgemacht. Und die Finger. Und den Rücken. Die waren mit vierzig alle. Jedes Jahr ein Kind, und zwischendurch wird geklöppelt, dafür sind Frauen gut gewesen, schon als kleine Mädchen mußten sie ran. Und jetzt führen sie einem das als Attraktion vor. Einzige Sauerei.

Ich seh natürlich sofort Ma vor mir, wie sie abends oft dasaß und unsere Klamotten geflickt hat, Hartmuts und meine, oder die Säume rausgelassen, falls das noch ging. War ja nie genug Geld da für neue Sachen. Kapier ich erst heute, wie schrecklich sie geknapst und geknausert haben muß mit zwei Kindern und einem mies bezahlten Job. Und ohne einen Pfennig Alimente. Hat bei uns nie für mehr gereicht als fürs Allernötigste, für Kleidung hat sie sich selbst hundertfünzig Eier zugeteilt. Pro Jahr, wohlgemerkt. Alles selber genäht und Schuhe nur im Ausverkauf, schon das Besohlen hat jedesmal ein Riesenloch in ihre Haushaltskasse gerissen, die letzten Tage vor Monatsende haben wir von Pellkartoffeln und Quark gelebt, seither kann ich das Zeug nicht mehr sehen. Sie hat jeden Tag acht Stunden bei Wuppermann im Büro malocht und so viele Überstunden geschoben, wie sie kriegen konnte. Und dabei immer gut drauf.

War eigentlich immer ganz witzig bei uns zu Hause, jedenfalls lustiger als bei Claire und ihren Backes. Oder bei Tiedjens, wo man nie laut sprechen oder lachen konnte. Ich glaube, Ma hat sich seelisch mit ihren Männergeschichten über Wasser gehalten, sie hatte immer Schlag bei den Kerlen, hab ich von ihr geerbt. Sie hat's natürlich so diskret angestellt wie irgend möglich, über Nacht bei ihr war nie einer, aber klar wußten wir trotzdem, daß da irgendwas lief. War auch total okay für uns.

Gibt so vieles, was ich ihr noch gewünscht hätte für den kläglichen Rest ihres Lebens. Nette Dauerbeziehung zum Beispiel, jemand, der sie liebt und für sie sorgt. Bißchen Geld, eine schöne Reise vielleicht. Jedenfalls bestimmt nicht, in einer Regennacht totgefahren zu werden. Und ohne Hilfe auf der Straße zu verrecken wie ein plattgemachter Igel. Aber auch wenn's mir weh tut, denk ich, es paßt, wie sie gestorben ist. Genau so hat sie ja auch gelebt irgendwie. Und alles das hat was mit dieser auf Knopfdruck klöppelnden, künstlichen Oma da im Fenster zu tun. Weil immer wir Frauen es sind, die die Zeche zahlen am Schluß.

Nora

Es war mein Vorschlag, auf den Belfried zu steigen, immerhin das Wahrzeichen dieser Stadt, und ich hatte mich darauf gefreut, weit hinauszuschauen übers Land und vielleicht sogar die Küste zu erblicken.

Aber schon nach den ersten zwanzig Stufen merke ich, ich schaffe es nicht. Ich hab den Fehler gemacht hinunterzusehen, mit einem merkwürdig hohlen Gefühl hebt sich mein an und für sich gut gefüllter Magen, ich muß stehenbleiben, mich festhalten. Claire geht einfach weiter, ohne sich umzudrehen, Schritt für Schritt nach oben. Aber Dodo, o Wunder, zeigt Mitgefühl. »Schwindelig? Lieber wieder runter?«

Ich atme bewußt und tief aus und ein. Das Sprechen kostet Mühe. »Besser vielleicht. Aber geh du ruhig mit Claire.«

»Ach Quatsch.« Sie hakt mich unter und führt mich langsam die Stufen hinunter, vorsichtig vorbei an all den Besuchern, die nach oben drängen. »Ich laß dich doch nicht im Regen stehn.«

»Wirklich, Dodo«, sage ich, »du solltest auch hoch, die Aussicht muß herrlich sein.«

»Aussicht, Aussicht«, sagt sie. »Ich brauch keine Aussicht, ich seh weiß Gott genug, da, wo ich bin.«

So kann sie auch sein: fürsorglich und rücksichtsvoll. Meine Dodo. Der ich den einmaligen Ausblick vermassle.

Claire

Das kleine Schwindelgefühl konzentriert sich zwischen meinen Schulterblättern. Von dort dringt es in flatternden Stößen durch meinen Leib. Wie hoch ist dieser Turm? Nora würde es genau wissen. Wenn sie Zahlen kennt, meint sie, den Kern der Dinge erkannt zu haben. Sie würde nie verstehen, daß ich nichts lieber täte, als mich jetzt und hier herunterfallen zu lassen. Woher hat sie nur diesen immensen Lebenswillen, der für jedes Problem eine praktikable Lösung bereithält, und warum habe ich ihn nicht? Sie fällt immer auf die Füße, ich immer nur ins Bodenlose.

Wenn sie nicht diese Absicherung angebracht hätten, ich würde es tun. Aber sie haben überall Sperren angebracht, wo man springen könnte. Man hat schlechte Erfahrungen gemacht. Ich liebe hohe Gebäude. Jeder liebt sie, der mit dem Leben nicht zurechtkommt. Sie sind unsere Tröster, sie versprechen Freiheit. Ich würde auf den Marktplatz fallen da unten, zwischen die Fiaker mit den Touristen, die Pferde mit ihren Scheuklappen würden nur einen dumpfen Aufschlag hören und vielleicht mein Blut riechen und unruhig werden, die Touristen würden aufkreischen und zu Hause mit glänzenden Augen vom Höhepunkt ihrer Bildungsreise erzählen, wie sie einen Selbstmord miterlebt haben, am hellen Tag, in ihrer unmittelbaren Nähe. Ich würde unten aufschlagen und nur noch ein Brei sein. Unkenntlich, zerstört, ausgelöscht.

Wenigstens ist mir dieser Turm erspart geblieben, gut so, Nora. Und sie ist mir auch noch dankbar dafür. Schleichen wir also einmal um den Platz und warten auf Claire.

Hab ich früher schon irre gefunden, wie total sie abfährt auf die kleinste Nettigkeit. Schenk ihr irgendein halbes Paket Tempotücher, wenn ihr grad die Nase läuft, und sie wird es dir nie vergessen. Strahlt dich an und gibt dir das Gefühl, ein besonders guter Mensch zu sein. Nur Mist, daß sie diese Dankbarkeit auch ihrerseits erwartet. Dieses Käsegebäck gestern im Zug zum Beispiel. Garantiert wartet sie drauf, daß ich es wenigstens noch einmal lobend erwähne. Kostet mich zwar nichts, aber ich steh einfach nicht drauf, ständig unter Druck gesetzt zu sein. Wenn ich an diese Frühstückerei denk bei ihnen zu Hause damals, wenn ich bei ihr übernachtet hatte, danke-bitte-danke-bitte, man kam kaum zum Essen dabei, und hinterher mußte man sich bei *Mami* ausdrücklich bedanken, auch wenn die keinen Schlag getan hatte, sondern Nora und ich alles auf den Tisch gestellt hatten. Die totale Hülsengesellschaft.

»Sag mal, erinnerst du dich noch an das Pochspielen bei uns?« frag ich sie. »Mit den Bohnen?«

Sie reißt ihren Blick von zwei klapprigen Gäulen mit Scheuklappen, die vor einen dieser peinlichen Fiaker gespannt sind und so aussehen, als würden sie gleich aus dem Geschirr kippen. »Gott, Poch«, strahlt sie. »Und immer hat deine Mutter am meisten Geld gehabt zum Schluß, weißt du noch? Sie war nicht zu schlagen. Aber es hat einen Wahnsinnsspaß gemacht.«

»Bohnen«, sag ich. »Wir haben immer nur um Bohnen gespielt. Ich komm nur drauf, weil du bei diesen Zockerrunden immer total ausgeflippt bist, irgendwie hast du dich gehenlassen, oder? Verstehst du, was ich meine.«

Sie runzelt die Stirn. »Wieso wundert dich das jetzt. Warum sollte ich mich nicht gehenlassen können. Findest du mich irgendwie verklemmt?«

»Na ja, verklemmt«, sag ich. »Weiß nicht. Aber ich finde, es war immer alles reichlich steif bei euch zu Hause, fiel mir nur grad ein, und daß du bei uns total anders warst. Beim Pochen zum Beispiel. Einmal hast du Hartmut sogar unterm Tisch gegen das Schienbein getreten, total wütend, weil du gedacht hast...«

»Aber er hat geschummelt!« Sie funkelt mich an. »Beim Kassieren. Das Herz-As hatte ich ausgespielt, nicht er.«

Ach du Hölle, sie hat noch alle Details parat und wird auf ihnen rumreiten bis zum Gehtnichtmehr. Total sinnlos, mit ihr über Grundsätzliches zu reden, warum wir wie geworden sind und so, würde mich nämlich echt mal interessieren.

»Okay«, sag ich. »Hak's ab.«

»Ich will es gar nicht abhaken«, sagt sie, »ich hab über dieses Vorkommnis nämlich sehr lange nachgedacht. Ich mochte Hartmut, das weißt du, das hatte gar nichts mit ihm persönlich zu tun, ich fühlte mich nur ganz einfach betrogen, und da...«

»Hast du zugetreten«, sag ich. »Weil du nicht verlieren konntest.«

Sie wirft mir einen schnellen Blick zu, dann klappt sie ihren Kragen hoch. »Worauf willst du hinaus?«

»Nichts Besonderes«, sag ich. »Aber ich könnt wetten, du hast grundsätzlich gewonnen, wenn du mit deinen Eltern gespielt hast, irgendwas zu dritt, bei euch zu Haus.«

»Da müßte ich nachdenken«, sagt sie.

»Eben«, sag ich und seh zugleich Claire aus dem Turmeingang kommen. Ich steck meine beiden Mittelfinger in den Mund und krieg immer noch einen schönen, schrillen Pfiff hin. Neben mir zuckt Nora zusammen.

Nora

Dodo hat auf dem Rückweg zum Hotel einen Chinesen ausfindig gemacht, den sie unbedingt mit uns ausprobieren will, wobei sie sich, und das ist typisch für sie, nur vom Namen des Lokals hat verleiten lassen, De lange Muur. Kultureller Mix war für sie schon immer extrem anziehend, und spielte er sich auch nur in der Sprache ab.

Nach unserer kleinen Siesta kommt sie in mein Zimmer und erläutert mir ihre Pläne für diesen Abend. Mit Claire hat sie schon alles besprochen. Ich weiß, es ist albern, aber kann sie nicht einmal zuerst mich fragen? Aber ich schlucke meine Bemerkung hinunter, es ist ja nicht wichtig, nicht wirklich.

»Und nach dem Essen gehen wir in die Disco, okay?«

»O Gott«, sage ich ganz spontan, »ohne mich. Dafür bin ich zu alt.« Dabei habe ich eigentlich immer furchtbar gerne getanzt, wenn ich den richtigen Partner hatte, Paps zum Beispiel, Achim sowieso. Wann hab ich zum letzten Mal? Beim Sommerfest im Tennisclub, glaube ich, Juni 97 muß das gewesen sein, ich weiß noch, daß ich fürchtete und zugleich hoffte, Lothar würde kommen.

Dodo schwatzt auf mich ein. »Ach komm, Nora«, sagt sie, »mal richtig auf den Putz hauen macht bestimmt Spaß. Denk ans Pochspielen damals. Doch egal, was die Leute denken, kennt uns ja keiner hier. Außerdem sind wir nicht alt, sondern in den besten Jahren.« Sie packt mich um die Taille und tanzt mit mir ein paar Schritte durchs Zimmer.

Zum ersten Mal seit langer Zeit kommt sie mir wieder körperlich so nahe, und ich kann ihn riechen, diesen ganz speziellen Dodo-Geruch, exotisch und vertraut zugleich, in den ich mich einwickeln möchte wie in eine Bettdecke, weil er in mir sofort wunderbare Reminiszenzen hervorruft: wie wir unsere Halsketten getauscht haben zum Beispiel, zum Zeichen ewiger Freundschaft, oder wie wir zum ersten Mal zusammen in einem Zelt übernachtet haben, in unserm Garten unterm Haseldorfer Prinz, und ich hab mich nachts ganz schrecklich gefürchtet, weil es draußen so unheimlich geraschelt hat, ich bin zu ihr in ihren Schlafsack gekrochen und hab fast geheult vor Angst.

Und mir fällt auch etwas anderes ein, an das ich mit gemischten Gefühlen denke, der Abiball, auf dem ich Achim kennengelernt habe. Er war ja eigentlich Dodos Begleiter. Und ich habe ihn ihr weggenommen, das war zumindest ihre Interpretation. Zum ersten Mal bekam ich etwas, was Dodo haben wollte, das muß ihre Eitelkeit furchtbar gekränkt haben. Dabei war Achim für sie nur einer von vielen, sie hatte doch ständig irgendwelche Techtelmechtel laufen, meistens mehrere gleichzeitig. Die große Liebe kann es zwischen Achim und ihr nicht gewesen sein, sonst hätte er sich doch nie so schnell für mich entschieden, mit allen Konsequenzen.

Dennoch hat Dodo den Kontakt zu mir vollkommen abgebrochen, nach ihrer Reise mit Claire kam sie nur noch einmal zurück nach Pinneberg, um ihre Sachen abzuholen, aber bei mir hat sie sich nicht gemeldet. Dabei hatte ich fest damit gerechnet, sie würde kommen und mich zur Schnecke machen, sie neigte ja immer schon zu starken

Temperamentsausbrüchen, und ihr Zorn nimmt dann alttestamentarisches Format an, wie Paps so was nannte, aber sie kam nicht. Ich hatte mich völlig umsonst gefürchtet vor der Begegnung mit ihr, völlig umsonst hatte ich eine Verteidigungsrede geübt innerlich, sie stellte sich einfach tot. Gut, dachte ich in meiner grenzenlosen Erleichterung, dann hat es sie offenbar nicht besonders heftig getroffen. Aber ich wußte natürlich, daß ich mir etwas vormachte. Wenn Dodo schwieg, war schon immer höchste Alarmstufe angesagt.

Ein paar Tage vor unserer Hochzeit war ich abends noch einkaufen, bei Schlachter Gloyer, Aufschnitt besorgen fürs Abendbrot, Frau Biesterfeld war krank und Mami im Cap Polonio, um die letzten Details für unser Fest zu besprechen. Es war voll bei Gloyers, und ich war in Gedanken ganz woanders, am nächsten Morgen sollte ich nach Hamburg, zur letzten Anprobe für mein Kleid, deshalb habe ich wohl auf meine Umgebung überhaupt nicht geachtet. Als Frau Gloyer mich ansprach, hab ich »ein Viertel Kalbsleberwurst« gesagt, ich weiß es noch wie heute, aber ehe ich noch mein »bitte« dranhängen konnte, sagte jemand neben mir: »Moment, ich bin vorher dran.«

Ich erkannte die Stimme sofort, es war Frau Schulz. Ich muß blutrot geworden sein und stotterte eine Entschuldigung, und dann sagte ich in meiner Verwirrung auch noch: »Ich hab Sie einfach nicht gesehen.«

»Eben«, sagte sie, mit einer ganz klaren Stimme, und dabei sah sie mich an, prüfend irgendwie, als läge ihr eine Frage auf der Zunge. Ich hatte keine Ahnung, was Dodo ihr erzählt hatte, aber sie kannte Achim ja als Dodos Freund,

und sie muß unsere Verlobungsanzeige im *Pinneberger Tageblatt* gelesen haben, später auch die Hochzeitsanzeige, und sie hat sich sicher ihren Teil gedacht.

Sie wollte eine Scheibe Schweineleber haben, und Frau Gloyer mußte die erst aus dem Kühlraum holen. Also standen wir nebeneinander vor der Fleischauslage und warteten. Wie oft war ich bei ihnen zu Besuch gewesen und immer freundlich aufgenommen worden, wie oft hatte sie mich herzlich umarmt und mich zum Lachen gebracht, und nie hatte sie mich diese spezielle Art von oben herab spüren lassen, die sogar meine eigenen Eltern an sich hatten, sie hatte mich immer ernst genommen, von Anfang an. Aber sie hatte auch immer erwartet, daß man sie respektiert.

Ich stand da und war wie vor den Kopf geschlagen, jedes Wort war wie weggeblasen aus meinem Schädel. »Wie geht es Ihnen«, hab ich schließlich gefragt und gedacht, wo bleibt Frau Gloyer bloß, kann doch nicht so lange dauern.

Wieder dieser prüfende Blick, der auch irgendwie traurig war, vielleicht hab ich mir das aber nur eingebildet. »Danke«, hat sie gesagt, nicht danke, gut oder danke, schlecht, nur: danke. Was für mich in diesem Moment hieß: Geht dich nichts mehr an. Du gehörst nicht mehr zu uns. Und noch heute denke ich, anders kann sie es nicht gemeint haben.

Endlich kam die Leber, und während Frau Gloyer den blutigen Fleischfetzen abwog und einpackte, fragte sie mich aus, wie es meinen Eltern ginge und Herrn Kluge und ob ich schon Lampenfieber hätte, sie selbst hätte Wochen vor ihrer Hochzeit nicht schlafen können vor Aufregung. Ich habe nur einsilbig geantwortet, sie hätte merken müssen, daß mir das Thema peinlich war in diesem Moment, aber sie redete immer weiter. Und neben mir Frau Schulz.

Als sie ihr Portemonnaie öffnete, um zu bezahlen, sah ich, daß sie ein altes Foto von Dodo darin hatte, bestimmt war sie nicht älter als dreizehn oder vierzehn auf dem Bild, sie saß rittlings auf einem Ast und strahlte zwischen blühenden Zweigen in die Kamera. Es tat mir weh, weil ich genau wußte, wo das Foto aufgenommen worden war. Bei uns im Garten, sie war in den Haseldorfer Prinz geklettert, ich hatte es ihr geschenkt.

Als Frau Schulz endlich ging, nickte sie mir noch einmal zu, ohne ein Wort des Abschieds. Ihre schweigende Ablehnung damals hat mich lange verfolgt. Ich hätte gerne ihre Absolution erhalten irgendwann, aber ich hab nie gewagt, sie darauf anzusprechen, auch nicht, als ich nach Fionas Geburt zu ihr gegangen bin, um sie um die Betreuung des Kindes zu bitten. Ein Gang, der mir entsetzlich schwerfiel, aber ich nahm ihn auf mich um Dodos willen.

Frau Schulz war sehr höflich bei dieser Gelegenheit, aber sie siezte mich nun und blieb in jeder Sekunde so sachlich, wie man zum Mann von den Stadtwerken ist, der den Wasserzähler abliest. Aber auch jetzt hatte sie diesen besonderen Ausdruck in ihren Augen, der mich schon Jahre zuvor in der Schlachterei Gloyer bedrückt hatte, und darüber hinaus irritierte mich, daß sie sich auf einen Stock stützte, ganz plötzlich schien alles Jugendliche von ihr abgefallen zu sein. Sie hatte sich viele Wochen zuvor das Bein gebrochen, hörte ich kurz darauf von Achims Sekretärin, die mit ihrem Tennisarm beim gleichen Arzt war wie Frau Schulz. Offensichtlich heilte der Bruch nicht wieder richtig zusammen, denn nie mehr sah ich Dodos Mutter ohne Stock auf der Straße. Und nie mehr habe ich sie angesprochen. Wenn wir einer direkten Begegnung nicht ausweichen konnten, haben wir uns höflich zugenickt. Und ich habe mir eingeredet, es stehe mir als der Jüngeren von uns beiden nicht zu, als erste in das Wespennest zu fassen. Heute wär ich mutiger, aber nun ist es zu spät, mit Frau Schulz kann ich die Angelegenheit von damals nicht mehr klären. Aber mit Dodo.

»Na gut, ich komm mit«, sage ich. Und dann, ganz schnell, bevor mich die Courage wieder verläßt: »Du, Dodo…«

Sie läßt mich los, lächelt mich an. Um ihre Augen tausend krause Fältchen. Stehen ihr gut. »Hm?«

»Hast du mir das eigentlich wirklich ganz und gar verziehen, du weißt schon, das mit Achim damals.«

Ihr Lächeln verfliegt, sie sieht mich einen langen Augenblick schweigend an, fast wie ihre Mutter. Mir wird ein bißchen mulmig zumute, dennoch bin ich froh, daß ich gefragt habe. Warum antwortet sie nicht.

»Dodo, ich weiß«, sage ich behutsam, »es ist lange her, aber sollten wir nicht doch noch mal…«

Sie macht eine abwehrende Handbewegung. »Wieso mußt du jetzt den alten Mist ausgraben. Doch Schnee von gestern.« Sie dreht sich schon um und geht ein paar Schritte Richtung Tür.

Das genügt mir nicht. »Das ist keine Antwort auf meine Frage«, sage ich, »du kannst es doch ehrlich sagen, wenn du…«

Sie dreht sich um, die Klinke in der Hand. »Mein Gott,

Nora«, sagt sie ungeduldig, »ich hab dir nichts zu verzeihen, schon lange nicht mehr. Um acht in der Lobby, okay?« Und draußen ist sie.

Ich bin erleichtert. Einerseits. Trotzdem nagt etwas an mir. Weil sie mich so knapp abgefertigt hat? Zwischen Tür und Angel? Wieso hab ich das Gefühl, daß sie mir keine ehrliche Antwort geben will?

Claire

Der Chinese entpuppt sich als billige Touristenkaschemme, im Eingang ein wulstbäuchiger Buddha aus Pappmaché mit eingebautem, nicht mehr ganz taufrischem Lachsack, tippt man auf den vergoldeten Wanst, scheppert es heiser los. Dodo war natürlich nur mit Mühe weiterzulotsen, sie hatte schon immer ein Faible für Geschmacklosigkeiten. Innen die obligatorischen Drachen an der Wand, verstaubte rote Laternen und fettige Speisekarten. Warum sind wir nicht französisch essen gegangen? Oder irgendwas, ganz egal, nur nicht chinesisch.

Alles ist sofort wieder da. Henley-on-Thames, August 84, dieses köstliche Lokal, kantonesische Spezialitäten. Wir kannten uns gerade erst ein paar Monate, es war unsere erste gemeinsame Reise, ein ganz spontaner Trip, wie er es mochte. An einem Freitagabend hatten wir ein paar Sachen in die Koffer geworfen und sind in seinem Wagen einfach losgefahren, Richtung Nordwesten, ohne Ziel. Die Idee mit England kam uns erst, als wir schon fast in Calais waren, morgens um vier. Wir haben die erste Fähre genommen und bei der Ankunft in Dover *fish and chips* zum Frühstück gegessen. Drei Tage später hat er mir einen Heiratsantrag gemacht, in diesem chinesischen Lokal in Henley. Ich hatte den Mund voll *crispy duck,* als er mich gefragt hat, es kam völlig überraschend für mich, obwohl ich es mir natürlich gewünscht hatte wie sonst nichts in meinem Leben. Ich bin immer wieder traurig, weil ich nicht mehr weiß, was genau er eigentlich gesagt, welche Worte er gebraucht hat, Philipp hat mir oft ganz kitschige Liebeserklärungen gemacht. Aber alles, was mir von seinem Antrag in Erinnerung geblieben ist, ist der Geschmack der gebratenen Ente, der für mich seitdem verbunden ist mit diesem überwältigenden Glücksgefühl. Aber zugleich auch mit meiner Niederlage.

Endlich, hab ich damals gedacht, endlich fängt mein wirkliches Leben an. Es war so, als hätte ich nur auf diesen Moment hingelebt, als wäre alles vorher eine endlose Wüste gewesen, durch die ich hatte wandern müssen, um zur Wasserquelle zu kommen: mein Leben bei Backes, das nur aus Horror und Lügen und Flucht in Träume bestanden hat, aus dem ich nur wegwollte; das endlose Studium mit den kindischen Kommilitonen und den langen schlaflosen Nächten in diesem feuchten Dachzimmer, meine Einsamkeit während all dieser Jahre, während des ganzen Studiums habe ich keine einzige wirkliche Freundschaft aufbauen können, was nur an mir lag, ich weiß ja, und an meiner fürchterlichen Sprachlosigkeit, meiner Angst.

Nach meinem Abschluß wollte ich eigentlich nach Westberlin, wo Dodo damals einen Job bei einer Filmproduktion hatte, es ging ihr blendend, und ich hätte für eine Weile bei ihr wohnen und mich dort auf Arbeitssuche machen können, ich wollte ja so schnell wie möglich Geld verdienen, um nicht mehr auf die monatlichen Überweisungen aus Pinneberg angewiesen zu sein, die Susanne mir kommentarlos zukommen ließ, dreimal habe ich das Geld ebenso kommentarlos zurücküberwiesen, dann hörten die Zahlungen auf. Kommentarlos.

Innerhalb weniger Wochen hatte sich mein ganzes Leben verändert, alles ist auf einmal passiert: Ich habe David kennengelernt, der mir einen Job in seiner Galerie angeboten hat, zu einem Gehalt, von dem ich niemals zu träumen gewagt hätte, ich hab eine kleine komfortable und bezahlbare Wohnung mit Balkon gefunden, und das bei der damaligen Wohnungsnot, und ich hab bei einer Vernissage Philipp kennengelernt. Der diplomierter Architekt war, gutaussehend und intelligent, und aus einer, für mich jedenfalls, unüberschaubar großen Familie stammte, sein Vater war Kinderarzt, und Philipp war mit seinen Geschwistern in einem dieser weitläufigen Häuser in Bogenhausen aufgewachsen, feinste Villengegend, der Park hinterm Haus wurde von einem Gärtner in Schuß gehalten und ging bis zur Isar runter. Und Philipp wollte ausgerechnet mich.

Ich konnte das erst überhaupt nicht glauben, er hat mich wochenlang umwerben müssen, ehe ich das erste Mal mit ihm ausgegangen bin, ich dachte immer, was will der von mir, ich hatte ja nichts vorzuweisen außer meinem Aussehen und meinem Magister in Kunstgeschichte, ich war nicht witzig, nicht unterhaltsam, nicht gesellschaftsfähig. Philipp hat sich unglaubliche Mühe mit mir gegeben, er war geduldig, vorsichtig, er hat mich nie bedrängt. Er liebte besonders meine Haare, manchmal hat er sie sich wie ein Tuch übers Gesicht gebreitet, wenn wir miteinander geschlafen haben.

Zu unserer Hochzeit im Herbst 85 habe ich nur Dodo und Nora mit Achim eingeladen, obwohl Philipp natürlich auch Susanne Backe dabeihaben wollte, die er ja nicht kannte. Er hat nicht verstanden, daß ich sie nicht einmal informieren wollte, wie sollte er auch, aber damals wäre die Gelegenheit gewesen, ihm alles zu erklären. Ich konnte nicht. Ich hatte zu große Angst, er würde mich dann fallenlassen. Und ich glaube heute noch, er hätte nicht damit leben können.

Dodo kam natürlich nicht, als sie hörte, daß Nora dabeisein würde, dabei hatte ich gehofft, meine Hochzeit könnte gleichzeitig ihre Versöhnung sein, ich vermißte unsere Dreisamkeit, ich wollte so gerne meine Glückseligkeit teilen, aber sie wollte Nora um keinen Preis begegnen.

Sie hat Philipp erst zwei Jahre später zum ersten Mal gesehen, als sie uns in München besucht hat, und sogar sie war beeindruckt. »Nicht schlecht«, hat sie gesagt. »Hat sich das Warten ja glatt gelohnt.« Ihr Leben war damals gerade wieder mal umgekippt, ein einziges Chaos, sie mußte wegen irgendeiner komplizierten Männergeschichte ihre Zelte in Berlin abbrechen und wollte nach Köln ziehen. Sie wollte unbedingt unsere Hochzeitsfotos sehen und auch wissen, wie und wo ich Philipp kennengelernt hatte, »vielleicht kannst du mir ja einen guten Tip geben«, sagte sie und hatte ganz traurige Augen, als ich ihr nach kurzem Zögern von Philipps überraschendem Antrag in Henley-on-Thames erzählte. Dann lachte sie auf und sagte: »Der Teufel scheißt immer auf denselben Haufen«, und ich widersprach ihr nicht. Ich war ja seit fast einem Jahr auf der sicheren Seite.

Wie naiv ich war. Ich hab wirklich gedacht, mit Philipp wär ich gerettet. Unsere Verbindung war besiegelt, wir waren ganz offiziell ein Paar, vor Gott und der Welt. Im Geist hab ich uns schon als Familie gesehen, mit zwei Kindern, das Geschlecht war uns egal, nur blond so wie ich sollten sie sein, das hat Philipp sich gewünscht. Jetzt hat er drei, zwei Jungen und ein Mädchen, und alle so dunkelhaarig wie Verena, seine Frau. Ich bin ihr nur ein Mal begegnet, sie ist apart und energisch, Diplompsychologin, die schon von Berufs wegen weiß, wie man eine erfolgreiche Ehe führt. Sie ist jedenfalls nicht verlassen worden nach nicht mal drei Jahren. Sie kann noch in ein chinesisches Restaurant gehen und essen, was sie will.

Nora hat sich natürlich Ente bestellt, was denn sonst. Sie spießt ein Stück pickelhäutiger, fettglänzender Brust auf ihre Gabel und will es mir in den Mund stecken. »Probier doch mal.«

Der Geruch nimmt mir den Atem. Ich presse mir die Serviette vor den Mund, huste hinein, kaschiere das in mir aufsteigende Würgen. Dodo klopft mir auf den Rücken.

»Du qualmst zuviel«, sagt Nora. »Ab vierzig sollte keine Frau mehr rauchen. Weil ihr Hormonspiegel dann irgendwie anders reagiert als vorher.«

Ich möchte schreien. Allein sein und schreien. »Nehmt es mir nicht übel, aber ich hab überhaupt keinen Appetit.« Meine Stimme scheppert. Ich schiebe meine Bihun-Suppe von mir. Und verschließe meine Ohren vor dem Schwall ihrer mitfühlenden Fragen, während ich mir eine Taktik überlege, wie ich hier und jetzt eine *Lenz 9* schlucken kann, ohne daß sie es bemerken.

Dodo

Nach dem Essen will Claire eigentlich zurück ins Hotel, auch Nora ist erledigt, aber ich laß nicht locker. Ich brauch einfach noch bißchen Action heute, aber ich will nicht allein sein, ich hab keinen Bock auf irgendeine dämliche Anmache, ein Kerl ist das letzte, was ich suche im Moment.

Über uns Wolkenfetzen und ein Stück Mond. »Nimmt er jetzt ab oder zu?« sag ich, um die mufflige Stimmung zu verscheuchen. Ist nämlich eins von Noras Lieblingsthemen, daß Kinder bei Vollmond geboren werden und Kälber und das übrige Viehzeug, weil er so *irrsinnig zieht,* und unweigerlich erklärt sie einem dann auch noch Ebbe und Flut, damit wär also für Gesprächsstoff gesorgt und die Gefahr abgebogen, daß sie doch noch abspringen. Falls Nora anbeißt.

»Zu«, sagt sie nach kurzem Blick nach oben. »Du mußt ein deutsches Zett schreiben, dann hast du's. Wenn ihr die Gelegenheit hättet, auf den Mond zu fliegen, würdet ihr?«

»Warum«, sag ich. »Wegen der Aussicht? Das einzige, was man von da aus sehen kann, ist De lange Muur. Lohnt ja wohl nicht, oder?«

»Erstens mal wolltest *du* zu diesem Chinesen«, sagt sie. »Und zweitens könnte man ja auch den übrigen Kosmos mal ins Auge fassen, meine liebe Dodo.« Sie hätte Lehrerin werden sollen.

»Wie war das noch mit Ebbe und Flut«, sag ich.

»Ach, hör doch auf«, sagt sie und hickst. Schlägt sich kurz die Hand vor den Mund. »Pardon. Du, wir haben gesagt, wir kommen mit, und dann kommen wir auch mit. Du kannst dir deine Manöver sparen. Mitgefangen, mitgehangen. Oder, Claire?«

»Klar«, sagt Claire, ohne ihren Blick vom Mond zu wenden. Jeder andere Mensch würde dabei stolpern auf diesem blöden Hoppelpflaster, noch dazu mit hohen Absätzen.

Wir landen in einer Disco in der Nähe vom Bahnhof, ziemliches Bumslokal, hauptsächlich Touris, die auf jugendlich machen, so wie wir. In Köln würd ich nicht ums Verrecken in so einen Schuppen gehn, aber hier ist es mir egal. Die Musik ist okay für mich, kein langsames Zeug, sondern schneller harter Rock, ziemlich genau das, was ich jetzt brauch. Ich will abtanzen, mich austoben, bis ich keine Luft mehr bekomm, ich will meinen Körper spüren, mich auspowern bis zur totalen Erschöpfung, alles vergessen.

Nora und Claire finden es natürlich ätzend hier, sitzen wie angenagelt auf ihren Barhockern und halten sich an ihren Gläsern fest, aber sollen sie. Einmal können sie schließlich machen, was mir gefällt, ich latsch ja auch ständig in ihre muffigen Gotteshäuser.

Natürlich starren alle Kerle Claire an, werden aber selbstverständlich keines Blickes oder gar Lächelns gewürdigt. Die Eisprinzessin sieht aus wie schockgefroren, in ihrem Gesicht bewegt sich gar nichts. Fühlt sich deplaciert unter all den Proleten hier – könnte sie ja glatt einer zum Tanzen auffordern. Und sie auch noch anfassen wollen, pfui Spinne.

Auf einmal nervt sie mich wahnsinnig. Kann diese Frau nicht *einmal* Spaß haben, mal loslassen. Was hat sie ihr denn schon eingebracht, ihre hyperperfekte Haltung in allen Lebenslagen. Oder gibt's irgendeinen Menschen auf der Welt, der grad an sie denkt, der sie vermißt? Na also. Eine Frau, die man nur bewundern und anbeten kann, ist auch nicht abendfüllend, hat schließlich auch ihr Philipp damals ziemlich schnell gemerkt. Aber ich werd mir durch ihre Zicken den Fun nicht versauen lassen. Ich will abheben, umfallen, auf den Boden zieht's mich früh genug.

Nora

Die Musik ist laut, mir dröhnen die Ohren. Dodo ist sofort auf der Tanzfläche verschwunden und taucht nur noch bei uns auf, um einen Gin Tonic nach dem andern runterzustürzen, mindestens vier bis jetzt, aber sie wirkt völlig nüchtern, schwitzt ja alles sofort wieder aus. Ich fürchte, ich hab einen kleinen Schwips vom Wein beim Chinesen, obwohl ich mich eigentlich zurückhalten wollte, aber ich mag noch nicht auf alles verzichten, nicht auf dieser Reise.

Claire und ich stehen an der Bar und sehen Dodo zu, sie benimmt sich für meinen Geschmack ein bißchen sehr exaltiert, aber was sie zuviel hat, hab ich wahrscheinlich zuwenig. Ich habe Claire gefragt, ob sie nicht auch tanzen will, es würde mir nichts ausmachen, für eine Weile allein zu bleiben. Sie hat nur den Kopf geschüttelt und in die tobende Menge gestarrt. Vorhin hab ich gedacht, sie ist krank, hat sich vielleicht den Magen verdorben, sie sollte ins Bett, mit einer Wärmflasche am besten. Aber sie hat wie immer alle Hilfsmaßnahmen abgelehnt, ich kenne keinen Menschen, der so diszipliniert ist wie sie, und ich weiß es zu schätzen, daß sie nur Dodos wegen diese Hölle hier erträgt. Ich selber würde nur zu gern zurück ins Hotel und die Füße hochlegen, aber allein um diese Zeit durch die dunklen… »Pardon.«

Ich weiche einen Schritt zur Seite und mach Platz für ein wenig appetitliches Subjekt, das die Bar ansteuert, ein dunkelhaariger Typ, Nordafrika tippe ich, mindestens zehn

Jahre jünger als ich. Er schwenkt zu mir um, stiert mich unverwandt an, Goldkette um den Hals und das schreiend gemusterte Hemd offen bis zum Nabel, man kann seine Brustbehaarung sehen. Ich versteh bei dem Lärm nicht, was er sagt, aber es gilt ganz eindeutig mir. Er drängt sich zwischen Claire und mich und kommt mir so nah, daß ich seiner durchdringenden Körperausdünstung nicht ausweichen kann. »You like to dance?«

Er hat eine Zahnlücke, oben rechts, und das restliche Gebiß sieht auch nicht sehr appetitlich aus, ungepflegt, durch meine Gedanken flitzt Lothar, der monatelang gut zu tun haben würde, um derartige Zähne auf Vordermann zu bringen. »No, thank you«, sage ich und ringe mir ein höfliches Lächeln ab, auf keinen Fall soll der Eindruck entstehen, ich hätte was gegen Ausländer, obwohl dieser Mensch mir körperlich äußerst unangenehm ist. Der Bartresen in meinem Rücken und das Gedränge um mich herum machen eine dezente Flucht leider unmöglich.

Er hat nicht verstanden. Nimmt einfach das Glas aus meiner Hand, stellt es auf den Tresen, packt meinen Arm. Reflexartig reiße ich mich los und sage »no!«, laut und deutlich. Und noch einmal: »No!« Was man ja wohl an jedem Ort der Welt versteht.

Er drückt mit einer kleinen widerwärtigen Stoßbewegung kurz seinen Unterleib an mich, grinst mir ins Gesicht. »Deutsch, hä? Tourist, hä?« Und wieder umklammern seine Finger meinen Arm.

Es verschlägt mir den Atem, zugleich steigt kalte Angst in mir auf, ich kann diesen Menschen und seine möglichen Reaktionen überhaupt nicht einschätzen. Durch meinen zahnlückigen Bedränger von mir getrennt, lehnt Claire am Tresen und starrt rüber zu den Tanzenden, als hinge dort der Mond. Wieso hilft sie mir nicht, sie muß doch mitkriegen, in was für einer Lage ich bin, ist sie meine Freundin oder nicht! Ein Bein drängt sich zwischen meine Knie. Ich hebel meinen Arm los und geb dem Kerl einen Klaps auf die Finger, kurz und heftig. Er fährt verblüfft zurück, feixt mich aggressiv an, will er etwa zurückschlagen? Ein obszönes Grinsen breitet sich in seinem Gesicht aus, die Zahnlücke präsentiert sich als schwarzes Loch, und seine Hand legt sich zwischen seine Beine, eindeutig und ungeniert. Laut und vernehmlich sagt er: »Ficki-ficki?«

Und sofort schieben sich Bilder in mein Bewußtsein, die ich ganz weit nach unten gepackt habe: pornographische Szenen in allen Details, Geschlechtsteile in Großaufnahme, ineinander verschlungene ekstatische Körper, Hardcore-Sex.

Als Achim im Sommer vor zwei Jahren zwei Wochen lang an einem Juristenkongress auf Teneriffa teilnahm und gleichzeitig Daniel mit seiner Klasse auf Paddeltour in Frankreich war, habe ich die Zeit genutzt, um das Haus mal wieder so richtig in Ordnung zu bringen, nötig war es weiß Gott. Zuerst habe ich mir den Dachboden vorgeknöpft, Miriam half mir, wir hatten richtig Spaß beim Stöbern und Ausmisten. Danach hab ich mit der Garage angefangen, die im Lauf der Jahre ungut zugemüllt worden war, wie oft schon hatte Achim sie aufräumen wollen, aber immer war etwas dazwischengekommen. Gott sei Dank war Miriam in der Schule, als ich anfing, das herumfliegende Werkzeug zu sortieren. Zwischen dem Koffer mit der Bohrmaschine und dem Rasenmäher klemmte eine vollgestopfte Plastiktüte, schwarz, ohne Aufdruck, und in ihr ein Dutzend Pornohefte, Hochglanz-Magazine, wie man sie ganz bestimmt in keinem Zeitschriftenladen findet, nicht mal bei Beate Uhse vermutlich, von der ich mal einen Katalog angeguckt hatte, zusammen mit Dodo, heimlich, als wir vierzehn waren, Dodo hatte ihn Hartmut geklaut, und der wiederum hatte ihn einem Freund gemopst. So sagte sie jedenfalls.

In meinem ersten Schreck hab ich die Tüte sofort an ihren ursprünglichen Platz zurückgestopft und bin aus der Garage geflüchtet, hab die Tür zugeknallt und hinter mir abgeschlossen, ich bin in den Garten gegangen und hab angefangen, wie wild Unkraut zu zupfen, ich mußte mich irgendwie beschäftigen, das hat mir schon immer geholfen, meine Gedanken zu sortieren. Ich war erregt, wenn ich ehrlich bin, auch sexuell, das hat mich selbst schockiert, aber ich hatte damals immer noch Lothar im Kopf, ich stand unter Strom sozusagen, war empfänglich für derartige Reize. Mit aller Gewalt mußte ich mich auf das Entscheidende konzentrieren, auf die Frage, wem die Tüte gehörte.

Als erster ist mir natürlich Daniel eingefallen, er war damals fünfzehn, und natürlich müssen sich alle Jungen in diesem Alter für derlei Themen interessieren. Gegen ihn sprach allerdings die Menge der Hefte, die ganz gewiß nicht billig waren, von seinem Taschengeld konnte er sich so etwas keinesfalls leisten, er gab doch schon damals alles für Computerspiele und Zubehör aus, andererseits hätte er sich die Magazine natürlich auch ausleihen können von einem seiner vielen dubiosen Freunde, wer weiß, was andere

Eltern so rumliegen lassen. Dennoch konnte und wollte ich mir nicht vorstellen, daß mein eigener Sohn sich mit so einem Zeug beschäftigte.

Vielleicht Achims Vater? Der damals schon tot war? Er war ja oft genug bei uns zu Besuch gewesen in all den Jahren, vor allem in den Monaten vor seinem Schlaganfall, aber er war ein alter Mann, dessen einziges Interesse den Mahlzeiten und seiner Verdauung galt und dem Verlust seines Kaninchenstalls. Daß er sich heimlich an Pornozeitschriften delektiert hätte, hielt ich für abwegig, und noch abwegiger die Vorstellung, daß er solche Hefte mit zu uns gebracht und sie dort versteckt hätte, er war in den letzten Jahren sehr klapprig, ich mußte auf ihn aufpassen wie auf ein Kleinkind, unweigerlich hätte ich bemerkt, wenn er allein in die Garage getappert wäre und sich dort zu schaffen gemacht hätte.

Irgendwelche Besucher, Handwerker, Freunde der Kinder? Irgendein Fremder, der unsere Garage als Deponie benutzte? Ich habe mir den Kopf zermartert, aber mir fiel keine plausible Erklärung ein.

Und dann die letzte Möglichkeit. Achim. Über die ich gar nicht wirklich nachdenken wollte. Daß mein eigener Mann in einschlägigen Geschäften verkehrt und sich dort mit pornographischem Material eindeckt, dieser Gedanke war schlechthin unerträglich. Weil er bedeutet hätte, daß Achim Mangel leidet. Sexuell. Daß er Phantasien und Wünsche hat, die er mir nicht mitteilen kann oder mag, aus welchen Gründen auch immer. Die aber dennoch existieren und offenbar stark sind.

Ich hatte mir eigentlich vorgenommen, ihm noch am

selben Abend am Telefon von meinem Fund zu berichten, der mich so entsetzlich umtrieb, den ich nicht eine Minute aus meinen Gedanken verdrängen konnte. Ich wünschte mir so sehr, er könnte mir eine Erklärung liefern, die nicht nur ihn, sondern auch Daniel freisprechen würde, aber ich konnte mir keine Version vorstellen, die mich beruhigt hätte. Und ich weiß auch nicht, ob ich ihm geglaubt hätte. Wäre nicht immer ein Zweifel geblieben?

Als er dann anrief an diesem Abend, aus einer Bar mit störendem Stimmengewirr im Hintergrund, habe ich die Angelegenheit mit keinem Wort erwähnt. Auch dann nicht, als er zurück war von seiner Reise. Ich habe überhaupt niemandem je davon erzählt. Statt dessen habe ich mir eines Nachmittags, als Miriam mit ihren Rollerblades unterwegs war, ein Herz gefaßt, habe die Tüte aus ihrem Versteck geholt und ihren Inhalt in unserem Kamin verbrannt, die Asche habe ich auf den Kompost gebracht. Und mir fest vorgenommen, auch alle Spekulationen bezüglich dieses Fundes dort zu lagern und vergehen zu lassen.

Es gibt Dinge zwischen Himmel und Erde, denen man besser nicht auf den Grund geht. Oder aber ihre Bedeutung wird übermächtig, und sie bekommen ein Gewicht, das man vielleicht nicht ertragen kann. In die Garage bin ich danach nur noch gegangen, wenn ich es nicht vermeiden konnte. Aufgeräumt ist sie bis heute nicht. Aber egal. Wenn ich nur diesen Kerl loswerde!

Claire

Wie schön Dodo sich bewegt. Ich könnte ihr stundenlang zusehen. Sie ist so lebendig. So leidenschaftlich. Bestimmt auch im Bett. Sie kann ganz loslassen, sie guckt sich nicht ständig selber zu, grübelt nicht darüber nach, was der andere von ihr denkt, ist ganz Lust. Ich konnte das nie. Ich habe immer gedacht, man merkt es mir an. Ich habe Angst gehabt, Philipp könnte spüren, daß ich besudelt bin, gebraucht, beschmutzt. Wenn wir miteinander geschlafen haben, habe ich nie einen Laut von mir gegeben, ich habe mich gefürchtet vor mir selbst. Wenn ich einmal angefangen hätte zu schreien, ich hätte vielleicht nie wieder aufhören können, habe ich gedacht. Und so war es auch.

Pfingsten 87 sind wir wieder nach Florenz gefahren, das hatte ja schon Tradition. Unsere Stadt. Unser Hotel. Unsere Lieblingslokale und -plätze. Aber diesmal war es anders, von Anfang an. Ich hatte wochenlang in der Galerie hart gearbeitet, war fast immer erst spätabends nach Hause gekommen. Und Philipp war seit einiger Zeit ständig gereizt, er hatte Ärger mit einem Bauherrn, der ihn verklagt hatte, aber wenn ich ihn trösten wollte, reagierte er knapp und ungeduldig. Wir waren beide urlaubsreif.

Schon auf der Fahrt gerieten wir in Streit, wegen einer Nichtigkeit, es ging um die verschiedenen Bauphasen von San Miniato al Monte, meiner Lieblingskirche, völlig irrelevant im Grunde, ich hätte meinen Mund halten sollen.

Philipp warf mir vor, ihn von oben herab zu behandeln, nicht nur in diesem Moment, sondern eigentlich immer, ihn ständig abzukanzeln wie ein Kind, was absurd war. Die letzte Stunde vor Florenz schwiegen wir beide, er fuhr mit verbissener Miene und viel zu schnell, ich überlegte fieberhaft, was ich sagen könnte, irgend etwas Unverfängliches, Liebevolles, aber mir fiel nichts ein.

Wir kamen schweigend im Hotel an, wurden herzlich willkommen geheißen, so wie immer, und bezogen unser Zimmer mit Blick auf die Domkuppel, alles perfekt hergerichtet mit Blumen und einer Flasche Champagner im Kübel, auf dem Bett immer noch die schöne Überdecke im Paisley-Muster in warmen Rottönen. Sobald wir im Zimmer waren, fühlte ich mich besser. Und ich konnte wieder sprechen. »Wollen wir gleich nach unten zum Essen? Ich geh nur schnell unter die Dusche.«

Und Philipp nickte tatsächlich und lächelte mir zu und sagte: »Ich mach schon mal den Champagner auf.«

Als ich aus der Dusche kam, lag er auf dem Bett und sah mir entgegen. Er hatte die Schuhe ausgezogen und die Überdecke zurückgeschlagen, und die Bettwäsche war kariert. »Entschuldige«, sagte er, »wegen vorhin. Komm.« Und streckte mir die Arme entgegen.

Ich hielt das Handtuch vor meiner Brust fest und gab mir Mühe, nicht auf die Wäsche zu starren.

»Was ist?« Er setzte sich auf.

»Die Bezüge«, sagte ich. »Würdest du bitte unten anrufen und sagen, sie möchten das Bett frisch beziehen. In Weiß. Oder irgend etwas anderes Einfarbiges.«

»Wieso? Es ist frisch bezogen.«

»Aber kariert. Ich ertrage keine karierte Bettwäsche, tut mir leid.«

Er zog die Brauen hoch. »Ich bitte dich, Claire.«

Ich ging zum Telefon. »Wenn du es nicht tust, mach ich es.«

Seine Stimme bekam wieder diesen ungeduldigen Unterton. »Jetzt sei nicht hysterisch. Ist doch ganz egal, worin wir schlafen.« Und er nahm meine Hand und zog mich aufs Bett, und plötzlich lag ich, Karos unter mir, auf mir, neben mir, irgend etwas Rotes ganz entfernt, und ich war nackt, Hände auf meinem Körper, überall, und ich schlug um mich, wehrte mich in Todesangst, mit Fingernägeln und geballten Fäusten, und ich schrie, schrie, schrie. Schrie meinen Haß und meinen Ekel und meine Angst heraus. Bis Philipp mir ins Gesicht schlug und ich das Bewußtsein verlor.

Die Leute im Zimmer neben uns riefen bei der Rezeption an, sie dachten, eine Frau würde ermordet, das hat mir Philipp später erzählt. Und auch, daß ich geschrien habe: »Faß mich nie wieder an, sonst bring ich dich um!«

Philipp ließ einen Arzt kommen, der mir eine Spritze gab, und ich schlief bis zum nächsten Morgen, in weißer Bettwäsche. Philipp hat die Nacht auf der Couch verbracht, er kann nicht geschlafen haben, der Schock stand ihm noch am nächsten Tag im Gesicht. Spätestens in diesem Moment hätte ich ihm alles sagen müssen, vielleicht wäre seine Erleichterung größer gewesen als sein Ekel.

Aber ich tat es nicht. Und es dauerte Wochen, bis er mich überhaupt wieder angefaßt hat, und auch dann waren es nur flüchtige Berührungen, freudlos, ohne Leidenschaft, ohne Hingabe. Er hatte Angst vor mir, vor der Furie in mir, die jederzeit wieder zum Vorschein kommen könnte. Nie wieder hat es Momente bedingungsloser Nähe zwischen uns gegeben. Es war vorbei. Ein Jahr hat er noch ausgehalten neben mir, ein ganzes quälend langes Jahr.

Wieso zerrt Nora an mir herum. Was will sie schon wieder.

Dodo

Ich hätte noch stundenlang weitertanzen können, aber Nora will zurück ins Hotel. Der Abend ist für sie gelaufen nach der Episode mit dem südländischen Schmierlappen. Claire hat nicht einen Finger gekrümmt, ihr zu helfen, dabei ist sie doch weiß Gott Expertin darin, die Kerle abzuschmettern, aber sie stand nur da, als wär sie auf einem andern Stern. Ich hab von der Tanzfläche aus eine Weile zugesehen, wie der Typ Nora auf die Pelle gerückt ist, er war wirklich eklig, einer von der Sorte, die nie lockerläßt. Als er sich dann in eindeutiger Absicht an den Sack gefaßt hat, dachte ich, jetzt kommst du ihr mal zu Hilfe, sie weiß offenbar echt nicht, wie man so eine Schmeißfliege zur Strecke bringt. Keine drei Sekunden hab ich gebraucht, da hat der Kerl die Flatter gemacht. Wetten, der vergißt mich nicht so schnell.

Nora behauptet, ich hätte sie aus einer der peinlichsten Situationen aller Zeiten gerettet. Sieht man mal wieder, was für ein Leben sie führt, totale Käseglocke, wie die Made im Speck.

»Sieh's doch mal so«, sag ich, »du hast noch jede Menge Chancen bei den Männern. Sogar bei den jungen, war doch höchstens Ende Zwanzig, der Schmierlappen.«

Sie macht einen kläglichen Versuch zu lachen, sie kann's nicht wirklich komisch finden. Claire verzieht keine Miene, stöckelt stumm neben uns her in ihrem schicken weißen Mantel, auf Abstand natürlich. Unberührbar wie eh und je. Hat sie eigentlich überhaupt was mitgekriegt von der Episode eben? Oder schwebt sie mal wieder in höheren Sphären, die Eisprinzessin.

Ich würd für mein Leben gern jetzt noch irgendwo einen Drink nehmen, notfalls an der Hotelbar, aber Nora will in ihr Bett. Der Schmierlappen scheint ihr echt die Laune versaut zu haben, aber aufhören kann sie mit dem Thema trotzdem nicht, muß ja echt eine total neue Erfahrung für sie gewesen sein, mein Gott, wo lebt die Frau. »Wie du den fertiggemacht hast, Dodo«, sagt sie zum zehnten Mal. »Ich könnte das nie.«

Irgendwie reicht's mir. »Tja«, sag ich, »hat doch auch Vorteile, eine Freundin aus der Unterschicht.«

Sie bleibt stehen. »Unterschicht«, sagt sie, als hätte sie das Wort noch nie gehört. »Aber so hab ich dich nie gesehen, Dodo. Wirklich nicht!«

Ach nee? Kann sie mir doch nicht erzählen. Muß sie doch mitgekriegt haben in ihrem piekfeinen Elternhaus, mit *Paps* und *Mami*, wie die auf mich runtergeguckt haben, und auf Ma und Hartmut natürlich, für die waren wir doch Geschmeiß, Ma erst nach Ewigkeiten ordnungsgemäß geschieden und wir den ganzen Tag ohne Aufsicht, verlotterte Schlüsselkinder, keine Erziehung und keine Manieren, vorletzte soziale Stufe, nach uns kamen doch nur noch Säufer und Kriminelle. Und prompt wurde Hartmut dann auch noch schwul, muß Wasser auf ihre Mühlen gewesen sein, diese bigotten Spießer. Noras Mutter hat's doch nie gepaßt, daß sich ihr Augapfel ausgerechnet mich als Freundin aussuchen mußte, aber weil sie es nun mal nicht ändern konnte, hat sie ihren sozialen Tick an mir ausgetobt. Jeden Freitag wurde ich zur Mittagstafel geladen und nahrhaft und bekömmlich abgefüttert, Armenspeisung sozusagen.

Meistens hab ich dann auch bei ihnen übernachtet, auf der rosa Rüschencouch in Noras Zimmer. Ma fand das natürlich klasse, ich war gut untergebracht und beaufsichtigt, sie konnte dann freitags noch eine Stunde länger arbeiten als sonst, Hartmut war ja ziemlich selbständig, dem hat es nichts ausgemacht, allein zu bleiben. Sie war Tiedjens richtig dankbar für deren christliches Werk. Und ich hab natürlich die Schnauze gehalten, jedenfalls lange Zeit, hab ihr nie erzählt, wie furchtbar das war, ewig diese Blicke zwischen den Alten, wenn ich mal wieder gekleckert oder mit vollem Mund geredet hab, dieses Sag-jetzt-bitte-nichts-das-Kind-kann-nichts-dafür-es-weiß-es-nicht-besser.

Und dann die fiesen milden Gaben, die Noras *Mami* mir zukommen ließ, meistens abgelegte Klamotten von Nora, sie war ja immer größer als ich und stärker, wie Frau Tiedjen es vornehm formulierte. Ich hab den Krempel genommen und mich bedankt und ihn zu Haus in einen Schrank gestopft auf Nimmerwiedersehn, ich wär eher nackt losgezogen als in Noras altem Bleyle-Scheiß, kannte doch jeder aus der Schule, das Zeug. Lieber hab ich auf dem Dachboden in den Sachen meiner Mutter rumgekramt und mir irgendwas daraus zusammengeschustert, wir hatten ja wenigstens eine Nähmaschine, mit der konnt ich klasse umgehn, sah wahrscheinlich verboten aus, aber gepfiffen drauf, ich hatte wenigstens einen Stil, was man von allen anderen, außer Claire, weiß Gott nicht sagen konnte.

Das schlimmste an den Übernachtungsbesuchen bei Nora war nicht mal das ständige Gemäkel ihrer Mutter, in diesem ewig freundlichen, geduldigen Tiedjen-Ton. Auch nicht das pausenlose Danke-bitte-Gesülze. Das allerschlimmste war, als ich mal nachts auf dem Klo war und gehört hab, wie die alte Tiedjen ihren Mann vollgesabbelt hat, daß meine Zahnbürste struppig ist und daß sie mich anhalten muß, öfter zu duschen, und dann kam's: »Du solltest dir mal ihre Unterwäsche ansehen, Carl-August, das hältst du nicht für möglich.« Ich bin in Noras Zimmer zurückgeschlichen und wieder auf die Couch, aber vorher hab ich meine benutzte Unterhose wieder angezogen, unter mein Nachthemd, weil ich Angst hatte, die würden wirklich reinkommen und meinen Slip beglotzen. Ich kam mir total dreckig vor, dabei hab ich meine Wäsche jeden Tag gewechselt, wie Nora auch, nur daß meine meistens gestopft war und die Gummis ausgeleiert.

Am nächsten Tag beim Frühstück hab ich den beiden Alten nicht ins Gesicht sehen können, ich hab mich verabschiedet und artig bedankt und nie wieder eine Nacht in diesem Haus verbracht. Ma hat das natürlich nicht verstanden, Tiedjens wären doch immer so nett. Erst als ich gesagt hab, daß ich immer Heimweh hätte, hat sie Ruhe gegeben. Nora hat natürlich erst recht nichts gerafft, für die waren die Freitage immer die Highlights der Woche, sie hat ewig versucht, mich zu bequatschen, aber ich bin stur geblieben. »Kannst ja bei mir übernachten«, hab ich nur gesagt, aber durfte sie natürlich nicht, die alte Tiedjen hat garantiert gedacht, wir leben in einer versifften Deckshöhle, ihr Augapfel hätte ja Schaden nehmen können bei uns. Nie hätte sich die Alte herabgelassen, uns zu Hause zu besuchen, dabei wär's doch nur normal gewesen, die Mutter der besten Freundin mal kennenzulernen, oder? Aber nix. Ma war nicht comme il faut, und damit fertig.

Seit ich denken kann, hab ich mir vorgenommen, mir würd's mal bessergehen als Ma. Auf mich würde keiner runtergucken. Heute bin ich genau da, wo sie damals war: keinen Mann, ein Kind, keine anständige Ausbildung, kein Geld. Als wär's erblich. Aber eins weiß ich: Wenn ich auch für nix sonst Kohle ausgeb – Fiona kriegt anständige Unterwäsche von mir. Was auch immer ich dafür tun muß.

Nora läßt nicht locker. »Du kannst doch nicht im Ernst glauben, ich hätte jemals auf dich herabgesehen, bloß weil ihr weniger Geld hattet«, sagt sie und macht ein Gesicht wie ein Schimpanse, dem man die Ananas geklaut hat. »Du denkst das doch nicht wirklich, oder?«

Wenn sie die Wahrheit nicht sehen will, bitte sehr. »Natürlich nicht«, sag ich zuckersüß. »Vergiß es einfach, okay?«

Wir reden beide um den heißen Brei herum, auch ich bin unehrlich, und das tut mir weh. Gerade jetzt, wo ich das dringende Bedürfnis habe, Remedur zu schaffen in meinem Leben. Das hat mir Paps noch beigebracht. »Bring deinen Schiet beizeiten in Ordnung, mein Mädchen«, hat er immer gesagt. »Immer gleich hinter dir aufräumen, das ist die sicherste Methode. Denn irgendwann kann es zu spät sein.«

Natürlich weiß ich, daß Dodo recht hat mit ihrer Bemerkung, und ich hätte es im Prinzip gerne mit ihr geklärt, heute nacht noch. Aber dann hätten wir auch über ihre Mutter sprechen müssen, zwangsläufig, und das bringe ich nicht fertig. Diesen speziellen Schiet kann ich nicht mehr in Ordnung bringen, und weil das so ist, hat es auch keinen Sinn, daran zu rühren. Aber es belastet mich doch. Ich möchte mir nichts vorzuwerfen haben. Was weiß denn ich, wie es *danach* weitergeht? Vielleicht treffen wir uns eines Tages alle wieder? Und dann kommt alles ans Licht?

Wenn sie es wüßte, es wäre für immer vorbei zwischen uns. Und es gäbe auch keine Möglichkeit, wie schon einmal, uns nach vielen Jahren wieder zu versöhnen, so gut kenne ich Dodo. Ich kann und will keinen Bruch riskieren. Ich brauche ihre Freundschaft im Moment so dringend wie noch nie.

Claire

Warum hab ich Dodo nicht gefragt, ob sie nicht doch noch ein Glas trinkt mit mir. Warum sitze ich jetzt solo in dieser Plüschbar. Wozu bin ich überhaupt mitgefahren. War das nur eine Illusion? Meine Überzeugung, daß mir wenigstens noch diese zwei Menschen bleiben, wenn schon sonst nichts und niemand? Wieso läuft immer alles an mir vorbei?

Ich kann nicht einmal mehr zusammenbringen, was wir heute abend getan, geschweige denn gesprochen haben. Essen beim Chinesen, doch, daran erinnere ich mich. De lange Muur. Klingt wie mein Leben. Und daß ich fast meine Beherrschung verloren hätte. Und dann Musik irgendwo, Pfingsten in Florenz, Dodo, die getanzt hat, der Nachhauseweg, Kälte. Eis, Schnee, Dänemark. Sind es die Tabletten, die mich so schwummrig im Kopf machen? Wie vorhin auf dem Turm fühle ich mich, ich kriege keinen klaren Gedanken hin, keinen, der mit dem Hier und dem Jetzt zu tun hat. Und schon gar nicht mit dem Morgen.

Noch ein Glas, ein letztes, ich werde sowieso nie betrunken. Mir bleiben ja noch zwei Tage. In denen alles geschehen kann. Alles gut werden kann.

Dritter Tag

Dodo

Ich komm als letzte zum Frühstück, aber sie sagen nichts. Hätten sie auch mal versuchen sollen, ich bin sowieso sauer, wieso muß ich hier eigentlich so schweinefrüh aufstehn, ich hätt so gern noch paar Stunden gepennt, der Schädel tut mir weh, ich fühl mich scheiße und seh garantiert auch so aus. Ich müßte wirklich aufhören zu rauchen, mehr schlafen, Sport machen, mich besser ernähren.

»Morgen, Dodo. Gut geschlafen?« Nora natürlich. Sitzt fit und funkelnd Claire gegenüber und mampft eine Riesenportion Müsli. Mit Backpflaumen. Bei dem Anblick wird mir fast schlecht.

»Zu kurz«, sag ich, knall meinen Schlüssel auf den Tisch und geh mir Saft holen, zwei Gläser, was anderes krieg ich eh nicht runter. Hoffentlich quatschen sie mich nicht gleich wieder voll, bei Claire besteht ja keine Gefahr, die ist morgens auch immer maulfaul, aber Nora merkt natürlich nichts, sie schwallt von irgendwelchen Museen rum, die zu besuchen man nicht versäumen darf.

Ich beherrsch mich mühsam. »O Gott«, sag ich, »durch wie viele willst du uns jagen?«

Sie tut erstaunt. »Wieso ich? Ich jage euch nirgendwohin. Wenn ihr keine Lust habt, müßt ihr es nur sagen.«

Mit dem Orangensaft steigt die Wut sauer in mir auf. »Hör doch auf«, sag ich, »wir tun doch immer, was du willst. Du planst alles, angefangen vom Reiseziel, und wir dürfen ja und amen sagen.«

Jetzt ist sie natürlich verletzt, klar. Aber mir so was von egal. Hilfesuchend sieht sie Claire an. »Siehst du das auch so, Claire?«

Claire zieht fahrig eine Zigarette aus ihrem Päckchen. »Mir ist es recht so.« Verlogene Schlange. Schiebt mir wieder den Schwarzen Peter zu.

Nora legt ihr Besteck weg, tupft sich formvollendet mit der Serviette den Mund ab, hat *Mami* ihr beigebracht. Ich hab ihr den Appetit verdorben. »Eins möchte ich doch klarstellen: Gestern sind wir nur deinetwegen sowohl zu diesem Schmuddelchinesen gegangen als auch in diese unsägliche Disco. Aber gut, auch heute machen wir nur, was du willst. Also? Was schlägst du vor?«

Ich möcht wieder in mein Bett, schlafen, Ruhe haben vor ihr. Aber kann ich natürlich nicht sagen. »Mir schnurz«, sag ich und fisch mir eine Zigarette aus Claires Päckchen. Obwohl ich genau weiß, daß sie mir nicht bekommen wird.

Nora macht ein indigniertes Gesicht und sieht aus wie ihre Mutter. »Also das versteh ich jetzt nicht. Wenn dir meine Pläne nicht gefallen, bitte. Aber dann mußt du schon deutlich machen, was du willst.«

Klingt echt wie die alte Tiedjen in Reinkultur. Dieser selbstgefällige Ton bringt mich dermaßen auf die Palme, am liebsten würd ich ihr die Wahrheit ins Gesicht spukken, nur um diesen Ausdruck gekränkter Unschuld daraus verschwinden zu sehen. O Wahnsinn, wär das eine klasse Szene. Die Entschädigung für zwanzig Jahre Stillhalten, ein Feuerwerk, ein unbeschreibliches Spektakel, eine Globaluraufführung, die ihr Weltbild zusammenkrachen lassen würde wie nichts. Aber halt den Mund, Dodo, genieß deinen Triumph auch im stillen, du hast ihn doch gehabt.

»Vielleicht einfach nur bißchen bummeln gehen? Hättest du dazu Lust?« Sie gibt sich ganz verständnisvoll. »Oder möchtest du lieber allein sein für eine Weile? Ich würde das verstehen. Du brauchst dich vor mir nicht zu verstellen, weißt du.«

Dieses elende *weißt du.* Ich weiß viel mehr, als du ahnst. Zum Beispiel, wieso Achim auf dich verfallen ist, letztendlich war es nämlich dein Geld; okay, nicht nur, aber in erster Linie, und da kamst du ihm gerade recht, mit deinem *Paps,* der ganz zufällig die fetteste Kanzlei weit und breit hatte, hat seinen Klienten die Kohle ja nur so aus der Tasche getrickst, unter anderem Ma. Ewigkeiten hat sie sich krummlegen müssen dafür, er kannte ihre Situation, warum ist er ihr nicht entgegengekommen, zum Teufel. Und du, hättst ja auch mal ein Wort fallenlassen können, hast doch gesehn, wie sie geschuftet hat, um ihre Scheidung zu bezahlen. Aber war für eine Nora Tiedjen natürlich kein Thema: Geld. Klar, hat man und spricht nicht drüber. Klaut der besten Freundin den Freund und kommt nach zwanzig Jahren mit diesem verlogenen *weißt du* daher.

Aber ich muß aufpassen, sonst geht der ganze Tag den Bach runter. »Take it easy, Nora«, sag ich und drück die Zigarette aus, bevor mir völlig schlecht wird. »Ich hab's nicht so gemeint. Bißchen zu viel getrunken gestern und Kopfweh. Ich muß bloß an die frische Luft, dann bin ich wieder okay.«

Nora

Die kleine Unstimmigkeit vom Frühstück ist Gott sei Dank beigelegt, war ja auch meine Schuld, ich weiß doch, daß Dodo morgens immer ihre Schwierigkeiten hat, warum kann ich sie nicht in Ruhe zu sich kommen lassen. Morgen mach ich's besser, das schwöre ich.

Wir gehen am Minnewater durch die milde Herbstsonne, Dodo hat sich bei mir eingehakt, sie ist wieder gutgelaunt und heiter, das geht bei ihr ja immer Knall auf Fall. Ich genieße diesen Spaziergang mit allen Sinnen. Wie schön das Laub auf dem Weg liegt und unter unseren Füßen raschelt. Vielleicht komm ich ja als Pflanze wieder auf die Welt und verlier in jedem Herbst meine Kleider, und wenn ich ein Baum werde, schneiden irgendwelche Liebespaare ein Herz mit ihren Initialen in meine Rinde, und sie suchen mich wieder auf, wenn sie alt und grau sind und voller Wehmut an die Zeit ihrer Verliebtheit denken, als alles noch neu und aufregend war und sie nichts ahnten von den Beschwernissen der Zukunft, von Alltagsärger und Erniedrigungen und Krankheit.

Claire sieht viel frischer aus heute, sie ist auch aufmerksamer ihrer Umgebung gegenüber. Sie bleibt stehen, um den Enten zuzuschauen, die wie kleine Wasserflugzeuge auf dem Teich landen, ich erinnere mich nicht, daß sie jemals Augen für Enten hatte.

Und jetzt liest Dodo uns aus meinem Reiseführer vor, mit exotischem Akzent, sie macht eine richtige kleine Vorstellung daraus und bringt uns zum Lachen, das konnte sie schon immer, in der Schule war sie der Klassenclown, wir haben an ihren Lippen gehangen. Sie hat so viele Begabungen, schade, daß sie nie etwas daraus gemacht hat. Sie hätte mit Leichtigkeit Schauspielerin werden können, hab ich oft gedacht, mit ihrer Ausstrahlung und ihrem Temperament steckt sie doch eine Iris Berben dreimal in die Tasche, aber sie war immer ein bißchen ziellos, Disziplin fiel ihr schwer.

Was wohl aus ihr geworden wäre, wenn Achim sie geheiratet hätte und nicht mich? Das Leben, das wir seit über zwanzig Jahren miteinander führen, er und ich, hätte sie bestimmt nicht gewollt, viel zu langweilig, bei ihr müssen ständig die Puppen tanzen. Und was sie wohl zu Achims Eltern gesagt hätte? Sie hat die alten Kluges ja nie kennenlernen dürfen, oder besser: kennenlernen müssen.

»Wie Honeckers«, hat Achim gesagt, als er mich zum ersten Mal hinbrachte an einem Sonntagmittag. »Margot und Erich.« Ich hab natürlich darüber gelacht und er auch, obwohl ihm mit Sicherheit mulmig zumute war, er kannte ja mein großzügiges Elternhaus, der Unterschied zwischen meiner und seiner Familie hätte nicht eklatanter sein können.

Er hatte die Begegnung so lange wie irgend möglich hinausgeschoben. Erst mehrere Wochen nach unserer Verlobung, die wir ganz entre nous und unaufwendig bei uns zu Hause im engsten Kreis gefeiert hatten, hat er uns miteinander bekannt gemacht, und das wahrscheinlich auch nur, weil Paps beunruhigt war und immer wieder nachfragte. Ich glaube, meine Eltern fanden es mehr als eigenartig, daß Achim so lange damit wartete.

Gleich nach dem Abitur war er zu Hause ausgezogen und hatte dieses Zimmer in Altona genommen, zu Hause könnte er nicht arbeiten, hat er gesagt, nicht genug Platz und nicht genug Ruhe. Was er wirklich damit meinte, erkannte ich erst an jenem Sonntag. Sie wohnten jenseits der Elbe in Wilhelmsburg, ich war nie in diesem Stadtteil gewesen vorher, *unser Eigenheim* nannte seine Mutter das komische kleine Gebäude, wie ein Kaninchenstall sah es aus, fand ich. Sie hatte es von ihrem Vater geerbt, es hätte fünfmal in unseres gepaßt, und das Grundstück war ein schmales Handtuch mit ein paar zerzausten Beerensträuchern, über denen alte Gardinen hingen wegen der Vögel. Die Fassade erinnerte mich an bröseligen alten Senf, sie schrie geradezu nach einem neuen Anstrich, und einer der dunkelbraunen Fensterläden war aus dem Scharnier gebrochen und baumelte herunter. Ich war ziemlich entsetzt, aber natürlich sagte ich nichts. Wenn Achim mir in diesem Moment gebeichtet hätte, daß er in Wirklichkeit ein Findelkind ist, hätte ich es sofort geglaubt. Ich wäre erleichtert gewesen.

Innen war es dann um keinen Deut besser, seit den fünfziger Jahren war nichts gemacht worden, uralte Heizkörper, morsche Fensterbänke, aber Wolkenstores. Und überall PVC. Grün und braun. Und Häkeldeckchen. Margot, meine zukünftige Schwiegermutter, empfing uns im Flur. Noch ehe wir geklingelt hatten, riß sie die Tür auf, und mein erster Gedanke war: »O Gott.«

Sie war schon damals unendlich dick, hatte Atembeschwerden und schnaufte beim Treppensteigen wie eine Dampflokomotive. Sie zog uns in die Küche, wo der Tisch gedeckt war, sie hatte sich Mühe gegeben mit der Dekoration, weiße Tischdecke, Papierservietten, Blumen, sogar eine Kerze, bestimmt hatte Achim sie gebrieft vorher. Sie hatten sich beide ganz offensichtlich in ihren Feiertagsstaat geworfen, mein Schwiegervater in spe trug eine weinrote Krawatte zum kanariengelben Hemd, und sie waren nervös und ängstlich am Anfang. Ich war die Partie aus bestem Haus, eine traumhafte Chance für ihren einzigen Sohn, ein Aufstieg in die Welt der Reichen, so haben sie es sicher gesehen, sie wollten einen guten Eindruck machen, ja nichts verderben, das spürte man. Aber sie müssen auch gemerkt haben, daß Achim sich unwohl fühlte und sich ihrer schämte. Als Margot die Suppe aufgetragen hatte und sich setzte und Achim ihr ein scharfes *Schürze* zuzischte, fuhr sie zusammen, stand hastig auf und zerrte sie sich vom Leib, um sich wenig später ihre Bluse zu bekleckern und die nächste halbe Stunde betreten zu sein.

Wir waren alle gehemmt und steif am Anfang. Ich zwang mich, die Suppe und den Schweinerollbraten und das in einer dicken Mehlsoße schwimmende Gemüse zu loben, Achim schenkte den Wein ein, den wir mitgebracht hatten. Als Erich das Flaschenetikett vorlas und Schianti sagte, korrigierte Achim ihn mitten im Wort. Er saß auf glühenden Kohlen.

Beim Fürst-Pückler-Eis von Spar fragten sie mich nach meinen Eltern aus, und als ich erzählte, daß Mami gerade in Abbano war wegen ihrer Hüftgeschichten, blühte Margot auf. Obwohl Achim ihr mehrmals ins Wort fiel und das Thema zu wechseln versuchte, kam sie immer wieder auf ihre angeschlagene Gesundheit zu sprechen, auf ihre

Herzbeschwerden, die Atemnot in der Nacht und das Wasser in den Beinen und schließlich, nach zwei Gläsern Wein, auf ihren Unterleib, der schuld daran war, daß sie nur dieses eine Kind haben konnte, Achim, obwohl sie liebend gerne mehrere gehabt hätte, aber irgend etwas war mit ihrer Gebärmutter passiert bei der Entbindung, zu Einzelheiten kam sie nicht mehr, weil Achim kurzen Prozeß machte und sagte, daß wir aufbrechen müßten.

Beim Abschied boten sie mir an, Margot und Erich zu ihnen zu sagen. Ich habe damit zwar immer gewisse Schwierigkeiten gehabt, vor allem dann, wenn sie gemeinsam auftraten, aber wie hätte ich sie sonst anreden sollen. So, wie Achim meine Eltern dann nannte? *Mutter* und *Vater*?

Meine Eltern haben Margot und Erich erst bei unserer Hochzeit kennengelernt; ich hatte sie zwar vorsichtig vorbereitet, dennoch waren sie schockiert, das konnte ich ihnen ansehen, obwohl weder Mami noch Paps auch nur ein einziges abfälliges Wort verloren haben. Haben sie nie, übrigens. Obwohl Erich im Cap beim Essen in seiner Rede keinen ganzen Satz zusammenkriegte vor lauter Aufregung und mich aus Versehen mit *Dora* anredete, aber Achim hat ihn sofort verbessert.

Als dann getanzt wurde, setzte sich Paps bestimmt eine Stunde neben Margot und unterhielt sich mit ihr, das gehörte sich für ihn einfach so, für sie kamen längere Bewegungsabläufe ja nicht in Frage. Immer wieder hab ich zu ihnen hinübergesehen und im stillen befürchtet, daß irgend etwas Unangenehmes passieren könnte. Daß sie ohnmächtig würde zum Beispiel und vom Stuhl fallen und ersticken, weil sie zuviel gegessen hatte. Aber alles ging glatt.

Meistens redete sie, und ich hoffte nur, sie würde Paps mit ihrem Unterleib verschonen. Sie trug ein violettes Seidenkleid mit Pailletten, extra für diesen Tag gekauft und bestimmt nicht billig, aber neben Paps in seinem Smoking sah sie aus wie die dicke Dame aus dem Zirkus.

Trotzdem mochte ich sie eigentlich. Sie war durch und durch gutmütig, völlig ohne Arg. Und merkwürdig, als sie dann wirklich ernstlich krank wurde und die schlimmsten Schmerzen aushalten mußte, weil der Krebs ihren ganzen voluminösen Leib zerfraß, hörte sie auf mit dem Jammern und ertrug ihr Leiden mit bewundernswerter Geduld. Nicht ein einziges Mal hat sie vor mir geklagt in ihren letzten Wochen, und sie war rührend dankbar für meine regelmäßigen Besuche. Nicht ein Tag, an dem sie mir nicht ihre Freude über mein Kommen mitgeteilt hätte.

Bei Erich war es genau andersherum, am Schluß war er ein unausstehlich quengeliger alter Mann, der an allem und jedem etwas auszusetzen hatte. Nach Margots Tod entwickelte er sich rapide rückwärts, dabei übersprang er ein paar Jahrzehnte und landete irgendwo um 1940 herum. War im Geist wieder im Krieg und machte realiter Feuerholz aus Tisch und Stuhl. Achim sah schon bald keine andere Möglichkeit mehr, als den Kaninchenstall in Wilhelmsburg zu verkaufen und Erich in der Seniorenresidenz in Kummerfeld unterzubringen. Das Personal dort hat wenig Freude an ihm gehabt, das konnten auch unsere großzügigen finanziellen Zuwendungen nicht ändern. Geld ist manchmal eben nicht alles.

Ich hoffe inständig, daß Achim mal nicht so wird wie sein Vater. Wobei mir einfällt, daß ich ihn noch kein einziges Mal angerufen habe bisher. Wenn ich ehrlich bin, warte ich darauf, daß er es tut, die Telefonnummer des Hotels hab ich ihm ja hinterlassen für alle Fälle. Ich wünsche mir, daß er mich vermißt, daß er Sehnsucht nach mir hat, meine Stimme hören will, wissen will, daß es mir gutgeht. Er soll mir sagen, daß er mich braucht, daß er mich liebt, ich weiß es zwar, aber ich will es hören, am liebsten jetzt auf der Stelle. Und nicht erst dann, wenn er denkt, es mir sagen zu müssen.

Irgendwann muß ich ihm offenbaren, was mit mir los ist. Ich hab Angst davor. Aber nicht, weil ich an ihm zweifle, sondern weil ich mit meiner Mitteilung eine neue Phase unseres Zusammenlebens einläute, die Sache also offiziell und endgültig mache. Wenn ich vor ihm zugebe, wie es um mich steht, wird sich alles nur noch darum drehen. Sein Leben, mein Leben, das unserer Kinder.

Kann ich mir eigentlich sicher sein, daß er meine Mitteilung gefaßt und liebevoll aufnehmen wird? Und mich bedingungslos begleiten? Nur weil er mal vorm Altar der Christuskirche versprochen hat, mich in guten und auch in schlechten Tagen zu lieben und zu ehren? Aber da vorn stehen Pferdekutschen, in meinem ganzen Leben hab ich noch nie so eine Fahrt gemacht. »Nehmen wir einen Fiaker? Einmal ums Wasser fahren? Hast du Lust, Dodo? Ganz ehrlich?«

Claire

Wir umfahren in der Kutsche diesen See, dessen Namen ich im stillen als »Gewässer der Liebe« übersetze. Als ich zum ersten Mal die Geschichte von Tristan und Isolde las, als kleines Mädchen, hab ich geschluchzt, tagelang bin ich wie in Trance herumgelaufen, der Alte und Susanne haben gedacht, ich bin krank, aber ich hätte mir eher die Zunge abgebissen, als ihnen den Grund für meine Verstörung zu erzählen.

Nein, nicht Verstörung. Grenzenlose Sehnsucht. Ich hatte herausgefunden, was das Eigentliche im Leben ist: die überwältigende und vertrauensvolle Liebe zu einem andern Menschen, ohne den zu leben einem unmöglich ist. Genau so hatten sich auch meine Eltern geliebt bis zu ihrer letzten Sekunde, ihr gemeinsamer Tod war der Beweis. Ich wußte, auch mir würde es passieren. Ich war nur dafür geboren. Ich war Isolde, ich wartete auf Tristan. Mein Leben bei Susanne und dem Alten war nur ein düsteres Vorgebirge, das ich eines Tages hinter mir lassen würde. Vielleicht war das die schönste Zeit meines Lebens. Diese unschuldige und geheime Phase der Erwartung.

Eines Abends zerrte der Alte mich ins Schlafzimmer, nur wenige Wochen nach Dodos elftem Geburtstag, Susanne war unterwegs, ihre Schalen und Vasen wegbringen. Er drohte mir, er würde ihr erzählen, daß ich ein unartiges kleines Mädchen bin, das unanständige Dinge tut, die übliche Vorgehensweise bei diesen Perversen, und ich war leicht einzuschüchtern, ich ließ ihn machen, was hätte ich tun sollen. Ich habe es nur überlebt, weil ich krampfhaft an Tristan und Isolde dachte, ich stellte sie mir friedlich nebeneinander liegend an einem grünen, klaren Gewässer vor, umgeben von einem Frühlingswald, hohe Bäume mit weichen hellen jungen Blättern, die man essen kann, wie die Blätter der Buchen am Ufer der Pinnau, dort am Weg zum Sportplatz.

Ich habe nicht geweint, aber das ist kein Grund, stolz zu sein. Das weiß ich heute. Ob es stimmt, daß man beim Sterben noch einmal sein ganzes Leben in geraffter Fassung durchläuft? Alles noch einmal erfährt und fühlt und ertragen muß? Dann würde ich wieder auf ihrem Ehebett liegen müssen, lila-gelbe Karos vor meinen Augen, wieder würde der Alte mir den Mund zuhalten und seinen großen Schwanz in mich hineinzwängen. Und wieder würde es mich zerreißen.

Dodo

An mir bleibt die Konversation hängen, Claire klinkt sich mal wieder total aus, sie guckt so versunken in die Landschaft, daß sich keiner traut, sie anzusprechen. Wahrscheinlich denkt sie an ihre Geschäfte, viel mehr gibt's ja nicht in ihrem Leben. »Sie ist so verschlossen wie eine Muschel«, hat ihr Philipp gesagt, an dem Abend, als er sich nach drei Flaschen Wein bei mir ausgeheult hat über sie, »und selbst wenn du sie kochst, geht sie nicht auf.« Und ich war schon zu breit, um sie zu verteidigen.

Damals hatte ich ihn gerade erst kennengelernt, ich war für eine Woche zu Besuch bei ihnen in München, 87 im Sommer, Juli, glaub ich, brüllheiß war es jedenfalls. Sie lebten in einer riesigen Wohnung direkt am Englischen Garten, im obersten Stock, man konnte über die ganze Stadt sehen, Eigentum natürlich und eingerichtet vom Feinsten, sah aus wie in einer Wohnzeitschrift bei ihnen, überall Blumen, die Fenster spiegelblank geputzt, die Farben der Handtücher auf die Fliesen des Badezimmers abgestimmt. An meinem ersten Abend hat Claire eine Party für mich geschmissen, mit der halben Kunstszene Münchens und italienischem Büfett. War wie im Kino, all diese gutaussehenden und teuer angezogenen und unglaublich kultivierten Menschen in diesen hyperhippen Räumen, entweder hatten sie massenhaft Schotter oder waren Künstler, auf jeden Fall auf die eine oder andere Art wichtig. Und alle liebten sie Claire, umflatterten und umgurrten sie wie die Tauben, wichen nicht von ihrer Seite, allen voran Claires Boß David. Immer wieder standen die beiden in irgendwelchen Ecken rum, steckten die Köpfe zusammen und tuschelten wie zwei Schulmädchen.

Ich hab Claire damals glühend beneidet, vor allem, weil sie so offensichtlich Ordnung gebracht hatte in ihr Leben, auch gefühlsmäßig. Sie war da angekommen, wo sie immer hingewollt hatte. Und zu allem Überfluß hatte sie Philipp. Mit dem sie seit über zwei Jahren superglücklich verheiratet war. Dachte ich.

In den Tagen nach der Fete hab ich nicht allzuviel von ihr zu sehen gekriegt, eigentlich haben wir nur einmal richtig zusammengesessen, da hat sie mir ihre Hochzeitsfotos gezeigt, in ledergebundenen Alben, durabel durabel, damit die Schar der Enkel ja nicht auf die Idee kommt eines Tages, ihr Großmütterchen hätte im Schweinestall geheiratet. *Tja,* um mit Nora zu reden. Pustekuchen Enkel.

Ansonsten war sie unheimlich busy, mit ihrem David irgendeine Ausstellung vorzubereiten, und malochte bis spät in die Nacht. Aber er war da, Philipp, zumindest abends. Am Anfang sah er sich wohl verpflichtet, sich ein bißchen um mich zu kümmern, obwohl ich mich nicht die Spur einsam fühlte, ich hatte ja noch paar Bekannte in München aus der Zeit nach dem Abi, und außerdem genoß ich es, in der riesigen schicken Wohnung mal ganz ungestört abzuhängen. Bei Claires Sachen hatte ich eine Kassette entdeckt, Klaviermusik, klassisch natürlich, von Scarlatti, und obwohl Klassik eigentlich nie mein Ding war, wahrscheinlich wegen meines abgedampften Organistenerzeugers, fuhr ich auf diese Musik total ab, stundenlang hab ich sie auf voller Lautstärke gehört, immer wieder und nichts anderes. Irgendwie hat sie mich total high gemacht, und dann diese coole Umgebung, mehr brauchte ich nicht. Aber Philipp, wohlerzogen, wie er war, hat mich jeden Abend ausgeführt, zum Essen, in die Kammerspiele, in irgendwelche Bars. Nachdem wir uns erst mal beschnuppert hatten, verstanden wir uns ziemlich gut, er hatte so einen sarkastischen Witz, der mich an meinen Bruder erinnert hat, Hartmut konnte ja auch sehr amüsant sein, daß er jetzt EDV macht, paßt eigentlich gar nicht zu ihm.

Wir hatten jedenfalls so eine Art Kumpelverhältnis, Philipp und ich, obwohl er, so als Mann, mir auch gefallen hätte, aber er war mit meiner besten Freundin verheiratet, jeder Gedanke diesbezüglich verbot sich also von selbst. Im Gegensatz zu gewissen anderen Leuten weiß ich schließlich, was sich gehört.

Nur am letzten Abend sind wir zu Hause geblieben. Saßen bei Kerzenlicht auf ihrer tollen Dachterrasse, es war immer noch schwül, er hatte Spaghetti gekocht, aglio olio, und wir tranken Wein, den er von seiner letzten Reise mit Claire aus der Toskana mitgebracht hatte. Bei der dritten Flasche fing er an, über sie zu sprechen, erst nur in Andeutungen, aber dann explodierte er förmlich und konnte sich überhaupt nicht mehr einkriegen. Ich hätt ihn natürlich bremsen müssen, ihm unmissverständlich klarmachen, daß mich sein und Claires Sexleben nichts angeht und auch nicht interessiert, aber ich hab's nicht getan. War auch viel zu blau mittlerweile. Hab mir nur alles angehört, und wenn ich ganz ehrlich bin, hab ich auch so was wie Triumph empfunden. Weil hinter dieser glatten und perfekten Fassade auch nur das Chaos tobte.

Keine Ahnung, was eigentlich genau das Problem war. Irgendwas muß da mal passiert sein zwischen ihnen, was richtig Fieses, aber Philipp ging nicht ins Detail, dafür war er letztendlich dann doch zu diskret. Aber immerhin hat er keinen Zweifel daran gelassen, daß bei ihnen absolut tote Hose im Bett war, damals schon. Und überhaupt, er war nach gerade mal zwei Jahren am Ende mit seinem Latein. Daß er Claire überhaupt nicht kennt, hat er gesagt, daß er im Grunde nichts weiß über sie, daß er nur Ablehnung und Kälte spürt von ihrer Seite.

Ich hab ihm erzählt, daß ich sie die Eisprinzessin nenne, obwohl ich's im gleichen Moment bereut hab, sie so verraten zu haben. Ich hätte sie verteidigen müssen und ihm zu Geduld und Verständnis raten, das wär ich ihr schuldig gewesen. Oder wenigstens mit ihr reden danach, sie vorsichtig ansprechen auf ihre Probleme, vielleicht hätt ich was retten können, so wie sie mich gerettet hat vor langer Zeit nach der Geschichte mit Achim.

Aber ich hab's nicht getan, ich hab mich am nächsten Tag feige verdrückt, sollen sie doch selber klarkommen, hab ich gedacht, jeder kämpft für sich allein. Die Kassette mit der coolen Musik hab ich mitgehen lassen, ich glaub nicht, daß Claire sie vermißt hat, jedenfalls hat sie nie danach gefragt. Aber ich hätt sie ihr eh nicht wiedergeben können, irgendwie ist sie im Zug nach Berlin liegengeblieben.

Nicht mal ein Jahr später hat Philipp die Scheidung eingereicht und ist ausgezogen. Ich in so einer Situation hätt garantiert sofort bei meiner Freundin angerufen, heulend und zähneklappernd, aber Claire doch nicht, er war schon Monate weg, da erst hat sie's mir erzählt, am Telefon, in einem Nebensatz: »Philipp wohnt nicht mehr hier.« Und als ich, total von den Socken, nachfragen wollte, hat sie mich abfahren lassen wie immer: »Wir haben uns auseinandergelebt, das ist alles. Was macht dein Job, Dodo, erzähl doch mal.«

Auch als Nora sie bei unsrer nächsten Reise auf ihre Scheidung angesprochen hat, mit gezücktem Taschentuch sozusagen, hat sie völlig cool reagiert. Keine Klagen, keine rührseligen Erinnerungen, nix.

Doch: daß sie jetzt steuerlich schlechter dasteht als geschiedene Frau, das hat sie erzählt. Eisprinzessin, sag ich doch.

Obwohl sie über unsere Kutschfahrt zuerst die Nase gerümpft hat, scheint Dodo Freude daran gehabt zu haben und ist mittlerweile offenbar auf den Geschmack touristischer Unternehmungen gekommen.

Jetzt will sie unbedingt noch eine Bootstour auf dem Kanal machen. Ich stimme zu, obwohl ich mehr Lust auf ein Museum hätte, aber ich möchte mir auf keinen Fall noch einmal den Vorwurf einhandeln, ich würde sie ständig verplanen.

Außer uns haben sich auf dem Boot nur fünf oder sechs weitere Fahrgäste und einige Nonnen eingefunden, wir grüßen uns inzwischen wie alte Bekannte.

Die Deckhand wurde vom Kapitän angewiesen, uns kleine plastikbezogene Kissen unterzulegen, und macht jetzt den Fremdenführer, Gott sei Dank ohne Mikrofon, furchtbar, diese permanente Beschallung überall heutzutage, in jedem Kaufhaus, in jedem Bahnhof, in jedem Lokal, ob man will oder nicht.

Früher war alles leiser und gemächlicher, und man tat ein Ding zur Zeit, entweder Musik hören oder arbeiten. Obwohl, Dodo hatte schon damals ihr Radio immer laufen, auch beim Schularbeitenmachen, sie war es auch, die den ersten Walkman hatte, ich kann bis heute diese Stöpsel nicht in meinen Ohren ertragen, wenn ich Daniel nur ansehe, kitzelt es mich, er schläft sogar ein mit den Dingern. Manchmal kommt er mir vor wie ein Zombie, mein eigener Sohn, nur noch von außen gelenkt, immer nur auf Reize reagierend, die nicht in ihm selber entstehen. Sogar Pinneberg ist ja im Zentrum inzwischen voll von Vergnügungseinrichtungen, Pommesbuden, Spielhöllen, Kneipen, Supermärkten, Fitneßcentern, ein einziger ausgedehnter Tummelplatz für Schüler, die nicht ausgelastet sind. Und überall Musik. Als hätten wir Menschen eine panische Angst vor der Stille. Der wir letzten Endes doch nicht entrinnen können.

Aber was weiß ich, vielleicht wird es gar nicht still sein, vielleicht gibt es dort wirklich so etwas wie Sphärenmusik, unendlich schöne Töne, gegen die selbst Mahlers Vierte nur eine unvollkommene Stümperei ist. Und vielleicht treffen wir irgendwann und irgendwie sogar diejenigen wieder, die wir lieben.

Wie Charons Nachen gleitet das Boot durchs graue Wasser, vorbei an verwunschenen Gärten und alten Giebelhäusern mit ihren blinkenden Fenstern, über uns Möwen, die Mittagssonne wärmt mein Gesicht, wie tröstlich, das alles noch sehen zu dürfen, aber mir fallen die Augen zu, ich bin urplötzlich todmüde, eine angenehm warme Mattigkeit. Ob das schon zu den Symptomen gehört, daß ich in letzter Zeit oft ohne alle Vorwarnung so kraftlos und schlaff bin?

Ich weiß nicht, wie lange ich vor mich hin gedämmert habe. Das durchdringende Tuten der Schiffssirene schreckt mich auf, wir fahren unter einer Brücke durch, mein Blick fällt auf Claire, sie ist leichenblaß. »Ist dir nicht gut? Claire!«

Sie springt auf, stolpert über das Bootsdeck, bleibt neben Dodo an der Reling stehen, beugt sich vor und übergibt sich ins Wasser. Dabei kann sie kaum etwas im Magen haben, sie hat doch mal wieder gar nichts gegessen zum Frühstück, nur Kaffee getrunken, aber vielleicht deshalb.

O mein Gott, die Möwen. Kreischend stürzen sie sich aufs Wasser. Sie halten das, was aus Claire herauskommt, für Futter.

Claire

Die *Lenz 9* liegen im Hotel, sicher verschlossen in meinem Koffer, ich habe gedacht, es ginge auch ohne, nur ein paar Stunden, aber dieses Schiff jetzt, diese Falle, ich muß runter, an Land, sofort.

Dodo

Sie hat sich die Seele aus dem Leib gekotzt, sieht aus wie schon mal krepiert. Ich schlepp sie zum Klo unter Deck, damit sie ihre Fassade halbwegs restaurieren kann, und pfeif Nora an, sie soll oben die Stellung halten, ihre barmherzige Schwesterntour soll sie sich gefälligst für *ihren Achim* aufsparen, aber das sprech ich natürlich nicht aus.

Das Klo ist übel versifft und stinkt, daß sich sogar mir der Magen umdreht. Unter anderen Umständen würde Claire so einen Ort nicht mal betreten, sie könnte sich ja ihren edlen weißen Mantel verschmutzen oder gar die Finger. Ich kann's nicht glauben, daß sie sich sogar hinsetzt, direkt auf den klebrigen Plastikboden, Männer pinkeln ja grundsätzlich daneben. Und dann, ich krieg einen Todesschreck, fängt sie an zu heulen. Claire und Tränen, war doch noch nie da. Und es sind keine Eiswürfel, die aus ihren Augen springen, sondern ganze Sturzbäche reinen Wassers, sie flennt auch nicht irgendwie dezent und verschämt, sondern laut und herzzerreißend.

Ich geh neben ihr in die Knie, scheiß auf meine Klamotten, wenn's ihr egal ist, mir schon lange, ich leg meine Arme um sie und drück sie an mich, mehr fällt mir nicht ein. Was soll ich schon sagen in so einem Moment. Und Claire, die sonst jeder Berührung zwischen uns aus dem Weg geht, Claire wird ganz weich und schlaff und läßt es zu, daß ich sie festhalte, sie legt ihren Kopf auf meine Schulter, ihre Tränen laufen meinen Hals runter, irgendwo neben oder unter uns tuckert die Maschine, ich mach die Augen zu und vergrab meinen Kopf in ihren Haaren, die ganz entfernt nach Kokos riechen, und plötzlich seh ich uns beide wie in einem Film, zwei Gestrandete auf einer Insel, die sich aneinanderklammern, über uns Palmen im Wind, und weit und breit keine Rettung.

Sie redet ganz leise, und ihre Stimme klingt flach wie ein Backblech. »Ich kann nicht mehr«, sagt sie. »Ich würde es dir gerne erklären, aber ich kann nicht mal das, ich bin am Ende, in mir ist gar nichts mehr, ich bin leer, ich bin nicht mal Luft, ich bin gar nichts. Ich sterbe, Dodo.«

Das ist mein Satz. Bestimmt tausendmal hab ich das gesagt, auf unserer Reise damals, gleich nach dem Abi.

Achim und ich hatten den fünfzehnten August verabredet für unser Treffen in Portofino, er sollte mir aber auf jeden Fall vorher noch schreiben, nach Mailand oder allerspätestens nach Rom, *fermo in posta,* das hatte ich extra für ihn nachgeschlagen im Wörterbuch. In Mailand war nix. Okay, die italienische Post, hab ich gedacht, in Rom liegt sicher was. Als wir dann zum zweiten Mal auf der Hauptpost an der Stazione Termini nachgefragt hatten und immer noch kein Brief von ihm da war, hab ich ihn angerufen, von einer der Zellen im Postgebäude aus, allerdings erst am Abend, Ferngespräche waren damals schweineteuer.

Ich hatte Glück, er war zu Hause. *»Ciao, bello«,* hab ich in den Hörer geflötet, als sein Zimmernachbar ihn endlich rangerufen hatte, »nur noch fünf Tage, freust du dich?« Erst mal Schweigen, ich hab schon gedacht, diese Scheißleitung wär zusammengekracht, aber dann kam's.

Diese Telefonzelle. Heut noch könnt ich sie zeichnen.

An die Blechwand neben dem Apparat hatte einer was mit Filzstift gekritzelt, und während ich Achim zugehört hab und die Wahrheit sich wie ein Eispickel in mein Gehirn gebohrt hat, hab ich diesen Spruch gelesen, immer wieder. *Clara, rispondimi.* Soviel Latein hatte sogar ich gerafft, daß ich das übersetzen konnte, und ich hab sie glühend beneidet, diese Clara, deren Antwort von einem Menschen so sehr ersehnt wurde. Von mir wollte Achim nichts mehr hören, zehn Minuten hat er mich ohne Punkt und Komma vollgequatscht, wahrscheinlich hat er diese Ansprache vorher geübt, vielleicht auch noch mit ihrer Hilfe.

Ich hab dann immer nur ein Wort gesagt, *okay okay okay*, mehr konnte ich nicht, ich hatte Schiß, ich würde anfangen zu flennen, wenn ich mehr als diese zwei Silben aus mir rausließe. Und ganz zum Schluß, als er alles gesagt hatte und es plötzlich so entsetzlich still war zwischen Hamburg und Rom, da hab ich nur gesagt: »Dann ciao. Mach's gut.« Und hab aufgelegt. Ganz stilvoll und wohlerzogen, besser hätte Claire das auch nicht hingekriegt.

Sie stand in der Nähe der Zelle in der Halle des Postamtes und wartete auf mich, umschwänzelt von mindestens zehn unsterblich verschossenen Italienern. Sie sah mir entgegen, als ich auf sie zukam, sie hat sofort Bescheid gewußt, das hab ich ihr angesehen, sie hat lange vor mir geahnt, was passieren würde, hat es vielleicht sogar erwartet. Claire war immer die Realistischere von uns beiden, sie kannte die Menschen und ihre Schwächen.

Sie hat mich in die Pension am Gianicolo gebracht, mit Hilfe eines Taxis, das hat sie mir später erzählt, ich hab da eine totale Lücke und erinner mich an nichts. Sie hat mich ins Bett gesteckt und *die Sache* in die Hand genommen. Drei Tage später sind wir nach Amsterdam gefahren, zweimal umsteigen, München und Köln, noch mal drei Tage später war alles vorbei. Wie oft hab ich ihr gesagt, daß ich sterbe, in diesen schwarzen endlosen Stunden damals, schluchzend, laut heulend, mit enger Kehle. Und was hat sie immer geantwortet, mit fester Stimme? »Könnte dir so passen. Du stirbst nicht. Nicht vor mir.« Komisch, oder? Daß mich das dann tatsächlich immer für eine kleine Weile getröstet hat.

Ich nehm ihre eiskalte Hand, räusper mich und sag: »Könnte dir so passen. Du stirbst nicht. Nicht vor mir.«

Wir wechseln kaum ein Wort auf dem Rückweg zum Hotel. Claire sieht wieder aus wie immer, eine Spur blasser vielleicht.

»Wahrscheinlich die Bihun-Suppe gestern, mach dir keine Sorgen, ich bin wieder ganz in Ordnung«, mehr hat sie nicht gesagt.

Was haben sie so lange gemacht auf dem Klo, fast eine halbe Stunde. Worüber haben sie geredet. Sie wollten mich wieder einmal nicht dabeihaben, das haben sie mir deutlich genug zu verstehen gegeben. Beide. Sie gehen neben mir und sind trotzdem himmelweit entfernt.

Ich muß einen Moment stehenbleiben, mein linkes Bein will nicht so recht, als würde sich ein Wadenkrampf ankündigen. Gegenstrecken, Magnesium besorgen. Hat Mami mir mitgegeben, diese blöde Muskelschwäche, als ich noch Tennis gespielt hab, ging es besser, warum warten sie nicht auf mich. Gehen einfach weiter, Hand in Hand jetzt wie zwei kleine Mädchen. Plötzlich um Jahrzehnte zurückversetzt, fühl ich mich betrogen, bin wieder zwölf oder dreizehn vielleicht, und sie laufen vor mir her, die Köpfe zusammengesteckt, flüstern und kichern. Ich muß rennen, um sie einzuholen, muß mich ihrem schnellen Schritt anpassen, bin außer Atem. »Worüber lacht ihr?«

Sie tauschen einen schnellen Blick, lächeln geheimnisvoll. »Nichts Besonderes.«

Dabei ist Dodo zuerst meine Freundin gewesen, Claire

hat sie mir weggenommen. Dodo übernachtet auch nicht mehr bei mir, aber manchmal, wenn Herr Backe es erlaubt, schläft sie bei Claire. Ich weiß, daß sie sich in diesen Nächten alles erzählen, Dodo läßt Claire sogar ihr Tagebuch lesen, ich habe keins, wünsch es mir aber zu Weihnachten, Paps schenkt es mir, ledergebunden, zum Abschließen, ich trage den Schlüssel lange an einer Kette um den Hals, sie können ihn sehen, aber niemals fragen sie mich, ob ich aufschließe für sie.

Später, da sind wir schon sechzehn oder siebzehn, und Backes lassen längst die Zügel lockerer bei Claire, Dodo kann sowieso machen, was sie will, da frage ich sie oft am Freitag auf dem Nachhauseweg von der Schule, was sie vorhaben am Wochenende. »Nichts Besonderes.« Aber zu tun haben sie trotzdem, Zimmer aufräumen, Verwandte besuchen, ihrer Mutter im Garten helfen, Mathe pauken. Und wenn ich dann anrufe, bei Dodo meistens, ist sie weg. »Nach Hamburg gefahren, mit Claire.«

Oder ins Kino gegangen, schwimmen, Schlittschuh laufen, mit dem Rad unterwegs. Nie ein Anruf, nie die Frage: »Kommst du mit?« Und wenn ich sie darauf anspreche, am Montag vor der Schule, wenn ich frage, wo in Hamburg sie waren, was sie gemacht haben, immer dieselbe Antwort. Nichts Besonderes. Mit anderen Worten: nichts, was dich was anginge. Aber Physik wollten sie dann trotzdem bei mir abschreiben. Alle beide.

Abfuhren einzustecken gehört zum Schwersten im Leben. Irgendwie sind sie auch nie zu Ende, wie Giftpfeile mit Widerhaken sitzen sie einem für immer im Fleisch. Und wie habe ich mich bemüht, vor allem die schlimmste dieser

Niederlagen zu verdrängen, auszumerzen aus meinem Gedächtnis, aber wie oft werde ich durch irgendeine Nichtigkeit wieder an sie erinnert, ob ich will oder nicht, und wie elend wird mir immer noch, sobald ich an den einzigen Versuch zurückdenke, aus meinem wohlgeordneten Leben auszubrechen und nur meinen Gefühlen zu folgen. Meiner eigentlichen Bestimmung, wie ich dachte in meinem Wahn. Es war die bitterste aller Pillen, die ich bislang schlucken mußte, und vor keiner Menschenseele konnte ich jemals meinen Kummer abladen.

Nie zuvor hatte ich irgend etwas so herbeigesehnt wie einen Anruf von Lothar nach jener Konzertnacht. Nie zuvor hatte ich auch so fest mit irgend etwas gerechnet, denn daß ich für Lothar die Frau seines Lebens war, stand außer Frage. Ich war voller Staunen und voller Heiterkeit und voller Lust. Nie werde ich vergessen können, wie ich mich morgens der Länge nach rittlings auf das Treppengeländer gelegt und meinen Mund auf den Handlauf gepreßt und »ich-liebe-dich-ich-liebe-dich« geflüstert habe, da war ich noch im Bademantel und hatte den Kindern das Frühstück ans Bett gebracht, und meine Scham hinterließ Feuchtigkeit auf dem Mahagoni. Ich stand in Flammen.

Ich wundere mich noch heute, daß Achim nichts bemerkt hat, als er am Montag von seiner Reise zurückkam und mich in die Arme nahm. »Alles okay?« fragte er, seine Standardfloskel, auf die ich nicht zu antworten brauchte, schließlich war bei uns immer alles *okay.* Er brachte mir eine alte Meißner Tasse mit, Streublümchendekor. Inzwischen haben wir ein Dutzend.

Lothar meldete sich tagelang nicht. Ich erfand tausend

Erklärungen dafür, kam aber nicht auf die Idee, bei ihm anzurufen, obwohl mein Verlangen von Stunde zu Stunde wuchs. Bestimmt will er erst seine Situation klären, dachte ich, er will Nägel mit Köpfen machen, vielleicht war er schon beim Anwalt, vielleicht sucht er schon eine Wohnung für uns. Er wird anrufen und sagen »Komm, Nora. Komm für immer.«

Endlich hielt ich es nicht mehr aus und schickte ihm einen Brief in seine Praxis, einen Liebesbrief, in dem ich nicht nur meine Sehnsucht nach seinen flaumigen Nackenhaaren und allen übrigen Körperteilen beschrieb, sondern auch meiner unendlichen Verwunderung Ausdruck gab, daß wir uns erst nach so langen Umwegen gefunden hätten. Ich schrieb ihm, daß ich mit Freuden alle Brücken hinter mir abbrechen würde. Meine Kinder erwähnte ich mit keinem Wort, denn ich war inzwischen bereit, sogar sie zu verlassen, wenn Achim Schwierigkeiten machen würde. Es ist wahr. Ich hätte meine Kinder mit Freuden verraten. Ich war unzurechnungsfähig.

Seine Antwort steckte erst eine entsetzliche Woche später im Briefkasten, ich hatte mittlerweile vier Kilo abgenommen, und meine Friseurin hatte mich gefragt, ob ich Augentropfen nähme, ich hätte so besonders große Pupillen. Er schlug ein Treffen vor dem Planetarium vor, im Hamburger Stadtpark, am zweiten Dezember, eine weitere Woche später. Ein guter Ort, habe ich gedacht, ein Ort des Himmels, ein Ort, an dem wir zusammen nach den Sternen greifen werden, Kinder des Glücks werden wir sein.

Dort stand er dann am Rand des Wasserbeckens in der

Sonne und las eine Zeitung, die er achtlos zusammenfaltete, als er mich bemerkte, es war ein besonders milder Tag, und ich kam ein paar Minuten zu spät. Er stand auf und küßte mich auf die Wange. Hielt mich an den Schultern und sah mir ins Gesicht. »Nora.« Es war etwas in seiner Stimme und in seinem Lächeln, das mir das Herz zerriß. Warum erst jetzt, habe ich gedacht, warum haben wir uns für so lange Jahre aus den Augen verloren. Aber dieser Schmerz um Versäumtes wurde überflutet von meiner unbändigen Freude auf die Zukunft, die in diesem Moment begann wie ein strahlender Sonnenaufgang.

»Du siehst sehr schön aus«, sagte er. »Wollen wir reingehen?«

Im dämmrigen Foyer waren Schaubilder von Planetensystemen ausgestellt und astronomische Instrumente und ein riesiger alter Projektor, aus dem ein Viertel herausgeschnitten war, damit man seine Eingeweide betrachten konnte. Ich gierte auf den Moment, in dem die lärmende Schulklasse verschwinden würde, die offenbar ihren Wandertag hier absolvierte, ich verzehrte mich danach, meinen Geliebten zu umschlingen, endlich wieder seinen Atem und seine Hände zu spüren. Unter meinem Rock trug ich nur halterlose Strümpfe, kurzentschlossen war ich am Dammtor in eine Boutique gerannt und hatte sie gekauft, in der Bahnhofstoilette hatte ich Strumpfhose und Slip in die Handtasche gestopft.

»Ich hab das Gefühl, ich muß mich bei dir entschuldigen«, sagte er. Sein Blick richtete sich dabei in den aufgeschnittenen Bauch des Projektors. Mir ist diese Szene so gegenwärtig, mit all ihren Details, all unseren Worten und

Bewegungen, als habe unser Treffen erst gestern stattgefunden.

Ich lachte. Ich war seiner Liebe so sicher. »Weil ich ein paar Tage warten mußte, bis du dich gemeldet hast? Oder weil du dich jahrelang so rar gemacht hast?«

»Weil ich diese Geschichte zwischen uns nicht fortsetzen werde.«

»Wie bitte?«

Er sah mir in die Augen. »Tut mir leid, Nora, aber ich konnte nicht wissen, daß du so reagierst. So… ausschließlich.«

»Ausschließlich?« Ich verstand nicht, was er sagen wollte. »Natürlich ausschließlich. Wenn man sich liebt?«

Er faßte nach meiner Hand und umschloß meine Finger mit beiden Händen. Er war sehr nett und liebevoll. Er war perfekt, sogar noch in dem Moment, als er mir sagte, der Abend neulich mit mir sei wundervoll gewesen, ich sei eine bemerkenswerte Frau, er werde aber weder seine Natalie verlassen noch eine Dauerbeziehung nebenbei haben. »Sieh es einfach als schöne kleine Episode an«, sagte er. Und lächelte.

Es war, als hätte man mir den Kopf abgeschlagen. »Episode«, sagte ich. »Aber warum? Du hast mich doch schon geliebt, als du ein kleiner Junge warst.«

»Das stimmt«, sagte er. »Damals hab ich dich geliebt.«

»Und heute?«

»Ach, Nora«, sagte er. »Weißt du noch, wie ihr mich immer genannt habt?« Er lachte, er schien aufrichtig vergnügt zu sein, aber der Grund für seine Freude war nicht ich, sondern sein Triumph über seine Leiden in Kinderzeiten. Ob er auch speziell darüber triumphierte, seine Liebe zu mir überwunden zu haben? Hatte er meine Niederlage absichtlich herbeigeführt, um sein männliches Ego zu stärken, wie Dodo sagen würde? Ich glaube das auch heute noch nicht. Ich will es nicht glauben.

Als er mich zum Taxistand begleitete, hat er sich noch einmal entschuldigt, in Worten, die mich zu Tränen rührten. Er habe nicht die Absicht gehabt, mich zu kränken, ganz im Gegenteil. Er bewundere mich von ganzem Herzen. Und ich solle es mir gutgehen lassen.

Ich habe mich fast zwei Wochen lang im Bett verkrochen, die Weihnachtsvorbereitungen blieben liegen. Achim verbuchte meinen Ausfall zum Glück als typisch weibliche Jahresend-Erschöpfung.

Ein paar Wochen später traf ich Frau Schrade auf dem Markt und erfuhr, daß Natalie Kampe schwanger sei. Ich muß kreidebleich geworden sein, Frau Schrade packte mich in ihr Auto, fuhr mich zu uns nach Hause und zwang mich, einen Cognac zu trinken. Ich war drauf und dran, ihr alles zu erzählen, denn fast so schlimm wie Lothars Zurückweisung war für mich, daß ich niemanden hatte, dem ich mein Leid klagen konnte. Aber dann kam Miriam aus der Schule und hatte eine Eins geschrieben, und ich mußte mich freuen. Das Kind haben sie Desirée genannt. Und immer, wenn ich diesen Namen höre oder lese, muß ich an den alten Projektor im Hamburger Planetarium denken, dem sie ein Viertel aus dem Leib geschnitten haben.

Ich will nicht daran denken. Ich will nicht unter Erinnerungen leiden, was vorbei ist, ist vorbei. Und ich will auch nicht darunter leiden, jetzt und hier, daß Dodo und

Claire ohne mich weitergehen. Sie merken gar nicht, daß ich nicht mehr bei ihnen bin, ich fehle ihnen nicht, nie hat auf unseren Reisen eine von ihnen meine Hand genommen. Aber diesmal werde ich nicht hinter ihnen herlaufen, ich bleibe stehen und sehe ihnen nach und warte. Wie lange wird es dauern, bis sie sich zu mir umdrehen? Wie groß muß die Entfernung sein?

Claire

Sie führt mich in mein Zimmer, nimmt mir den Mantel ab. »Heißes Bad?«

Ich brauche kein Bad, ich muß nur an meinen Koffer, ich nicke. »Hast du meine Tasche?«

»Wieso? O Scheiß. Hoffentlich nicht auf dem Schiffsklo.«

Meine Eingeweide klumpen sich wieder zusammen. »Kofferschlüssel«, sage ich, »in meiner Handtasche. Den brauch ich. Den *brauch* ich, Dodo!«

»Koffer Koffer«, sagt sie. »Mensch, Claire, deine Tasche, deine Golden Card, deine Schecks, deine Papiere, alles! Ich zisch los, leg dich solange ins Wasser, okay?« Die Tür knallt hinter ihr ins Schloß.

Ich brauch einen Hammer, eine Zange, was tu ich, Telefon, Service, ganz ruhig, der Koffer ist noch da, mir kann nichts passieren.

»Pilardy. Zimmer vierhundertdrei. Mein Koffer. Jemand, der ihn öffnet. Den brauch ich. Quelqu'un pour ouvrir ma valise, s'il vous plaît.«

Die Frau an der Rezeption muß mich für geisteskrank halten. Was tu ich, wenn sie mir niemanden schickt.

Dodo

Hat mir grade noch gefehlt, das mit ihrer Tasche. Wenn die geklaut ist, kann ich sie ja wohl kaum noch anpumpen, jedenfalls nicht heut oder morgen, und wenn sie erst wieder in München ist oder New York oder Shanghai oder weiß der Geier wo, hab ich erst recht keine Chance. Mist aber auch, kommt dabei raus, wenn man sich zu Sentimentalitäten hinreißen läßt und Hilfestellung leistet beim Abheulen auf irgendwelchen versifften Schiffsklos, ich könnt mich in den Hintern beißen. Neuen Lift könnten die sich auch mal anschaffen in diesem Sauladen, die vier Etagen nach unten hätt ich zu Fuß in der halben Zeit gemacht. Und jetzt hält der auch noch, Nonnen, klar, was sonst. Immer schön reindrängeln, damit ich nicht rauskomm. O Gott, nee, sind echt für nichts gut, diese Tanten, wenn sie wenigstens Seife und Wasser, wenn kein Taxi vorm Haus steht, muß ich eins rufen lassen, dauert auch wieder. Warum kann nicht mal was glatt laufen in meinem Leben. Nicht auch das noch! Nicht auch noch Nora jetzt, mich vollsülzen lassen von ihr, weiß ich auch so, was sie sagt, wenn sie das mit der Tasche hört, sie trägt ihre natürlich unterm Mantel, hat *Mami* ihr beigebracht, außerhalb von Pi-Dorf gibt's ja nur Diebe und Sittenstrolche, hoffentlich sieht sie mich nicht hinter dieser Plastikpalme, gut so, Frau Kluge, laß dir deinen Zimmerschlüssel geben, und steck deine Nase schön in das Sträußchen, und ab in den Lift mit dir.

Uff. Geschafft. Und wenn ich ausnahmsweise Glück

hab, hat Claire ihre Tasche am Empfang liegenlassen eben und nicht auf dem Boot. Weil sie dann nämlich weg ist. Und wer hat diese saublöde Idee gehabt mit dem Kahn? Genau. Dodo Schulz immer schön systematisch auf Frontalkurs gegen ihre ureignen Interessen.

Nora

Es muffelt in meinem Zimmer, ich reiß das Fenster auf und zwing mich zum Durchatmen. Auf meinem Nachttisch die Schachtel mit den restlichen Katzenzungen, aber mir ist jetzt nicht nach Schokolade. Schade, daß die Veilchen nicht duften, der Geruch hätte mich getröstet und an Sylt erinnert, an unser erstes Wochenende dort, März 79, im Jahr nach unsrer Hochzeit, und ich war immer noch nicht schwanger. Als wir über den Hindenburgdamm fuhren, fing es an zu schneien, am nächsten Morgen leuchteten die Dünen wie Kristallzucker unter dem blauen Himmel, und an der Wattseite, in der Nähe der Kupferkanne, fanden wir im Windschatten der Rosengebüsche dicke Polster blühender, duftender Veilchen im schmelzenden Schnee. Achim hat sie fotografiert. Ich wollte, er wäre hier.

Meine letzten einsamen Blätter von heute morgen sind verschwunden, liegen jetzt irgendwo da unten im Hinterhof, zwischen Abfalltonnen und undefinierbarem Gerümpel. Da sollte man mal aufräumen, könnte eigentlich ganz hübsch sein, paar Pflanzenkübel, eine Steinfigur, ein Wassertrog. Aber das haben wir ja auf all unseren Reisen gesehen, vorne alles immer gepflegt und saniert und hinter den Häusern die pure Trostlosigkeit, man mag gar nicht hingucken.

Aber es ist ja nicht diese gottverlassene Anhäufung von Unrat da unten. Irgend etwas läuft schief auf dieser Reise, das spür ich doch schon seit gestern. Wenn ich nur wüßte, woran es liegt. Ob sie merken, daß ich mich auf ganz andere Bereiche zubewege? Stoß ich sie vielleicht unterschwellig von mir, obwohl ich genau das Gegenteil will? Ist unser ganz selbstverständliches Miteinander-Vertrautsein nicht möglich, eben weil ich es so herbeisehne? Oder wird man vielleicht im Laufe der Jahre so eigenbrötlerisch, so speziell, daß jeder nur noch in den eigenen Bahnen denken kann und die eigentlichen Bedürfnisse des anderen gar nicht mehr erkennt? Aber wieso sind sie sich dann so einig. Wir sind nicht mehr die kleinen Mädchen von damals, die zu zweit der dritten davonlaufen, um den Reiz der Provokation zu spüren und die eigene Macht auszukosten.

Ich hab das ja auch gemacht, so ist es ja nicht, ich hab immer nur Claire ins Schauspielhaus nach Hamburg mitgenommen, wenn Paps und Mami nicht konnten, sie hatten ja dieses Abo damals, immer am ersten Sonntag im Monat. Dodo hat es natürlich mitgekriegt, und sie wäre garantiert gern mitgegangen, obwohl sie immer gesagt hat, sie scheißt auf diese Ansammlung von Sonntagsbürgern, Scheiße war damals ihr Lieblingswort, und daß ihr die Schauspieler leid tun, die sich vor diesem aufgedonnerten und ignoranten Publikum prostituieren müssen.

Auf der anderen Seite hab ich auch Sachen nur mit Dodo gemacht oder besser: Dodo mit mir. Weil wir beide wußten, daß Claire dabei nur gestört hätte. Zum Beispiel, als Dodo mir vorgeführt hat, wie man einen Lippenstift klaut, in der Drogerie Schuppenhauer am Fahltskamp. Da war ich gefragt, Claire hätte Dodo doch sofort gezwungen, die Beute zurückzugeben, ich aber hab den Mund gehalten. Weil mir Dodo und unser gemeinsames Bravourstück wichtiger waren als irgendwelche Moral. Ehrlich gesagt war ich viele Jahre später heilfroh, als Schuppenhauers ihre Drogerie an eine Parfumeriekette verkauften und ich nicht mehr bei jedem Einkauf dort dieses kleine kalte Gefühl im Nakken ertragen mußte. »Na, Frau Kluge? Sie denken wohl, wir haben das nicht bemerkt damals, hm?«

Natürlich waren wir immer auch Konkurrentinnen, aber das gehört doch dazu, alle Mädchen wetteifern in dem Alter miteinander. Schiere Einbildung, mein Verdacht, daß sie mich nie wirklich gemocht haben, ich kann nicht bei Trost gewesen sein. Wir sind und waren Freundinnen und basta. Daß wir schrullig werden, ist nur normal.

Ich hab den Veilchenstrauß ja auch nicht für mich gekauft, sondern für Claire, um sie aufzumuntern, so blau wie ihre Augen. Ihr Zustand macht mir nämlich wirklich Sorgen. Von der Bihun-Suppe gestern hat sie doch nur ein paar Löffel genommen, an der kann es nun wirklich nicht liegen. Und daß sie finanzielle Probleme hat, kann ich mir schon gar nicht vorstellen, dafür lebt sie auf zu großem Fuß. Ich werde ihr jetzt die Veilchen bringen und herausfinden, was mit ihr los ist. In aller Ruhe und ohne Dodo. Sie zum Reden bringen. So wie damals in der S-Bahn, wenn wir nach dem Theater nach Hause fuhren, wenn sie davon sprach, was sie aus ihrem Leben machen würde, sie hatte immer so hochfliegende Pläne und wußte so viel, hatte Biographien gelesen und Berichte über neue Tendenzen in der Kunstszene, sie ging ohne jede Not in die Kunsthalle, wann immer sie Gelegenheit hatte dazu, sie war sich schon immer so sicher, daß sie eines Tages mit interessanten Leuten zu tun haben würde, und ich bewundere sie ehrlichen

Herzens dafür, daß sie ihr Ziel erreicht hat. Daß sie so unbeirrt ihren Weg gegangen ist.

Und ich kann mir sogar vorstellen, daß sie ganz froh ist, diesen Philipp Pilardy los zu sein, sie ist keine Ehefrau, die ihre eigenen Interessen zum Wohl ihrer Familie auch mal vernachlässigt und das auch noch gerne tut. Claire mit einem Baby? Mit einem pubertierenden, renitenten Sohn, der das gesamte Familienleben in Bausch und Bogen ablehnt? Nicht auszudenken. Mit einer Tochter, die kein Gemüse ißt, weder gekocht noch roh, das kleinste Möhrenfitzelchen wird aus der Suppe sortiert? Die natürlich kalt wird darüber? Oder mit einem Mann, der wegen eines ungebügelten Hemdes seine Geduld verliert, mit dahinsiechenden Schwiegereltern, denen man die Fußnägel schneiden muß und deren Wäsche man hin und her schleppt, Tag für Tag, und es bleibt einem nicht eine einzige Stunde für einen selber? Für sie wäre das nichts gewesen. Sie kann froh sein, die ihr angemessene Lebensweise gefunden zu haben. Vielleicht muß man ihr das mal sagen, ganz behutsam. Daß sie allen Grund hat, dankbar zu sein.

Claire

Er hat mich gerettet, dieser fremde Mann mit seiner Klempnerzange, der wortlos meinen Koffer aufgebrochen hat, und ich konnte ihm kein Trinkgeld geben, was mir so gleichgültig war in dem Moment wie die ganze übrige Welt, ich kann es ja nachholen irgendwann, oder ich vergesse es ganz einfach, weil ich alles vergessen will, alles bis auf den Schnee in Dänemark, Schneeflocken, die unaufhaltsam das Land zudecken, eine kalte weiße Hülle bauen, sich türmen zu Hügeln und Gebirgen der Vergessenheit, weiß, lautlos, unaufhaltsam.

Dodo

Wenn ich nicht so dämlich wäre, hätt ich Nora mitgenommen, statt mich vor ihr zu verstecken, ich krieg nämlich ziemliche Probleme mit den Taxigebühren, wenn ich die Tasche nicht wiederfinde, aber irgendwie geht mir heute das Messer auf, wenn ich sie nur seh, diese bigotte Schnepfe, und zwar seit ihrer verlogenen Bemerkung beim Frühstück. Weiß sie doch so gut wie ich, daß sie der Generalfeldmarschall ist. Seit sie mir Achim weggenommen hat, bestimmt sie die Spielregeln. Aber von Frauensolidarität rumschwallen und von Phalanx, daß ich nicht lache.

Und daß sie immer diese Liebesbeweise erwartet. Hab ich doch genau gemerkt vorhin, daß sie versucht hat, ihre Blicke wie Messer in meinen Rücken zu bohren, und ich wollte nur Claire so schnell wie möglich ins Hotel schaffen, weil ich dachte, sie klappt mir weg. Ständig versucht Frau Rechtsanwalt Kluge, uns ihr privates Tempo aufzuzwängen, mal soll es schneller gehn, mal langsamer, aber immer nach ihrer Mütze. Dabei geht's ihr in Wahrheit nur darum, sich zum tausendsten Mal unsrer Freundschaft zu vergewissern, sie kann es nicht oft genug hören, man muß es ihr alle drei Stunden sagen, es ist zum Kotzen.

Wenn man als Kind mal miteinander befreundet war, muß das doch nicht in alle Ewigkeit so weitergehn, jedenfalls nicht auf dem gleichen Level. Was mich neben aller Freundschaft wirklich an sie kettet, heute und wahrscheinlich für immer, steht auf einem ganz andern Blatt. Und hat nicht nur mit ihrem Betrug zu tun, sondern auch damit, daß ich mir letztlich ihretwegen das Kind wegmachen ließ, damals. Und ich weiß nicht, ob ich das ihr und auch mir jemals verzeihen kann. Auch Achim nicht im übrigen, obwohl ich dem nie was erzählt hab davon. Aber er hätt es ahnen können, er ist nicht auf den Kopf gefallen, jeder verdammte Mann, der mit einer Frau vögelt, nach Uropa Knaus-Ogino, muß damit rechnen, daß er sich fortpflanzt, wußte man auch 77 schon.

Als es mir zum zweiten Mal passierte, war es genausowenig geplant wie elf Jahre zuvor. Hab ich zumindest behauptet, anfangs sogar vor mir selber, daß ich die Pille paarmal einfach verdaddelt hab beziehungsweise zu spät dran gedacht. Aber wahrscheinlich hab ich gewollt, daß es passiert, wenn auch unbewußt. Irgendwie mußte wohl das Kind von damals auf die Welt, und sei es mit Verspätung. Wie hat Ma immer gesagt? Kinder suchen sich ihre Eltern aus. Vielleicht stimmt's ja.

Als ich es Achim gesagt hab, hab ich von Anfang an klargemacht, daß ein Abbruch nicht in Frage kommt: »Ich-krieg-ein-Kind-von-dir-und-ich-werd's-behalten-und-wenn-du-dich-auf-den-Kopf-stellst«, in einem Atemzug alles. Wir lagen im Bett, in dieser runtergekommenen Miefbude, in der ich damals gewohnt hab, am Hansaring, fünfter Stock ohne Lift, und den ganzen Tag stank's nach Kohl und Zwiebeln. Für RA Kluge jedesmal ein Ausflug in die Unterwelt.

Er hat eine Weile gar nichts gesagt, wahrscheinlich mußte er erst die juristischen Konsequenzen überdenken, und während er schwieg, hab ich mir überlegt, wie schlimm es eigentlich für mich wär, wenn er jetzt und sofort noch einmal aus meinem Leben verschwände. Und ob es nicht eher mein Bedürfnis nach Rache gewesen war, das mich noch mal mit ihm in die Kiste getrieben hatte. Wer zuletzt lacht, lacht am besten, so in dem Stil. So blind konnte ja nicht mal ich sein, nicht zu merken, daß er nicht mehr der Achim von früher war, der so soft sein konnte und in besonderen Momenten fast linkisch, manchmal schweißfeuchte Hände hatte vor Aufregung, wenn wir uns trafen, der beim Orgasmus gezittert hat in meinen Armen und geheult wie ein Wolf, mir am Morgen seine Träume erzählte, von denen er damals jede Menge hatte, einmal hat er sogar seine Eltern abgemurkst, das war das einzige Mal, daß er sich irgendwie länger über sie ausgelassen hat. Mittlerweile war er Noras Mann, eine Miniaturausgabe ihres *Paps,* tüchtig, erfolgreich, effizient, liebevoller und fürsorglicher Familienvater, das bestimmt auch. Aber der jetzige Achim würde nie mehr in einer schwülen Sommernacht ganz spontan mit mir an den Itzstedter See zum Baden fahren und mich vor den Rindviechern auf der Weide beschützen, nie würde er zulassen, daß Wein aus meinem Mund in seinen läuft, nie Blumen für mich klauen bei irgendwelchen Nachbarn, wie damals bei der alten Frau Jessen, was hat die rumgekeift am nächsten Morgen, als ihre Rabatte kahl war. Der neue Achim kaufte seine Sträuße, mit Grünzeug aufgepeppte, riesige Gebinde, in schicken Flower Shops, und das auch nur, wenn seine Sekretärin ihn an ein wichtiges Datum erinnerte. Er war zusammengeschrumpft auf einen gutaussehenden Enddreißiger in Maßanzügen und mit untadeligen Manieren, Mitglied bei den Rotariern und im Tennis-Club, SPD-Stadtrat, Inhaber eines

Konzert-Abos, der einzige Punkt wahrscheinlich, in dem er sich von Noras *Paps* und dessen verstaubtem Theater-Abo abgesetzt hatte. Irgendwann würde er anfangen Golf zu spielen, ein Mann, der sich in jeder Situation des Lebens zu benehmen wußte. Wie auch jetzt.

»Erwartest du, daß ich Nora verlasse?« fragte er schließlich, sehr höflich und beherrscht.

»Nein«, sagte ich. Was der Wahrheit entsprach, ich wünschte es mir nicht mal mehr. Selbst am Anfang dieser Zeit, nachdem wir uns so überraschend wiedergetroffen hatten, hatten wir nicht wieder zurückgefunden zu dem hemmungslosen Gefühlsüberschwang von früher. Wir konnten immer noch klasse miteinander vögeln, das schon. Aber nicht mehr uns völlig fallenlassen, uns hingeben, über unsere Grenzen gehen wie damals. Jedenfalls ich nicht.

»Gut«, sagte er und legte die nächste Pause ein. Sah zur Zimmerdecke. Dachte nach. Dann aber: »Der Moment wäre nämlich wirklich ausgesprochen ungünstig, die Kanzlei ist zwar überschrieben...«

Danke, hab ich gedacht, noch deutlicher kann kein Schwein ausdrücken, warum du Nora genommen hast.

»Aber es gibt da noch was«, machte er weiter. »Ich kann dir das schlecht erklären.«

Noch mal danke, ich kannte die Erklärung schon, Claire hatte mich ja auf dem laufenden gehalten über Nora und damit auch über ihn. Seine Eltern waren klapprig geworden, Nora kümmerte sich um sie, er hätte bei einer eventuellen Trennung nicht nur eine treusorgende Ehefrau, sondern auch eine kostenlose Altenpflegerin verloren. »Später vielleicht«, sagte er dann noch, und ich dachte:

Wenn deine Alten tot sind, klar. Aber im Wahlkampf von sozialer Verantwortung gegenüber der älteren Generation rumschwallen, was? Du bist wirklich das letzte.

Er war erleichtert, daß ich keine Zicken machte, er küßte mich schnell und tätschelte meinen Bauch und sagte: »Du kannst natürlich davon ausgehen, daß ich mich kümmere.« Daß ich bleche, auf deutsch. »Als erstes mußt du aus dieser Wohnung raus. Wenn du willst, kauf ich dir was Passendes.«

Mir was kaufen, ach was. Zum Dank dafür, daß ich die Schnauze halten und sein sauberes Spielchen mitmachen würde. Und im Gegenzug die Beine für ihn breit machen, ganz simple Kosten-Nutzen-Rechnung für ihn. Ich guckte auf seine Hand mit dem schmalen Ehering, die noch auf meinem Bauch lag, und in dem Moment wußte ich: Das war's. Diese Finger werden mich nie wieder berühren. Mich kaufst du nicht, du Schwein.

Gesagt hab ich nichts, erst beim nächsten Mal. Ich hab ihn zwar in die Wohnung gelassen, aber nicht in mein Bett. Und ich hab ihm ganz sachlich erklärt, was ich von ihm wollte: die üblichen Alimente bis achtzehn, Besuche nur nach Absprache, Geschenke dito, basta. Wenn ihm das nicht passen sollte, könnt ich notfalls auf seinen Zaster auch verzichten.

Klar hat er den Schwanz eingekniffen, was denn sonst. Seit zehn Jahren zahlt er pünktlich an jedem Monatsersten, exakt nach der Düsseldorfer Tabelle, er fragt vor jedem Besuch taktvoll an, ob er willkommen ist, bespricht mit mir die Präsente für Geburtstage und Weihnachten. Total easy. Der liebe Achim. Der Weihnachtsmann. Der Scheißer.

Warum er nicht mehr in mein Bett kriechen kann, hat

er, glaub ich, bis heute nicht richtig kapiert. Er hat's immer wieder versucht, und auch heute bräuchte ich nur mit dem Finger zu schnippen, er würde sofort in den nächsten Flieger nach Köln steigen. Aber ich will ihn nicht mehr, Nora kann ihn behalten, geschenkt.

Na endlich, here we are, Anlegestelle Nummer vier, in fünf Minuten muß das Boot kommen, hier kann ich es endlich abfangen. Wenn die Tasche weg ist, bin ich geliefert. Was zum Teufel tut man, wenn man das Beten verlernt hat?

Nora

Obwohl ihr Schlüssel unten nicht an ihrem Zimmerhaken hing, als ich zurückkam, ist Claire nicht in ihrem Zimmer. Bei Dodo wahrscheinlich. Schade. Aber da werd ich jetzt nicht reinplatzen.

Oder?

Nein.

Nach Dodo steht mir jetzt nicht der Sinn, diese Freiheit nehm ich mir. Ich weiß nicht, warum sie mich auf dieser Reise unentwegt von einem Hoch ins nächste Tief stürzen muß, mal bringt sie mich zum Lachen, dann wieder wartet sie nicht auf mich, sie ist wirklich eine unbeständige Person, und im Moment ist meine Geduld erschöpft. Was mach ich jetzt mit den Veilchen?

Claire

Ich stell mich ganz einfach tot, ich brauche sie nicht. Aber sie hat natürlich genau in dem Moment an meine Tür geklopft, als endlich am Horizont meiner Schneelandschaft die beiden Menschen auftauchten, auf die ich so lange gewartet habe. Der Mann und die Frau, die mein Vater und meine Mutter sind. Erik und Christine Sørensen, so jung wie auf meinem Foto, aber in loser Sommerkleidung. Mit flatternden Haaren und leuchtenden Augen, barfuß liefen sie auf mich zu, durch den Schnee. Sie hätten mich erreicht, sie hätten mich in ihre Arme genommen, wenn nicht Nora gegen meine Tür geschlagen hätte.

Wenn es mir nicht zu anstrengend wäre jetzt, könnte ich aufstehen und ihr nachgehen. Mich mit ihr in ihr Zimmer setzen und sie bitten, einfach nur zuzuhören, nichts zu sagen, nur zuzuhören und meine Last mit mir zu teilen. Aber sie würde in Tränen ausbrechen, weil die Wahrheit zu schockierend ist für sie. Und sie würde nicht um mich weinen, sondern um sich selber, um ihren eigenen Verlust, denn ihr intaktes Bild von ihrer makellosen Freundin wäre zerstört. Nie wieder würde sie mich anschauen können, ohne zugleich den Alten vor sich zu sehen und wie er mich erniedrigt, für alle Zeiten wäre ich das bedauernswerte Opfer für sie, ihre Zuneigung würde ersetzt werden durch überschwappendes und unerträgliches Mitleid.

Wahrscheinlich würde sie mir als ihrer Weisheit letzten Schluß eine Psychotherapie verordnen, als wenn ich selber nie auf den Gedanken gekommen wäre. Dann wäre sie für ihre Person aus dem Schneider, genauso wie damals in jener grauenvollen Nacht, als sie mir ohne tiefere Überlegung das Heft aus der Hand nahm und sich gegen meine eigentlichen Absichten durchgesetzt hat. Natürlich in erster Linie, um sich selber in Sicherheit zu bringen, aber das ist mir erst später klargeworden.

Und ich weiß auch, ich hätte mich durchsetzen können, wenn ich es wirklich gewollt hätte. Ich hab mir die Entscheidung abnehmen lassen von ihr und sie auch noch danach alles so hinbiegen lassen, daß ich nichts mehr damit zu tun hatte. Sie hat für mich gelogen, sie hat uns zu Komplizen gegenüber Dodo gemacht, und solange ich lebe, werde ich meinen Kopf nicht mehr aus dieser Schlinge ziehen können.

Auf ihren Rat hin bin ich Hals über Kopf nach New York geflogen, zu David, wie sie dachte, aber ich hab mich nicht gemeldet bei ihm, weil ich Angst hatte, er würde das Kainszeichen auf meiner Stirn entdecken. Aber ich rief in Pinneberg an, und als Nora es mir sagte, nahm ich die Mitteilung hin wie eine längst erwartete Botschaft.

Ich bin in das Antiquariat in der 22. Straße gegangen und habe in einer alten Ausgabe der *Märchen aus Tausendundeiner Nacht* die Geschichte vom Prinzen wiedergefunden, dem bei seiner Geburt geweissagt wurde, daß er an seinem zwanzigsten Geburtstag sterben würde, woraufhin sein Vater, der König, ihn auf eine einsam gelegene, menschenleere Insel bringen ließ, wo er bleiben sollte, bis das kritische Datum verstrichen wäre. Eines Tages tauchte ein schiffbrüchiger Jüngling auf der Insel auf, ein reizender

Knabe, der sich mit dem Prinzen anfreundete und bei ihm bleiben wollte, um ihm die lange Wartezeit zu verkürzen, sie wurden die besten Freunde der Welt und schmiedeten tausend Pläne für die Zeit nach der Verbannung. Den endlich erreichten Tag des zwanzigsten Geburtstags feierten sie überglücklich, morgen würden sie abgeholt werden. Erschöpft von der Freude legte der Prinz sich zur Ruhe, sein lieber Gefährte packte ihre Habseligkeiten zusammen. Er räumte auch das Bord über dem Lager des schlafenden Prinzen leer, auf dem sich allerhand Gerätschaften befanden, darunter auch ein Messer. Unglückseligerweise geriet der Knabe dabei ins Straucheln und fiel so unglücklich, daß das Messer in seiner Hand seinem Freund ins Herz fuhr.

Ich bin rüber an die Westküste geflogen, in Santa Barbara habe ich mir ein Haus gemietet. Dort habe ich mich verkrochen und die *Märchen aus Tausendundeiner Nacht* gelesen und zahllose Briefe an Dodo geschrieben und keinen abgeschickt. Nach ein paar Tagen entdeckten mich Sally und Maureen, die ein paar Häuser weiter Urlaub machten, von ihnen bekam ich meine ersten Tabletten, und ich lernte, wie man die Erinnerung nach Belieben aus- oder einschalten kann.

Sally und Maureen. David nannte sie immer »die zwei Feldermäuse«, womit er unabsichtlich genau ins Schwarze traf, Sally die fleißige Feldmaus und Maureen, immer in grauen Flatterkleidern, die nachtaktive Fledermaus. Als zwei Jahre später bei ihm die Krankheit ausbrach und er so lange zu Hause bleiben wollte wie irgend möglich, weil ihm vor jeder Klinik grauste, da schlossen sie ihr Atelier in

Brooklyn ab und haben nur noch in seiner Wohnung am Washington Square gemalt, Platz war dort genug.

Er hatte es sich gewünscht, er wollte bis zum Schluß von Bildern umgeben sein, kreative Menschen um sich haben und den Geruch von Terpentin und Farben. Die letzten Wochen mußte er dann doch ins Krankenhaus, angeblich konnte er zu Hause nicht angemessen versorgt und gepflegt werden. Ich war dort bei ihm, sechs lange Tage und die Nächte auch, dann hat er mich gedrängt, zurück nach München zu fliegen, nur für eine Woche, in der Galerie ging alles drunter und drüber. Er hat mir versprochen zu warten. »I'll be here, Cleary, I promise, and alive.« Aber als ich zurückkam, war schon alles vorbei, sein ausgezehrtes Gesicht schon geschminkt und präsentabel gemacht für die Ewigkeit, wo Aids nicht vorkommt. Er hat mich geliebt, und er war tot. Und ich denke immer noch, er war der einzige Mensch, der mich gekannt hat. Der auf den Grund meiner Seele zu schauen vermochte, obwohl ich ihm nie offenbaren konnte, was mir widerfahren ist und was ich getan habe.

Dodo

Echt schräger Vogel, unsre einmalige Claire, ich bin total von der Rolle. Ihre Tasche. Ihre göttliche Tasche. War von einem ehrlichen Klogänger abgegeben worden und lag im Ruderhaus. Wurde mir anstandslos ausgehändigt, nicht mal reingeguckt haben die beiden Skipper, waren total busy mit irgendeiner Fete, die grad auf ihrem Kahn gestartet hatte.

War alles noch drin. Brieftasche, Ausweise, Karten, jede Menge Scheine und Kleingeld, ein angenagtes Foto mit viel Schnee drauf, Belege, Zettelkram, Schlüssel, Zigaretten, ihr geiles Dupont-Feuerzeug, Kosmetika. Selten so erleichtert gewesen. Ließ mich zurück zum Hotel fahren und hab unterwegs bißchen geschnüffelt. Na ja und drei, vier Scheine genommen, ich mußte ja schließlich das Taxi bezahlen, ist ja nicht meine Tasche, die da auf dem Klosett vergessen wurde. Und dabei hab ich dann diesen Wisch entdeckt, in einem offenen Umschlag, auf den ihr Name gedruckt war. Ich hab nur den ersten Satz gelesen, und der ließ mich laut aufschreien. Der Taxifahrer muß gedacht haben, er hat eine Bekloppte hinter sich, und als ich dann spontan schon paar Straßen vorm Hotel raus wollte, weil ich dachte, ich erstick in der Karre, hat er kommentarlos im Halteverbot gestoppt. Wie eine Blöde bin ich durch diesen Park gelaufen und hab immerzu gedacht, ich dreh durch, ich muß mich einkriegen, bevor ich ihr wieder vor die Augen komm, wehe, ich verplapper mich. Aber was ich nicht versteh: Wieso tut sie so was. Wieso verfällt sie auf mich.

Und dann bin ich zu diesem steinernen Opa gekommen, Guido Zebra oder Gazelle, egal, nur Nora interessiert sich für die Namen von Toten, und ich hab mich auf die Sockelstufe gesetzt, ich muß das unbedingt noch mal lesen, ungestört, Wort für Wort. Aber erst eine rauchen. Ihre Tasche aufmachen, Lullen rausholen, Feuer. Nicht die Brieftasche mit dem Umschlag, noch nicht. Das sparen wir uns eine Zigarette lang auf. Hölle, tut das gut, so ein Zug bis in die Lungenspitzen, eines Tages krepier ich garantiert an Krebs, Ma hat es mir oft genug prophezeit. Was sie wohl sagen würde, wenn sie wüßte, aber Moment mal, stop stop.

Zu früh gefreut, Dodo Schulz, was bist du nur für eine gottverdammte Idiotin. Angenommen, der Wisch in dem Umschlag hier ist einwandfrei gültig, was weiß denn ich, wie ein Letzter Wille auszusehen hat. Was zum Teufel nützt es mir, daß sie mir ihr gesamtes Vermögen vermacht. Da müßte sie doch vorher erst mal sterben. Meine allerbeste Freundin! Meine Claire!

Nora

Ja, ich ärgere mich, ich hätte die Finger vom Telefon lassen sollen. Aber wenigstens hab ich meine Turnschuhe dabei, so kann ich jetzt ohne Beschwerden durch die Stadt zur Liebfrauenkirche bummeln, mir egal, was Dodo und Claire treiben, sie hätten sich ja bei mir melden können, wenn sie auf meine Gesellschaft heute noch irgendeinen Wert legen. Die Veilchen hab ich ins Zahnputzglas gestellt und meine Hoffnung aufgegeben, daß sie in der Zimmerwärme vielleicht doch noch ein bißchen Duft entwickeln.

Natürlich hab ich zur Unzeit angerufen, ich hätte es mir wirklich verkneifen sollen, egal, ob ich mich einsam fühle oder nicht. Ich werde noch viel einsamer sein demnächst, und dann kann ich mich auch nicht einfach an die Strippe hängen und den Kanzleibetrieb stören. Aber immerhin scheint es mit Achim und den Kindern soweit zu klappen, jedenfalls hat Miriam ihre Klavierstunde nicht versäumt und Daniel eine Vier Komma drei in der Mathearbeit, ein wahres Wunder bei seiner Faulheit, über die ich mich aber nicht mehr aufregen will, ich habe im Lauf der Jahre schon viel zuviel Energie in dieses Thema gesteckt.

Was mir zunehmend Sorgen macht, ist seine Verschlossenheit, er teilt sich weder mir noch Achim in irgendeiner Form mit, auch durch geduldigstes Zureden ist er nicht zu animieren, sich über was auch immer zu äußern. Ich hätte auch gedacht, daß längst das eine oder andere Mädchen in seinem Schlepptau auftauchen würde, hübsch, wie er ist, vielleicht sollte ich ihm noch mal sehr deutlich sagen, daß ich überhaupt nichts dagegen hätte, es wäre mir jedenfalls wesentlich lieber, als wenn er sich heimlich Pornos anguckt, falls er es vielleicht doch war mit der unappetitlichen Tüte in der Garage. Andererseits kommt mir ab und zu der Verdacht, daß er sich eventuell mehr für das eigene Geschlecht interessieren könnte. Ich gebe zu, ich hätte damit Schwierigkeiten. Wenn ich allein an die gesellschaftlichen Probleme denke, mit denen sich homoerotisch veranlagte Menschen auch heute noch herumschlagen müssen.

Für Dodos Mutter kann es nicht leicht gewesen sein, erst von ihrem Organisten verlassen zu werden und dann auch noch einen schwulen Sohn zu haben, aber vielleicht ist Hartmut ja nur deswegen schwul geworden, weil er kein väterliches Vorbild hatte, man weiß es nicht. *Hinterlader* hat Paps solche Männer immer genannt, und ich habe als Kind nie verstanden, was er damit gemeint hat.

Einiges andere auf diesem Gebiet hatte mir allerdings Dodo schon erzählt, ich weiß noch, wir gingen nach irgendwelchen Bundesjugendspielen vom Sportplatz durch den Wald nach Hause, Dodo hatte natürlich wieder eine Heuss-Urkunde rausgeschlagen und gab reichlich damit an, bei mir haperte es ja immer beim Schlagballwerfen, mehr als neunzehn Meter habe ich nie geschafft, obwohl sie mehrfach versucht hat, mir die Wurftechnik beizubringen. Hinter der Christuskirche hing irgend etwas Rotes im Gebüsch, länglich und blutig, und Dodo sagte, das ist eine Frauenbinde, bevor Frauen Kinder kriegen, bluten sie alle naslang.

Ich hatte bis dato nie von so etwas gehört und war entsetzt über den unappetitlichen Scherz, und ich sagte, ich müßte schnell nach Hause, ich würde erwartet. Das glaubte sie mir immer, in ihren Augen waren Paps und Mami die reinsten Sklavenhalter. Bei Dodo war es völlig egal, wann sie heimkam, sie und Hartmut konnten nach der Schule frei über ihre Zeit verfügen, sie haben auch oft den Unterricht geschwänzt, und kein Hahn hat danach gekräht, weil Hartmut schon als kleiner Junge ein Meister darin war, auf Frau Schulz' Schreibmaschine phantasievolle Entschuldigungsschreiben aufzusetzen, die er, ohne mit der Wimper zu zucken, mit einem schulzähnlichen Kringel unterschrieb, ich hab ihm mehrfach dabei zugesehen.

Ich wollte weglaufen, aber Dodo nahm einen Stock, pikte das blutige Ding damit auf, rannte hinter mir her und hielt es mir unter die Nase. »So was kriegst du auch«, schrie sie, »alle kriegen es, wenn sie Frauen sind. Frag doch deine Mami, wenn du mir nicht glaubst.« Ich werde es nie vergessen.

Ich bin vor ihr weggerannt, immer um die Kirche herum, weil ich dachte, Jesus soll mich beschützen, aber sie immer hinter mir her. Und sie hat alles, was sie wußte, triumphierend aus sich herausgebrüllt, es muß urkomisch gewesen sein, aber damals hat es mich nur gegraust: daß Männer ihren Zipfel in Frauen hineinstecken, wenn er groß und hart ist, und dabei ihren Samen in die Frauenbäuche spritzen und daß so die Kinder gemacht werden, die dann zwischen den Beinen der Frauen herauskriechen, aus dem Loch, wo sonst das Pipi rauskommt. Und, was mich ganz besonders verschreckte, daß auch mir Haare unter den Armen wachsen würden und sogar um das Pipiloch herum, krause Haare, wie Dodo schrie, die ganz anders aussehen würden als meine glatte Windstoßfrisur, Haare wie das Fell von Stalin, das war der Schäferhund unseres Heimatkundelehrers. Bald darauf wurde dieser Mensch aus dem Schuldienst entlassen, weil er Kommunist war. Sieben waren wir damals, höchstens acht, an Sexualkunde in der Schule oder Aufklärung seitens der Eltern war nicht zu denken, nur Frau Schulz machte da wohl eine Ausnahme, ich hatte weder Mami noch Paps jemals nackt gesehen, bei uns war es nicht üblich, sich unbekleidet voreinander zu zeigen. Ich hatte überhaupt noch keinen nackten Erwachsenen in natura gesehen, nur Adam und Eva natürlich, auf Gemälden, und die hatten ihre Feigenblätter. Diese besondere Körperstelle, das hatte Mami mir beigebracht, war penibel rein zu halten; daß man sie nicht erwähnte oder gar vorführte, wußte ich von alleine. Auch daß Jungen da etwas hatten, was ich nicht hatte, war mir nicht verborgen geblieben, aber Dodo war der erste Mensch in meinem Leben, der offen aussprach, daß es sich um Zipfel handelte und was ich in diesem Zusammenhang zu erwarten hatte.

Bei Licht betrachtet hat sie mir immer etwas zu schonungslos ihre Meinung gesagt. Aber ich werde mir ein Beispiel an ihr nehmen, das wird die Luft klären. Ich werde mit ihr und auch mit Claire Tacheles reden, es kann nicht gesund sein, Frust immer nur runterzuschlucken, schon gar nicht in meiner Situation. Wo bin ich überhaupt, was sagt denn mein Führer. Das St.-Jans-Hospital müßte das sein, mein Gott, was für uralte Gemäuer, zwölftes Jahrhundert, bis 1977 in Betrieb als Krankenhaus, da haben wir Abi gemacht, und ich hab Achim kennengelernt, und alles war neu und anders, und zur gleichen Zeit sind Kranke und Sterbende hier in diesem spukigen Gebäude untergebracht worden. Nie im Leben wäre ich da freiwillig hineingegangen, da regieren doch Moder und Schimmel, da lauern Albträume in jedem Winkel, das ganze Mittelalter mit Pest und Cholera hängt unter diesen Ziegeldächern, allein die Vorstellung, daß unzählige Menschen in diesem Gebäude qualvoll verendet sind, macht mich krank, ich will nichts sehen und nichts wissen von Krankenhäusern, nicht jetzt, nicht auf dieser Reise, Gott steh mir bei.

Ich lache Tränen über ihren Bericht, wie sie meine Tasche wiedergefunden hat, ich kenne niemanden, der aus geringfügigsten Begebenheiten so witzige Anekdoten entwickeln kann wie Dodo, wenn sie gut drauf ist, ihre Phantasie schlägt Kapriolen, wenn sie mal in Fahrt gekommen ist. Sie schnappt sich ein Cognacfläschchen aus meiner Minibar, stapft zu mir ins Bad und spielt mir in rasantem Rollenwechsel zwei überforderte Bootsmänner mit Prinz-Heinrich-Mützen und bedächtiger Aussprache vor, um nach gottergebenem Schluck aus der Flasche vor der Wanne in die Knie zu sinken und unversehens in die Rolle eines muffligen Taxifahrers zu verfallen, der seine Fahrgäste schon vor dem Besteigen seines Wagens am liebsten abstechen würde.

Aber dabei fällt ihr ein, daß sie mörderischen Hunger hat, sie hängt sich ans Telefon und diskutiert mit dem Room-Service die Bestandteile eines eßbaren Clubsandwichs. So wunderbar leidenschaftlich, wie sie alles tut. Ich werde abwarten, bis man ihr die Bestellung gebracht hat, sie wird auf ihr Sandwich konzentriert sein, und dann werde ich meine Beichte ablegen. Zum ersten Mal auf dieser Reise fühle ich mich dazu wirklich in der Lage, mein Zusammenbruch heute morgen war vielleicht notwendig, um die Mauer zu knacken, die ich um meine Seele herum aufgebaut habe, seitdem der Alte mich zum ersten Mal auf die karierte Bettwäsche zwang. Vier lange Jahre habe ich ausgehalten. Vier Jahre. Das ist mehr, als ein Mensch ertragen kann.

Ein paar Wochen bevor ich vierzehn wurde, kam er eines Tages überraschend dazu, als ich mit einer Flasche Null-Null das Haus verlassen hatte, ich wollte mit dem Rad weit aus der Stadt hinausfahren und mich irgendwo in einem Gebüsch verstecken, wo sie mich erst Wochen später finden würden. Oder nie. Am Abend zuvor hatten wir gestritten, unsere erste offene Auseinandersetzung überhaupt. Es war um meinen Konfirmationsspruch gegangen, Pastor Lüders hatte uns aufgefordert, nach Bibelstellen zu suchen, und ich hatte einen Vers gefunden, der mir gefiel, im 57. Psalm: *Denn deine Güte ist, soweit der Himmel ist, und deine Wahrheit, soweit die Wolken gehen.* Ich mochte diesen Spruch vor allem wegen des Himmels und der Wolken, weil ich sie in meiner Vorstellung mit Schnee und Sturm verband, mit Dänemark, mit Christine und Erik Sørensen. Aber der Alte war strikt dagegen, er bestand darauf, daß ich denselben Spruch bekäme wie Susanne vor vielen Jahren, sie selber hatte das vorgeschlagen, aber sie bestand nicht darauf. Er dafür um so heftiger. *Rufe mich an in der Not, so will ich dich erretten,* dieser Satz sollte nach seinem Willen über meinem Leben stehen, und ich glaube noch heute, daß ihm der Zynismus dieser Worte als Leitspruch für mein Leben niemals klargeworden ist.

Am gleichen Abend noch rief er Pastor Lüders an, um ihn von seiner Entscheidung in Kenntnis zu setzen. Nach diesem Telefonat habe ich ihn zum ersten Mal angeschrien, dann ließe ich mich überhaupt nicht konfirmieren, habe ich gebrüllt, er könne mich nicht zwingen. Er donnerte zurück,

Susanne flatterte verstört um uns herum und jammerte mit tränenerstickter Stimme, wir sollten uns vertragen, so wichtig sei ein Konfirmationsspruch doch auch wieder nicht, »laß das Kind doch, Walter«, aber er hörte nicht auf sie, bis sie schließlich anfing zu weinen. Da nahm er sie in den Arm und streichelte ihren Rücken und wischte ihr die Tränen ab. Und mir zischte er zu: »Schämst du dich gar nicht, deine Mutter zum Weinen zu bringen, du weißt doch, wie sensibel sie ist.«

Als er mich am nächsten Tag mit dem Kloputzmittel im Beutel am Lenker erwischte, nahm er mir die Flasche weg und hat mich ins Schlafzimmer gebracht. Er wirkte schokkiert, er beteuerte, er habe mich unendlich lieb, es tue ihm leid, daß wir gestritten hätten, und ich dürfe selbstverständlich den von mir ausgewählten Konfirmationsspruch haben, wenn mir so viel daran liege. Dafür müsse ich aber auch nett zu ihm sein, weil er selber notfalls seine Hand für mich abhacken würde. Und daß Susanne sich aufhängen würde, wenn ich Dummheiten vorhätte. Von diesem Moment an hat er mich ständig kontrolliert, mein Zimmer, meine Schulhefte, meine Kleider. Er hat alles kontrolliert, meinen Körper, meine Seele, mein ganzes Leben. Bis ich fast fünfzehn war. Bis heute.

Drüben lacht Dodo ins Telefon. Wie hab ich sie immer um dieses Talent beneidet, zu jedem Menschen Kontakt herzustellen, und sei es der Briefträger oder eine Küchenhilfe, sie schafft es mit zwei Sätzen, jedermann spontan auf ihre Seite zu ziehen. An ihr hätte der Alte sich nicht vergriffen, auch mit elf Jahren hätte sie es geschafft, ihn für immer in seine Schranken zu verweisen. Aber auch an ein Mädchen wie Nora hätte er sich nicht herangetraut, ihre Seele hat etwas Kugelförmiges, Unverletzbares, das hab ich schon immer gedacht, sie kann nicht wirklich Schaden nehmen, sie ist gefeit, und das merkt jeder, der mit ihr zu tun hat. Ich glaube im Grunde auch, daß sie Dodos Geschichte mit Achim letztendlich wegstecken würde, wenn sie denn herauskäme. Weil sie im Recht ist und immer im Recht bleiben wird, egal, was passiert. Weil sie von ihren Eltern geliebt wurde und gelernt hat, wie man selber liebt. Sie hat sich aus ihrer Liebe zu Achim eine Sicherheit gestrickt, die unantastbar ist. Aber ich. Woher soll ich wissen, wie man liebt.

Am Abend vor meinem vierzehnten Geburtstag haben sie so laut gestritten, daß ich ihre Stimmen durch die geschlossenen Türen hören konnte. Susanne wollte noch in letzter Sekunde meine Freundinnen und ein paar Jungen aus unserer Klasse einladen und ihre Töpferwerkstatt im Keller zur Verfügung stellen, mit vierzehn müßten Kinder Parties feiern, keifte sie, die hätten doch viel mehr Spaß mit ihresgleichen, als wenn man sie immer nur zu irgendwelchen kulturellen Veranstaltungen schleppen würde, »jetzt laß das Mädchen doch mal ein normales Leben führen«.

Mir wurde kalt. Wußte sie etwa Bescheid? Die ganze Zeit schon? Der Alte, sonst immer bedeckt und übertrieben freundlich, brüllte sie nieder: Sie hätten bei der Adoption die Pflicht vor Gott und der Welt übernommen, aus der Kleinen einen intelligenten, gebildeten Menschen zu machen, der sich hoffentlich nicht eines Tages in irgendwelche überflüssigen Basteleien flüchten müsse. Ob sie immer noch nicht erkannt habe, daß die Kleine nicht an idiotischem Teenagergehopse in einem improvisierten

Partykeller interessiert sei, mit Engtanz und Geknutsche in dunklen Ecken, dafür habe er mich schließlich auch nicht aus dem Heim geholt und vor dem sozialen Aus bewahrt. Ich meinte zu hören, daß Susanne sich wieder einmal in Tränen flüchtete, aber ich war mir nicht sicher.

Am nächsten Morgen hatte ich Fieber und mußte im Bett bleiben. Dodo und Nora brachten nachmittags ihre Geschenke vorbei, durften aber nicht zu mir herein, weil ich eine ansteckende Grippe hätte, wie Susanne sagte. Drei Tage ließ der Alte mich in Ruhe, auf den Gedanken, die Geburtstagsfeier nachzuholen, kam niemand. Auch ich nicht.

In der Woche darauf bin ich, anstatt nachmittags zum Konfirmandenunterricht zu gehen, nach Hamburg gefahren, in die Kunsthalle, wie ich das schon häufiger gemacht hatte, Dodo hätte mir notfalls ein Alibi geliefert. Es kann kein Zufall gewesen sein, daß ich mir das Ultimatum dort vor diesem kleinformatigen Familienbildnis aus dem achtzehnten Jahrhundert setzte, das ein junges Elternpaar an einem runden Tisch sitzend zeigt und das ich seitdem bei keinem Gang durch die Ausstellung ausgelassen habe. Erik und Christine Sørensen. Sie mit üppigem Federhut und dekolletierter blauer Bluse, er mit langem Haar und leger offenem Gehrock, und zwischen ihrer Brust und seinem Arm: ich. Ein kleines Mädchen, auf dem Kopf eine Miniaturausgabe des Hutes der Mutter und im pausbackigen Gesicht eine Mischung aus Naivität, Neugier und Ratlosigkeit. Beim Anblick dieses Kindes schwor ich mir, spätestens an meinem nächsten Geburtstag befreit zu sein, wie auch immer ich das anstellen würde.

Dodo

Mir ist nach exotischer Kombi, also verständige ich mich mit dem sweeten Typ vom Room-Service auf Truthahn und Ananas, subito anzuliefern. Ich weiß, ich bin ein bißchen überdreht, aber das hat schließlich seine Gründe. Während ich auflege, fällt mein Blick auf ihren schicken Metallkoffer, der auf ihrem Bett liegt, jemand hat an den Schlössern rumgemurkst, sie sind verschrammt und sitzen irgendwie schief in der Gegend.

»Ist Truthahn okay für dich?« sag ich und klapp den Deckel auf, echt nur, um zu prüfen, ob der Mechanismus noch funktioniert. Und seh diese Teile, gleich drei Packungen hat sie dabei, ich kenn das Teufelszeug von einem Freund von Axel, Assistenzarzt in der Charité, angeblich schlucken ja Ärzte besonders viel von dem Kram, kommen ja auch easy dran. Soll ich was sagen, oder halt ich die Klappe, geahnt hab ich's ja schon lange, trotzdem haut's mich irgendwie um, erst dieser Wahnsinnswisch in ihrer Tasche, und jetzt ist sie auch noch tablettensüchtig. Aber immerhin erklärt mir das ihr Ausflippen auf dem Boot vorhin. Ich mach den Koffer wieder zu, geräuschlos.

»Kein Hunger«, sagt sie.

Klar nicht. Wer ständig Pillen einschmeißt, braucht nicht zu essen. Warum zum Teufel nimmt sie die Dinger, sie hat doch alles.

»Eß ich eben beide«, sag ich. »Was hast du mit deinem Koffer gemacht? Ich hab dir doch alles wiedergebracht, oder war der Schlüssel gar nicht in deiner Handtasche?«

Aus dem Bad nur ein kleines Plätschern. Ich fisch die Fluppen aus ihrer Handtasche, in der ich mich jetzt bestens auskenne. Meine Finger streifen kurz die Brieftasche, sie wissen, was da drin ist. »Ich schnorr mir mal eine. Hast du ihn etwa aufgebrochen?«

»Bringst du mir auch eine Zigarette?«

Na gut. Wenn sie nur unverfänglichen Small talk will? Kann ich ihr liefern. Sowieso besser, wir vermeiden die prekären Themen, sonst verquatsch ich mich noch. Will ich nicht, darf ich nicht. Sie soll mich lieben. Von mir aus kann sie ihr Geheimnis hüten bis zum letzten Atemzug, ich bin schließlich nicht geldgeil, jedenfalls nicht grundsätzlich, aber sie soll mich lieben und keine Sekunde lang an der Goldrichtigkeit ihrer Verfügung zweifeln. Dann trifft der warme Segen vielleicht wenigstens meine Schnecke eines schönen Tages. Designer-Jeans, Unterwäsche vom Feinsten bis zum Abwinken, kleine Eigentumswohnung. Und jede Menge liebevolle Gedanken an ihre gute Mutter, mich nämlich, die eine so spendable Freundin hatte.

Ich knie mich vor die Wanne und zünde mit ihrem geilen Dupont beide Zigaretten zugleich an. Sie lächelt. Kleine Schaumflügel auf ihren Marmorschultern und ganz viel Kokosgeruch, klar, ihr Badegel. Sie läßt sich die Zigarette zwischen die Lippen stecken.

»Dir geht's besser«, sag ich, »klasse«, und puste meinen Rauch in ihren Rauch. An den Fliesen über der Wanne hängen winzige Tropfen. An ihren langen Wimpern auch. Ich imitier mit tiefer Stimme männliche Anmache. »Hat man dir schon mal gesagt, daß du gebenedeit bist unter den Weibern?«

»Hör auf«, sagt sie. »Ich nehme grad Anlauf, ich erkläre es dir gleich, gib mir eine Minute.«

Ganz wie meine aufweichende Eisprinzessin will, also mach ich's mir bequem und setz mich auf den Boden, ich hab genug, woran ich denken kann. Zum Beispiel, wann und wie ich ihr den kleinen oder lieber größeren Obolus entsteißen kann, aber irgendwie hat sich die Situation seit meiner Entdeckung in ihrer Tasche gründlich verändert. Eigentlich mag ich sie jetzt um gar nichts mehr bitten, käm mir einfach unverschämt vor. Nur: Wie krieg ich dann meinen Karren aus dem Dreck?

Sie legt den Kopf auf den Wannenrand und schließt die Augen, ihre Zigarette verqualmt in der Seifenablage.

Auf dem Boot vorhin, als ich das mit ihren Stimmungsaufhellern noch nicht wußte und auch noch nichts von ihrer Verfügung, da hab ich einen Moment lang gedacht, sie macht es nicht mehr lange, sie hat irgendwie nicht die Ausrüstung für dieses Leben, sie ist nicht tough genug hinter ihrer glatten Fassade, vielleicht ist sie grundsätzlich nicht zornig genug, um sich durchzuboxen. Oder vielleicht einfach zu schön. Weiß man doch, daß ganz besonders schöne Frauen eines Tages ganz besonders hart auf die Fresse fallen, wenn ihnen nämlich nicht mehr alles in den Schoß fällt und nicht mehr jeder nach ihrer Zuneigung und Gesellschaft geiert.

Damals, als sie neu in unsre Klasse kam, war ich total hin und weg, von der ersten Sekunde an, sie hatte genau den blonden Pferdeschwanz, den ich mir immer erträumt hab, wie glänzender Honig sah der aus, und eine ganz helle, beinah weiße Strähne fiel ihr immer ins Gesicht, die war von der Sonne gebleicht, sie hat sich die Haare nie färben müssen, nix Henna-Packung wie ich schon seit Jahren, sie hat ihr Wahnsinnsaussehen einfach so mitgekriegt, ohne was dafür tun zu müssen.

Sie wurde hinter mich und Nora gesetzt, und mir verpaßte man schon in dieser ersten Stunde einen Eintrag ins Klassenbuch, weil ich sofort anfing, mit ihr zu quasseln, was kümmerte mich noch der Unterricht, hinter mir saß eine, die mich mehr interessierte als Bruchrechnung oder Satzteile, sie zog mich an wie ein Magnet, sie hatte winzige Perlen in den Ohrläppchen und ein Geheimnis in den Augen, sie war einfach anders als irgendein Mädchen in Pinneberg, sie war genau das, was ich gern gewesen wär, eben anders. Nicht ein einziges Mal wurde sie von irgendeinem unsrer Lehrer blöd angemacht, mir passierte das andauernd, aber Claire ging unbehelligt durch die Schule bis zum Abi, sie hatte eine Art Aura um sich, die niemand zu verletzen wagte.

Sie war auch die erste von uns, die Busen kriegte, beim Umziehen in der Turnhalle hab ich immer hingeguckt und war neidisch, aber dann hab ich als erste in der Klasse meine Tage gekriegt und war schlagartig ganz oben, auf Platz eins, obwohl ich's eigentlich genauso lästig und widerlich fand wie jedes normale Mädchen, aber man mußte ja so tun, als ob es eine höhere Weihe wär. Als nächste war dann tatsächlich Nora dran, und was hat die für ein Bohei gemacht, *Mami* hat ihr postwendend ein Entschuldigungsheftchen eingerichtet, das hat sie dann immer mitgebracht, mit ihren *Terminen,* die von Frau Tiedjen unterschrieben waren und von der alten Oppenkowsky gegengezeichnet wurden, Nora hatte die rote Armee selbstverständlich so schlimm, daß sie nicht mitturnen konnte. Und dann hab ich eines Tages zufällig entdeckt, als ich ganz harmlos in ihrem Kalender rumblätterte, daß die Eisprinzessin schon seit Ewigkeiten im Club war, sie hatte uns nur nichts davon gesagt, und ich fühlte mich doppelt betrogen, nahm aber Claires Erklärung gnädig entgegen. Sie hat schon mit elf Jahren geblutet, mehr hat sie mir nicht anvertraut, aber ich merkte, daß es ihr peinlich war, und hielt meine Klappe.

Wenn ich's jetzt recht bedenke, waren sogar Claire und ich im Grunde immer im Wettbewerb. Nur damals erkannten wir das nicht, also wurde auch nicht drüber gequatscht, wir haben im Gegenteil immer betont, vor uns und den andern, vor allem aber vor Nora, daß es null Konkurrenz gab zwischen uns. Dodo und Claire, Claire und Dodo. Wir waren ein Doppelpack, Nora war unsre Folie.

Wahrscheinlich bin ich derjenige Mensch, mit dem sie insgesamt am längsten zusammen war, Schule und Münchner Zeit zusammengerechnet, aber weiß ich wirklich, was in ihr vorgeht? Daß sie mir ihr Testament nicht auf die Nase bindet, kapier ich ja, soll eine nette Überraschung sein im Fall des Falles, wem sollte sie ihren gestapelten Zaster auch hinterlassen, ohne Kind. Aber daß sie Pillen frißt? Und offensichtlich reichlich mehr, als ihr guttut?

»Ey«, sag ich, »willst du hier einschlafen oder was.«

Sie tastet mit geschlossenen Augen nach dem Hahn, läßt heißes Wasser nachlaufen. »Ich muß dir etwas sagen«, sagt sie. »Ich meine, ich möchte dir etwas erzählen. Von früher. Aber du mußt ein bißchen Geduld haben. Es fällt mir nicht leicht, weißt du?«

»*Weißt du* ist Noras Text«, sag ich. »Und apropos. Ich glaub, sie schmollt. Vielleicht sollten wir uns demnächst mal wieder bei ihr sehen lassen.«

Sie rutscht unter die Wasseroberfläche, nur ihre Haare schwimmen oben. Seit den Pferdeschwanzzeiten werden sie Jahr für Jahr kürzer, Stück für Stück, hab ich nie beachtet vorher, als würde irgendwie ein Plan dahinterstecken, soll aber niemandem auffallen. Wenn sie so weitermacht, ist demnächst nichts mehr übrig. Taucht wieder auf, streicht das Wasser vom Kopf: »Wenn du mich unterbrichst, kann ich nicht. Es geht um eine Sache, die passiert ist, als ich noch klein war. Die mich immer noch quält und die...«

Sie stockt, ich zünde noch mal zwei Zigaretten an.

»Als Backes mich aus dem Heim geholt haben«, sagt sie, »da war ich vier und...«

»Weiß ich doch«, sag ich. Sie braucht schließlich nicht so zu tun, als hätte sie eine Wildfremde vor sich, ich bin ihre Freundin und kenn ihren Lebenslauf. »In einem Nest bei Kiel, und dann hast du bei ihnen in Plön gelebt, bis er nach Pinneberg versetzt wurde und du in unsre Klasse gekommen bist. Mit Perlen in den Ohren.«

Sie nimmt einen einzigen Zug, stupft dann das glühende Ende in den Schaum.

»Es gab da einen Karton«, sagt sie. »In dem waren Sachen von meinen Eltern, persönliche Dinge, Briefe, Fotos, Andenken. Den haben die im Heim für mich aufbewahrt und dann Backes übergeben. Und die haben alles vernichtet, bis auf ein einziges Foto. Ich sollte bei ihnen ein neues Leben…«

Knock-knock. Ha. Endlich. Mein Truthahn klopft mit Ananas. »Sekunde«, sag ich und presch zur Tür, »vergiß deinen Satz nicht: ›Ich sollte bei ihnen ein neues Leben…‹«

Ich stör sie, das spür ich genau. Den Room-Service haben sie erwartet, so jedenfalls vertuscht Dodo eilig ihr Erstaunen bei meinem Anblick. Oder eher ihr Erschrecken? Ihren Unwillen? Ich bin jedenfalls nicht willkommen, ich platze in eins ihrer vertraulichen Gespräche, das ist mit Händen zu greifen. Worüber haben sie geredet gerade eben? Über mich etwa?

Ich bleib vor der Tür stehen. »Entschuldige die Störung«, sage ich, »ich wollte nur fragen, ob ihr schon Pläne für den Abend habt.« Warum bin ich eigentlich immer wieder so höflich.

Dodo zieht mich ins Zimmer. »Pläne, Pläne. Wieso fragst du so umständlich.«

Das Zimmer ist vollgequalmt, ich krieg kaum Luft, aber ich sage nichts, geht mich schließlich nichts an. Die Tür zum Badezimmer ist offen, Claire liegt in der Wanne, sie hat das Gesicht zur Wand gedreht. Und schon wieder packt mich so ein dummes kleines Eifersuchtsgefühl: Würde sie sich vor mir je nackt zeigen?

»Also, ich würde euch gern einladen«, sage ich, »ins Hermitage, das beste Restaurant der Stadt, ich habe mich erkundigt, französisch, wär euch das recht?«

»Französisch ist immer gut«, sagt Dodo. Muß ja kommen, diese abgeschmackte Zweideutigkeit. »Wo warst du eigentlich die ganze Zeit«, fragt sie. »Na? Was hast du so getrieben ohne uns?«

Typisch, mir schiebt sie den Schwarzen Peter zu. »Nichts Besonderes«, sag ich. »Bißchen spazieren. Dann laß ich jetzt einen Tisch bestellen, für acht, in Ordnung? Treffen wir uns unten? Zehn vor?« Ich muß raus hier, die Luft ist zum Schneiden.

»Okay«, sagt sie und dann, ein bißchen zögernd: »Du bist nicht sauer oder so?«

Sauer. Ein anderes Gefühl gibt es offensichtlich nicht in ihrem Repertoire. Daß ich gekränkt sein könnte, verletzt, traurig, einsam, daß ich mich ausgestoßen fühle, das kommt ihr nicht in den Sinn. Nur *sauer*.

»Warum sollte ich«, sage ich. »Also dann, bis nachher.«

Ich warte noch einen winzigen Moment, vielleicht hält sie mich zurück, bis acht sind es noch über zwei Stunden, wir könnten die Zeit bis dahin zusammen verbringen, etwas trinken, uns unterhalten, einfach beieinander sein, schließlich sind wir deswegen gemeinsam unterwegs, aber sie hält mich nicht auf, sie wollen ganz offensichtlich allein sein miteinander. Glauben sie etwa, ich merke das nicht? Oder soll ich es merken?

Claire

Kaum ist Nora endlich verschwunden, taucht der Zimmerkellner auf. Dodo macht es sich mit den Sandwichs auf meinem Bett gemütlich und zappt sich durch die Fernsehprogramme. Natürlich hat sie unser Gespräch von vorhin längst vergessen, wieder ist die Gelegenheit verflogen.

Ich zwinge mich, aus dem Wasser zu steigen, der kleine Raum ist dampferfüllt, ich stehe neben der Wanne und habe vergessen, was ich jetzt als nächstes tun müßte. Langsam wie in einem Traum gibt der beschlagene Spiegel das Bild einer halben Frau frei, zuerst tauchen Schultern auf, dann Brüste, dann ein Bauch. Und schließlich darüber mein Gesicht. Der einzige Teil meines Körpers, mit dem ich mich bisweilen identifizieren kann. Wenn es mir gutgeht.

Diesen übrigen Körper habe ich nie gerne betrachtet, so wie Dodo das oft mit ihrem tut, kritisch seinen Zustand unter die Lupe nimmt, ihn begutachtet wie einen Wertgegenstand, nach Falten, Pickeln, Cellulitis oder an falscher Stelle wachsenden Härchen sucht. Mir ist gleichgültig, wie er aussieht.

Am Anfang hat Philipp mich immer ansehen wollen, von Kopf bis Fuß. Manchmal hat er mich aufs Bett gelegt und mich angeschaut, ohne mich zu berühren. Mir war das unangenehm, ich habe versucht, stillzuhalten und an etwas anderes zu denken, mich wegzudenken aus dieser Situation, aber das gelang mir nur für wenige Sekunden, dann schoben sich andere Bilder in meinen Kopf, ob ich wollte oder nicht, und ich hab so getan, als fröre ich, und hab die Decke über mich gezogen. Was er wohl gespürt hat, wenn er mich dann angefaßt hat? Und was habe ich selber gespürt dabei?

Ich lege eine Hand auf diesen Bauch, die andere an diese rechte Brust, ich mache die Augen zu und versuche mir vorzustellen, er wäre es, noch ein Mal, der diesen Leib berührt. Aber es funktioniert nicht. Ich fühle nichts.

Dodo

Ich bin so was von pappsatt vom Truthahn plus Ananas, trotzdem werd ich's mir nicht verkneifen, mir auf Noras Kosten heute abend den Bauch vollzuschlagen. Hoffentlich ist ihr bestes Restaurant der Stadt auch das teuerste, sie soll richtig schön bluten, wenn's nach mir geht. Daß Achim letztendlich derjenige ist, der die Zeche zahlt, um so besser. Wer weiß, wann mich wieder einer einlädt zu einem richtig teuren Essen. Wo bitte soll ich jemand mit genug Schotter für so einen Luxus kennenlernen, etwa auf dem Arbeitsamt?

Keine Ahnung, warum Nora heute so generös ihre Schatulle öffnet. Übertriebene Freigebigkeit gehört normalerweise nicht zu ihren hervorstechenden Eigenschaften. Sie gibt so einiges reichlich und gern, gute Ratschläge, Zeit, Käsegebäck, Fleckenwasser und Illustriertenweisheiten, aber Kohle? Fehlanzeige. Einmal in meinem Leben hab ich mir ein Herz gefaßt und sie um ein kleines Darlehen angehauen, vor Claires und meiner Reise nach dem Abi, als ich noch mit Achim zusammen war. Und was hat sie gesagt? »Ich möchte lieber nicht, Dodo. Weißt du, ich bin sicher, es würde unsere Freundschaft zerstören, wenn ich dir etwas leihe.«

Die Frau hat's wirklich schon immer draufgehabt, aus Scheiße Gold zu machen beziehungsweise einen Heiligenschein, den sie sich auf ihre Birne klemmen kann. Dabei wollte sie mir das Geld bloß deshalb nicht geben, weil wir sie nicht mitnehmen wollten auf unsern Trip. Sie hat ein paarmal mit dem Zaunpfahl gewinkt, aber wir haben uns taub gestellt. Wär doch kein Urlaub gewesen mit Nora, die hatte doch null Schimmer, wie man sich amüsiert. Bis zum Abi ist sie jedes Jahr mit *Paps* und *Mami* verreist, mit neunzehn noch, muß man sich mal bildlich vorstellen.

Ich hab später oft überlegt, ob alles anders gekommen wär, wenn wir sie mitgenommen hätten damals. Wenn sie nicht drei Wochen lang freie Bahn gehabt hätte, um sich Achim zu krallen: Wär ich dann heute so wie sie? Glücklich, spießig und selbstzufrieden?

Nora

Noch einen Moment liegen, bevor ich mich zurechtmache. Entspannen. Alle Verkrampfungen lösen. Alle verborgenen Kräfte aktivieren. In solchen Situationen hat es mir immer geholfen, an Paps zu denken. »Pick dir die guten Seiten raus, mein Mädchen«, hat er immer gesagt, »und wenn dir irgendwer oder irgendwas querkommt, wende es einfach um. Es gibt nichts auf der Welt, was nicht auch seine positive Seite hätte.«

Guter alter Paps. Wenn er mir nicht beigebracht hätte, mit extremen Belastungen fertig zu werden, wäre ich heute ganz gewiß nicht hier, auf diesem Bett, in diesem Hotel, in dieser Stadt, jedenfalls nicht mit Dodo und Claire. Er hat mich gelehrt, Prioritäten zu setzen, ohne diese Fähigkeit hätte ich doch schon damals den Kopf verloren, in der nebligen Nacht nach Daniels Konfirmation, dieser Nacht, an die ich nicht denken will, die ich weggepackt habe, eingemottet, verschlossen und so fest versiegelt wie später dann auch meine Geschichte mit Lothar.

Achim hatte am frühen Morgen zu einer wichtigen Tagung nach Göttingen fahren müssen, aber Claire konnte noch zwei Tage bleiben, und im stillen hoffte ich immer noch, Dodo würde plötzlich in der Tür stehen. Sie hat Familienfeste immer verabscheut, ich wußte also Fionas plötzliche Mittelohrentzündung durchaus richtig einzuordnen und hatte Dodo mehrfach geschrieben, der Trubel bei uns würde am Montag vorbei sein. Aber sie kam nicht.

Claire und ich wollten früh schlafen gehen an diesem Abend, wir waren müde von der Feier am Tag zuvor, ein bißchen verkatert wohl auch, wir waren erst gegen zwei ins Bett gekommen. Zum Abendessen haben wir die Reste vom kalten Konfirmationsbüfett gegessen, Claire, ich, Achims Vater und die Kinder. Danach wollten wir Erich wieder zu seiner Seniorenresidenz in Kummerfeld bringen. Er hatte schon drei Tage bei uns verbracht und wär gern länger geblieben, aber wir haben nun mal nur das eine Gästezimmer. Damit Claire ein halbwegs passables Nachtlager hatte, war Miriam vorübergehend bei Daniel untergebracht worden, was natürlich zu permanentem Streit zwischen den Kindern führte. Ständig mußte ich schlichten, und zwar so diskret, daß weder Claire noch Erich etwas davon mitbekamen. Claire wäre doch sofort ins Hotel gezogen. Aber das wollte ich auf gar keinen Fall, ich war so froh, sie endlich einmal bei mir und ganz für mich zu haben, es war ja überhaupt das erste Mal seit Weihnachten 77, daß sie in Pinneberg war. Ich hatte sie wochenlang beschwören müssen zu kommen.

Außerdem ging mir Erich inzwischen ziemlich auf die Nerven. Er war ja schon reichlich verkalkt damals, seit Margots Tod erzählte er ständig die gleichen Kriegsgeschichten, sie muß irgendwie als Bremse gewirkt haben vorher. Oder er verfiel in ausufernde Beschreibungen seines Kaninchenstalls in Wilhelmsburg, der in seiner Erinnerung von Tag zu Tag palastartiger wurde. Und stundenlang blockierte er Klo und Bad.

Jedenfalls hab ich es mit viel Geschick geschafft, ihn im Laufe jenes Tages so weit zu bringen, daß er fast freiwillig das Feld zu räumen bereit war. Ich packte seine Sachen zusammen, die so typisch nach altem Mann rochen, irgendwie streng und ein bißchen faulig, ich mußte gegen einen Brechreiz ankämpfen. Nach dem Abendessen komplimentierte ich ihn aus dem Haus zu Claires BMW. Er ging auch brav ein paar Schritte mit, um sich dann aber auf Höhe meiner Hortensien urplötzlich und überraschend energisch von mir loszumachen. Er tat einen Schritt von mir weg, wobei er natürlich direkt in die Primelkante trat, die ich erst in jenem Frühjahr angelegt hatte, diese altmodische zartlila Sorte, die zu meinen Lieblingen unter den Frühjahrsblühern gehört. Ich konnte es förmlich knirschen hören. »Ich will nicht wieder nach Kummerfeld«, sagte er weinerlich. Dabei zuckte es in seinen immer etwas feuchten Mundwinkeln, und ich hatte eine sekundenlange Vorstellung von Achim, wie er mit Ende Siebzig aussehen und sich betragen würde, störrisch und übelriechend, sozusagen überfällig, und zugleich fuchste ich mich wegen der Primeln und seiner täppischen Unachtsamkeit. Aber sofort schämte ich mich auch schon über meine mangelnde Nächstenliebe und bemühte mich um einen besonders freundlichen Ton und überzeugende Argumente. Per aspera ad astra, hab ich gedacht, vor mir liegen zwei Tage mit Claire.

Aber anstatt mir beizustehen, fuhr mir Claire in die Parade. Fast hatte ich ihn schon im Auto, wo er normalerweise schnell still und zufrieden war, da sagte sie so laut, daß auch er es hören mußte: »Laß ihn doch hier, Nora.«

Ich konnte eine scharfe Antwort nicht zurückhalten. »Misch dich bitte nicht ein«, sagte ich, »wir fahren jetzt. Und zwar mit ihm. Und ohne Diskussion.«

Sie starrte mich kurz an, dann setzte sie sich kommentarlos hinters Steuer. Es blieb mir überlassen, den widerspenstigen alten Mann im Wagen zu verfrachten. Hoffentlich sehen die Nachbarn nicht zu, dachte ich noch, und hoffentlich fängt er nicht auch noch an zu brüllen. Das hatten wir nämlich auch schon mal, da stand er am hellichten Tag auf dem Bürgersteig und schrie: »Heil Hitler.« Aber da war Achim Gott sei Dank zu Hause und hat ihn in Null Komma nichts zum Schweigen gebracht.

»Um alles in der Welt, nimm dich zwei Minuten zusammen«, zischte ich ihn an, bugsierte ihn auf den Rücksitz, brachte seine Beine und seine Mantelschöße unter, schlug die Tür zu, lief ums Heck, bestieg den BMW von der anderen Seite und herrschte Claire an, endlich loszufahren. Sie zündete und gab Gas, und zugleich fiel er gegen mich, mit einem leisen, unangenehm gurgelnden Geräusch. Das Herz, dachte ich, jetzt haben wir es bald überstanden. Und ich dachte auch: Warum zum Teufel ist Achim nicht da, es ist sein Vater, nicht meiner. Und ich sagte: »Ins Krankenhaus. Vergiß Kummerfeld.« Und dann dachte ich nur noch eins: Laß ihn nicht in meinen Armen sterben, lieber Gott, laß ihn nicht ausgerechnet in meinen Armen sterben. Die ganze Situation war mir ein Greuel.

Als Claire in den Fahltskamp einbog, fiel für einen Moment das Licht einer Straßenlaterne auf Erichs Gesicht. Es war blau. Ich konnte seinen Atem nicht mehr hören. An der Kreuzung Waldstraße übersah sie die rote Ampel, und erst dachte ich: ein Reh. Natürlich Unsinn, kein Reh geht nachts in Pinneberg über einen Zebrastreifen, aber immer, wenn ich diesen Aufprall in meiner Vorstellung wieder durchleben muß, denke ich: ein Reh. Erich in meinen Armen stöhnte auf. Und ich: »Fahr weiter, Claire, fahr um Gottes willen weiter.«

Später sagte sie, ich hätte gekreischt wie eine Wahnsinnige und auf ihren Schultern herumgetrommelt und gebrüllt, daß Achim mich umbringt, wenn ich seinen Vater nicht rechtzeitig in die Klinik schaffe, aber daran kann ich mich bis heute nicht erinnern. Es paßt auch nicht zu mir. Und erst recht nicht zu Achim.

Selbstverständlich hätte sie anhalten können, wenn sie gewollt hätte. Ich meine, wenn sie es wirklich gewollt hätte. Es wäre die natürlichste Reaktion auf der Welt gewesen, nach diesem grauenhaften Aufprall anzuhalten und nachzusehen, ob es ein Reh war oder nicht. Aber der Wagen schleuderte und holperte über den Kantstein, und sie fing ihn ab und fuhr weiter. Wir lieferten Erich im Krankenhaus ab, und er blieb immerhin noch ganze drei Wochen am Leben. Und ich erfuhr erst am übernächsten Tag aus dem *Pinneberger Tageblatt,* wen sie angefahren hatte.

Den Rest der Nacht mußte ich auf Claire einreden wie auf einen lahmen Droschkengaul, aber hätte sie nicht ihre ganze Zukunft zerstört, wenn sie sich gestellt hätte? Wen auch immer sie da angefahren hatte. Wem hätte das genützt. Nein, nein, ich habe mich ganz in Paps' Sinn verhalten und das Beste daraus gemacht, auch für Claire. Als sie mich anrief aus den Staaten, habe ich ihr gesagt, wer es war, weil ich dachte, sie würde es früher oder später sowieso erfahren. Und es war, wie ich heute mit aller Sicherheit weiß, klug von mir, ihr das Versprechen abzunehmen, nie wieder ein Wort über diese Sache zu verlieren, keinem Menschen auf der ganzen Welt gegenüber. Nicht einmal wir beide haben jemals wieder darüber gesprochen, und dabei will ich es auch belassen. Was vorbei ist, ist vorbei. Und aus dem Abend heute werde ich ein Fest machen.

Welcher römische Dichter war es noch, der angesichts seines Todes seine Freunde um sich versammelte und ein heiteres Gelage anberaumte? Und sich unbemerkt die Pulsadern öffnete, während sie speisten und lachten. Petronius. Richtig. Wie gut, daß mein Gedächtnis nicht nur die unangenehmen Fakten aufbewahrt. Wie gut, daß es überhaupt noch funktioniert.

Claire

Ich schneide meine Haare noch ein Stück kürzer, am liebsten würde ich heute abend Glatze tragen, aber damit würde ich Nora die Show stehlen, und daran liegt mir nichts. *Stück für Stück beraubt uns das Leben unserer selbst. Was am Ende übrig bleibt, ist jemand anders.* Diese Sätze aus einem der schlechteren Romane von Updike könnten mein Lebensmotto sein, ich las sie und bin sie nie wieder losgeworden, zu genau treffen sie meine Grundsituation. Wo und wann hätte ich jemals etwas dazugewonnen.

Sie haben immer nur von mir genommen, auf einseitigen Gewinn bedacht: die Kunden meinen Geschmack, Philipp meine Liebe, der Alte mein Vertrauen, Nora und Dodo, jede für sich und auch beide zusammen, meine Solidarität und bereits die Tanten im Heim meinen Skalp. Für die bestand ich nur aus Haaren, die sie bewunderten und shampoonierten, die sie bürsten und flechten und drapieren konnten, um mich dann den anderen Kindern als leuchtendes Beispiel vorzuführen: Schaut alle mal her, so schön kann man aussehen, auch wenn man nur ein verwaistes Heimkind ist. Seht sie euch an. Ist sie nicht wunderhübsch. Unsere süße kleine Puppe. Und welch ein Triumph für sie, als der Alte und seine Frau mich auserwählten, niemand erschien ihnen geeigneter für dieses abstruse Paar als ich hellhaariger kleiner Engel, der garantiert keine Probleme machen würde. Sie weinten, als ich definitiv abgeholt wurde, und ich bin immer noch davon überzeugt, daß sie meinen Skalp ehrlich vermißt haben.

Auch Susanne Backe fuhr auf ihn ab, meine neue Mutter, sie sprach drei Tage lang kein Wort mit mir, als ich mir die Haare zum ersten Mal abschnitt, da war ich zwölf und seit einem Jahr in den Fängen des Alten. Sie bezeichnete ihm gegenüber meine Tat als Selbstverstümmelung, die einzuordnen sie nicht in der Lage sei, vielleicht könne er meine Beweggründe herausfinden. Was er sich natürlich nicht zweimal sagen ließ, jetzt hatte er freie Bahn und immer einen Anlaß, mit mir allein zu sein. Auch er war aufrichtig betrübt über den Verlust meiner Engelshaare, mit denen er bis dahin immer so schön hatte spielen können, um mich am Ende regelmäßig zu ermahnen, sie gleich zu waschen. Denn wenn sie nicht locker um meine Schultern geflogen wären, hätte Susanne stutzig werden können.

Durch David habe ich vor Jahren einen spanischen Maler kennengelernt, der seine Farben mit Sperma anmischte statt mit Kasein; mit keiner anderen Technik, so sagte er, würden Gemälde so leuchtend und so haltbar. David fand das unglaublich amüsant, außerdem gefielen ihm die Sachen, er hätte sie gerne ausgestellt. Ich hab mich mit Händen und Füßen dagegen gewehrt, wir hatten deswegen einen heftigen Streit, den einzigen in all den Jahren. Zum ersten Mal waren wir uneins über die Qualität von Kunst, dabei wußte auch ich, daß der Maler tatsächlich gut war, sogar mehr als das. Wenig später hat eine andere Galerie zugegriffen und großen Erfolg mit ihm gehabt, und auch wenn David mir das nie vorgehalten hat, so war er doch enttäuscht von mir in diesem einen Punkt. Aber ich hätte die Bilder nicht ertragen in meiner Nähe.

Dodo

Um mich Noras Einladung würdig zu erweisen, geh ich sogar noch mal unter die Dusche, und dann stürz ich mich in die Schmink-Arie, macht sogar Spaß, ich trag endlich mal wieder dick auf, sie soll was zu sehen kriegen für ihr Geld.

Dabei fällt mir ein, daß ich in den wirklich entscheidenden Momenten immer so richtig Scheiße aussah. Weil ich ja nicht wußte, daß was Großes, Wichtiges, Weltumstürzendes in mein Leben kommen würde, ich war doch jedes verdammte Mal absolut unvorbereitet. Oder andersrum: Wenn ich gewartet hab, wenn der Moment gepaßt hat, wenn ich vorbereitet war, passierte grundsätzlich null.

An dem Abend, als ich Achim kennengelernt hab, wollt ich nur schnell Zigaretten holen und eigentlich früh in die Falle, welchen Grund hätt ich gehabt, ein frisches Hemd anzuziehen, die Pfoten zu waschen oder gar die Haare. Also bin ich wie der letzte Heuler aufgetaucht in dieser Eckkneipe am Damm, total langweiliger Laden, aber hatte nun mal den nächsten Zigarettenautomaten, ich verschwitzt und stinkend, frischen Pickel am Kinn und die Haare mit einem Weckgummi im Nacken zusammengezurrt.

Und da saß er, an einem Tisch mit irgendwelchen Ehemaligen aus unsrer Schule, Typen, von denen ich nicht viel mehr wußte, als daß sie inzwischen studierten, und zwischen denen er, sehr ernst, sehr fremd und… nee, fremd ist falsch, irgendwie *fern,* aber auch wieder nicht, ganz und gar nicht, gibt kein Wort dafür. Ich hab das danach auch nie wieder erlebt, daß ein Mann mich in dieser allerallerersten Sekunde so schlagartig fasziniert, poff!, aber auch das trifft es nicht. Er war das Magneteisen und ich die Stecknadel, kommt eher hin.

Anstatt daß ich also mein Päckchen eingesteckt und den Abflug gemacht hätte, bin ich wie in Trance zu dem Tisch hin gegangen, hab die Typen begrüßt wie meine besten Freunde und hab mich neben ihn gesetzt, nicht zu nah dran natürlich, weil ich wußte, ich riech ungewaschen. Und wie angenagelt bin ich sitzen geblieben bis weit nach Mitternacht, obwohl ich zu Haus das Licht überall hatte brennen lassen und das Radio laufen, ich war nicht mal sicher, ob ich die Wohnungstür richtig hinter mir geschlossen hatte, aber das war alles egal beim Anblick dieses Jungen, der kein Stück mit mir geflirtet hat, der mich überhaupt kaum angesehen hat während dieser Stunden, der über irgendein staubtrocknes Jurazeug geredet hat, während ich auf seine Hände gestarrt und sie mir auf meinem Körper vorgestellt hab. Ich hab den Mund nicht aufgekriegt den ganzen Abend lang, nichts hab ich getan, um auf mich aufmerksam zu machen, ich hab wie ein Hündchen abgewartet, ich wußte instinktiv, meine üblichen Tricks ziehen nicht, und für Experimente ist die Lage zu ernst.

Als der Laden dichtgemacht werden sollte, ist er ohne großes Federlesen aufgestanden, hat mich endlich angesehen und gesagt: »Ich bring dich nach Hause.« Keine Frage, keine Bitte, nur dieser Satz, als wär zwischen uns längst alles geklärt.

Wir haben kein Wort miteinander geredet auf dem kurzen Weg zu unsrer Wohnung, sind stumm nebeneinander hergelaufen, und ich hab die ganze Zeit gedacht: Was mach ich, wenn er gleich geht, ohne sich mit mir zu verabreden, wie stell ich's an, daß wir uns wiedersehn.

Vor unsrer Haustür sind wir stehengeblieben, und ich hab irgendwas Verdruckstes vor mich hin gebrabbelt, daß mich eigentlich niemand erwartet, meine Mutter in Hamburg oder so ähnlich, weil ich hoffte, wir würden wenigstens noch einmal um den Pudding gehn zusammen, aber eigentlich wollte ich, daß er mich auf der Stelle küßt und nach meiner Telefonnummer fragt. Er hat mich angesehen, viel zu lange und viel zu kurz, dann hat er mir den Hausschlüssel aus der Hand genommen und aufgeschlossen und ist neben mir her die Treppe hochgegangen, und ich hatte das Gefühl, meine linke Seite löst sich auf, obwohl er mich gar nicht berührte.

Unsre Wohnungstür war tatsächlich nur angelehnt, er runzelte die Stirn. »Hab ich vergessen vorhin«, sagte ich. Und auch: »Magst du noch einen Kaffee?«

Da hat er zum ersten Mal gelächelt. Er ist mir in den Flur gefolgt, und kaum hatte ich die Wohnungstür geschlossen, nahm er mich schon in seine Arme, und es war, als ob alle Schleusen in meinem Körper geöffnet würden, wir sind an Ort und Stelle übereinander hergefallen, in unserm engen Flur, unsre Kleider flogen in alle Richtungen, und nur einmal schoß mir der Gedanke an Ma durch den Kopf, die immer noch nicht zu Hause war. Aber sie kam nicht. Und mir wär's auch egal gewesen, wenn sie uns gesehen hätte. Nichts war wichtig, nur er. Er und ich.

Später lagen wir in meinem Bett, ich hatte die halbe Flasche Wein geholt, die in der Küche stand, Ma gönnte sich manchmal abends ein Glas, wenn sie von Wuppermann kam. Wir tranken direkt aus der Flasche, und ich ließ den Wein aus meinem Mund in seinen laufen, und er machte es genauso, bestimmt zehnmal hin und her, bis er ganz warm war, und dann küßten wir uns die Flüssigkeit aus dem Mund, und alles ging von vorn los.

Nora hat doch garantiert monatelang rumgehökert, bis sie ihn das erste Mal rangelassen hat an ihren Luxuskörper, auch nach ihrem sagenhaften Segelturn noch. Hätt ich vielleicht auch so machen sollen, hab ich manchmal gedacht. Kann sein, er hat damals echt geglaubt, ich mach das mit jedem so, bin sofort rumzukriegen und billig zu haben. Und deshalb auch nichts wert.

Komisch eigentlich. Daß man tausend Gründe findet, warum irgendwas nicht geklappt hat. Und wenn mal was klappt, fragt man sich nie, warum.

Nora

Ein Jammer, daß Claire an ihren schönen Haaren rumgeschnippelt hat. Warum ist sie nicht zu einem guten Friseur gegangen in München oder meinetwegen hier, an Zeit oder Geld kann's nun wirklich nicht liegen. Wie Mäusefraß sieht ihre Frisur jetzt aus, aber es ist sonderbar: Je häßlicher sie sich zu machen versucht, desto besser sieht sie aus. Ihre Augen und ihr Mund wirken nun noch auffälliger, obwohl ich gar nicht sagen könnte, woran es genau liegt, veilchenblaue Augen sind im Grunde etwas so Besonderes auch wieder nicht. Aber da ist eine Schattierung in dem Veilchenblau, die irgendwie ins Violette geht und an Samt erinnert, wie bei diesen großblütigen Stiefmütterchen, *Schweizer Riesen,* die ich im Frühling immer in die beiden Kübel neben unserer Haustür pflanze. Ihre Unterlippe wirkt fast ein wenig geschwollen, das muß am Lippenstift liegen, wie eine Wunde steht ihr mohnroter Mund in ihrem blassen Gesicht. Wenn ich ein Mann wäre, würde ich den Kopf verlieren bei ihrem Anblick. Wohingegen Dodo mal wieder zu viel des Guten auf sich draufgeschmiert hat, aber die Grenze zwischen dezent und ordinär konnte sie ja noch nie einhalten.

Sie haben mich in ihre Mitte genommen, unsere Schritte hallen auf dem feuchten Pflaster, die Straßen sind menschenleer um diese Zeit, wir sind auf dem Weg ins Hermitage, hoffentlich kann ich mich auf die Auskunft unseres Portiers verlassen und es ist wirklich das renommierteste Speiselokal am Platz, er hat für mich einen Tisch bestellt und versichert, wir würden einen schönen Abend verbringen. Seine Deutschkenntnisse beschränken sich zwar auf wenige Sätze, dafür ist aber sein Vokabular bezaubernd ausgefallen: »Du willst vorbrachten ein erlesen soirée, Madame.« Ich habe ihm einen Schein zugesteckt, weil ich daran denken mußte, daß ich wohl nicht mehr viele Trinkgelder verteilen kann in meinem Leben, jedenfalls nicht spontan und mit eigener Hand und nach eigenem Gutdünken. Und schon gar nicht für die Organisation eines Tisches in einem Nobelrestaurant.

Überhaupt habe ich mir vorgenommen, in jeder Beziehung großzügig zu sein. Und wenn Dodo und Claire es vorziehen, jetzt schweigend mit mir durch diese dunkle Stadt zu gehen, zu einem Essen, zu dem ich sie immerhin einlade, so soll es mir recht sein. Auch wenn es mir lieber wäre, wir würden miteinander schwatzen, so wie früher. Über Belangloses reden und lachen, über die Schicksale von ahnungslosen Passanten herumspekulieren, vor Schaufenstern stehenbleiben und uns über Preise erregen oder uns angesichts glanzlederner Ballerinas an früher erinnern, an die Tanzstunde. Und auch daran, wie Lothar in der Adventszeit 76 heimlich jede Nacht ein Päckchen für mich an unsere Haustür hängte.

Dodo hat sich totgelacht darüber und dann ohne mein Wissen ein Päckchen für ihn gemacht und in seine Schulmappe geschmuggelt, am letzten Tag vor den Weihnachtsferien. Er sollte denken, es wäre von mir. Lauter wurmstichige Haselnüsse hat sie hineingetan, die muß sie extra dafür an den Knicks gesammelt haben, am Weg nach Tangstedt wahrscheinlich, wo wir als kleine Mädchen schon immer Nüsse gesucht haben. Auf das Einwickelpapier hatte sie ein knallrotes Herz mit Pfeil und Blutstropfen gemalt, aber Lothar hat mich nur gefragt, wie ich das mit den wurmstichigen Nüssen gemeint hätte. Ich wußte von nichts, bin aber natürlich sofort auf Dodo gekommen und hab sie zur Rede gestellt. Sie hat mich ausgelacht, als ich sagte, Lothar täte mir leid.

Wie würde sie sich ausschütten, heute, wenn sie wüßte, wie krank mich vor drei Jahren seine Abfuhr gemacht hat und wie mühsam der Prozess war, zu Achim zurückzufinden. Wenn wir noch ein Kind hätten haben können, wäre es wahrscheinlich einfacher für mich gewesen, aber das ging ja leider nicht. Nach Achims Auffassung reichen zwei. Ich weiß noch genau, wie er sich im Frühjahr 89 urplötzlich sterilisieren lassen wollte und wie ich mich nach endlosen Diskussionen fügte, weil mir klar wurde, er würde diesen Schritt auch ohne meine Zustimmung tun. Sein Argument, mir die jahrzehntelange Belastung durch Pharmazeutika ersparen zu wollen, überzeugte mich nicht, da gibt es schließlich auch andere Methoden.

Lieber an die glücklich überstandenen Qualen des Physikunterrichts denken, den Dodo, Claire und ich gleichermaßen verabscheuten, wenn auch ich die einzige war, die für dieses Fach gearbeitet hat. Und wie Herr Mieke, den wir in der Untersekunda bekamen, sich monatelang bei Versuchen aufgehalten hat, die sich nur bei verdunkelten Fenstern darstellen ließen, und wie er zugleich rauchte, weil nur dann die Lichteffekte deutlich würden. Für Dodo eine hochwillkommene Gelegenheit, sich auch schnell eine anzustecken und weiterzureichen, sogar ich habe mitgeraucht damals. Auch manchmal bei unseren Ausflügen zu dritt mit dem Rad in den Klövensteener Wald und bei den Picknicks dort in der Hexenkuhle, wo Dodo und ich uns oben ohne gesonnt haben und immer Angst hatten, jemand könnte gukken, Claire hat Schmiere gestanden. Oder wie Claire beim Einkaufen einen Camembert verlor, den dann zufällig die alte Frau Jessen gefunden hat. Sie war völlig aus dem Häuschen, sie hatte schon einen echt goldenen Ehering gefunden, wie sie uns erzählte, und immer wieder auch Geldstücke, vor allem an den Bushaltestellen, aber noch nie einen Camembert. Sie hatte sowieso immer irritierend schwimmende Augen, aber am Camembert-Tag weinte sie richtig vor Freude, und wir durften ihren Hund ausführen, Racker hieß der, ein tückischer Rauhhaardackel, und wenn sie ihn rief mit ihrer Kreischstimme, konnte man es drei Straßen weit hören. Dodo konnte das so perfekt nachmachen, daß ich manchmal nicht wußte, ob sie es war, die den Dackel rief, oder die alte Frau Jessen mit den schwimmenden Augen.

Diese Zeiten früher. Als wir noch dachten, zu dritt könnten wir die ganze Welt erobern. Wenn mir damals jemand gesagt hätte, wir würden ein paar Jahrzehnte später nebeneinanderher laufen und nicht miteinander reden, jetzt doch bestimmt schon seit zehn Minuten, ich hätte ihm nicht geglaubt.

Claire

Es tut gut, schweigend durch die Gassen zu gehen, nur das Geräusch unserer Füße zu hören und den eigenen Atem, hin und wieder ein paar Fernsehgeräusche durch die Wohnzimmerfenster, ferne Schüsse und das Quietschen von Autobremsen, und jetzt die Glocken der vielen Kirchen, dieses vielfache, emsige Durcheinandergebimmel. Wenn man nicht wüßte, es ist acht, würde man anhand des Getöses die Stunde nicht bestimmen können.

Unwillkürlich denke ich an Lucca, das können auch die beiden *Lenz 9* nicht verhindern, die ich vorm Verlassen des Hotels genommen habe. Nach Florenz sind wir nie wieder gefahren, in schweigender Übereinstimmung haben wir diesen Ort gemieden und vor Freunden und Bekannten gesagt, es sei uns dort zu laut und hektisch geworden, zu viele Japaner, zu lang die Wartezeiten vor den Uffizien und dem Bargello.

Überhaupt hat es lange Monate gedauert, bis wir wieder zusammen verreist sind, jeder ging seiner Arbeit nach, war auch beruflich unterwegs, manchmal wochenlang, und immer seltener verbrachten wir gemeinsame Stunden in unserer Wohnung, geschweige denn im Bett, seit Florenz hatten wir kein gemeinsames Schlafzimmer mehr. Aber dann erwarteten seine Eltern, daß wir über Weihnachten wenigstens für ein paar Tage nach Ibiza kommen würden, in ihre neuerworbene Finca, Philipp sollte einen Anbau entwerfen, einen Gästetrakt im Stil des alten Haupthauses.

Er freute sich auf die Reise, denn auch seine Geschwister sollten kommen, irgendwelche Tanten und Onkel hatten sich ebenfalls angekündigt, die Pilardys hatten immer ein ausgeprägtes Zusammengehörigkeitsgefühl.

Als Philipp mich fragte, ob ich vielleicht lieber zu Hause bleiben wolle, hätte ich um ein Haar spontan zugestimmt, aber dann durchfuhr mich die Erkenntnis, daß ich damit für immer kapitulieren würde. »Natürlich komm ich mit«, hab ich gesagt. »Das heißt, wenn du mich dabeihaben willst.«

Wir waren in der Küche und tranken im Stehen unseren ersten Kaffee am Morgen, es war keine Milch da, und er durchforstete die Schränke nach möglichen Kondensmilchvorräten, schwarzer Kaffee war für ihn ungenießbar. Er schlug eine Schranktür zu und sagte: »Die Frage ist ja wohl eher, ob du mich erträgst« und riß die nächste Tür auf.

Ich wußte, daß er recht hatte, aber zugleich sehnte ich mich in diesem Moment so über alle Maßen nach seiner körperlichen Nähe, daß es mir den Hals zuschnürte. Es war, als stände ich mit jedem Bein auf einer Eisscholle und die beiden Schollen trieben unaufhaltsam auseinander. »Ich liebe dich, Philipp«, habe ich geflüstert.

»Worte«, sagte er. »Du solltest endlich mal deinen inneren Haushalt in Ordnung bringen, da ist doch irgendwas völlig verquer. Ich bin kein Psychiater, Claire, leider. Also mußt du dir schon woanders Hilfe holen. Oder erwartest du, daß ich dich hinschleife.«

»Wenn du mich liebst, schaff ich es«, hab ich gesagt. »Ich meine, so zu sein, daß…«

Er fuhr herum. »Merkst du gar nicht, wie du dich ständig nur im Kreis drehst«, sagte er. »Wenn ich, dann du, wenn du, dann ich. Liebe funktioniert anders. Die ist ganz einfach da. Mit irgendwelchen sophistischen Bedingungen kommen wir nicht weiter. Wieso zum Teufel verstehst du das nicht, du bist doch sonst immer so klug.«

Er starrte mich an und wartete offensichtlich auf eine Antwort, und ich dachte einen aberwitzigen Moment lang, er würde in meinen Augen lesen können, wie sehr ich ihn und sein rückhaltloses Vertrauen brauchte. Er aber wandte sich wieder den Schränken zu und sagte: »Weißt du eigentlich, wie deine beste Freundin dich nennt?«

Ich muß eine andere Richtung einschlagen, hab ich gedacht, ganz schnell, sonst sind wir am Ende. »Wir könnten doch auch woandershin fahren«, hab ich eilig gesagt, »wo wir allein sind und Zeit füreinander haben, so wie früher.«

»Wie in Florenz, meinst du.« Er war so entsetzlich bitter, und er tat mir so leid, und ich wünschte mir mehr als alles andere, daß wir noch einmal ganz von vorne anfangen könnten. Nichts hätte ich ihm verschwiegen.

»Wohin du willst«, sagte ich. »Aber gib uns noch eine Chance.«

Statt zu antworten, schüttete er seinen Kaffee in den Ausguß und verließ die Küche.

Über Weihnachten flogen wir nach Ibiza. Das allgemeine Familiengetümmel und Philipps Arbeit an den Entwürfen verhinderten, daß wir über Tag auch nur eine Stunde miteinander allein waren. Nachts lagen wir, zum ersten Mal seit Monaten wieder, gemeinsam in einem Bett, und wir schliefen sogar miteinander, aber schweigend und auf eine erniedrigende Weise pflichtbewußt. Morgens trafen sich die diversen Paare noch bettwarm und im Bademantel zum ausgedehnten Frühstück in der Sonne, und jeder wußte natürlich von jedem, was in der Nacht geschehen war, es lag eine gewisse Sinnlichkeit in der Luft, die mir den Atem nahm. Ich fühlte mich unvollkommen und ausgeschlossen.

Auf dem Rückflug versuchte ich, Philipp vorsichtig zu erklären, warum ich mich nicht besonders wohl gefühlt hatte, und bat ihn um Verständnis. Und er sagte, sobald ich eine Lücke in meinen beruflichen Verpflichtungen sähe, würde auch er sich frei nehmen und mit mir nach Italien fahren. Sein Vorschlag: Lucca. Dort hatten wir noch nie übernachtet.

Unaufschiebbare Reisen nach New York und San Francisco und unsere große Pollock-Ausstellung in München auf meiner Seite und auf seiner Seite diverse Flüge nach Ibiza wegen des Anbaus bei seinen Eltern waren die Ursache dafür, daß wir uns erst im Frühsommer in Mailand treffen konnten, er kam aus Spanien und ich aus München, am Flughafen nahmen wir einen Leihwagen. Es war der dritte Juni.

Wir erreichten Lucca erst spät in der Nacht, und er schlief ein, kaum daß er im Bett lag. Am nächsten Tag schlenderten wir durch die Stadt, ich kannte sie bislang nur von kurzen Besuchen und hatte immer davon geträumt, einmal für länger hier sein zu können. Wir wanderten von Piazza zu Piazza und blieben schließlich vor San Michele mit seiner schönen gestreiften Fassade hängen, wo wir mit einem englischen Schriftsteller und seiner blinden Frau ins Gespräch kamen, die uns für den Abend zum Essen einluden. Philipp war in Hochform, er brachte uns pausenlos zum Lachen, und beim Abschied sagte mir die Blinde, daß sie sich seit langem nicht so wohl gefühlt habe in doch eigentlich fremder Gesellschaft. Und daß ich eine glückliche Frau sein müsse, mit einem so besonderen Mann an meiner Seite.

Philipp schlug vor, den Rückweg zu unserem Hotel über die Stadtwälle zu nehmen, und ich genoß es, in der warmen Sommernacht neben ihm herzugehen, nach all dem Reden und Lachen wieder schweigen zu dürfen, aus dem Dunkel immer wieder ins Licht der Laternen zu treten und wieder ins Dunkel einzutauchen. Ich fühlte mich in Sicherheit neben ihm und war davon überzeugt, daß ich ihm noch in dieser Nacht meine Liebe uneingeschränkt beweisen könnte. Es würde wieder so sein wie früher. Dann schlug es Mitternacht, und er blieb abrupt stehen und sagte es mir.

Er muß es schon auf Ibiza beschlossen haben. Ganz bewußt hat er mich an einen Ort gebracht, an dem ich garantiert wehrlos sein würde, er kannte ja meine Affinität zu Italien, wenn er auch nicht hatte vorhersehen können, daß es im Sommer sein würde, in einer warmen Nacht, durchströmt vom Duft der Pinien und Oleanderblüten, die mir immer die liebsten Gerüche waren, uns zu Füßen eine Stadt, die an Ursprünglichkeit und Ambiente Florenz bei weitem übertraf. Er muß schon auf Ibiza gewußt haben, daß Lucca mich so sehr bezaubern würde, daß der Schlag um so vernichtender wäre. Er hat mit tödlicher Sicherheit eine Bühne gewählt, auf der ich für immer verstummen würde. Bei Glockengeläut.

Dodo

Wir hätten ein Taxi nehmen sollen, mir ist schweinekalt, der Wind pfeift durch diese düstere Stadt, ich müßte mir endlich einen warmen langen Mantel kaufen, aber wovon.

Diese verdammte Feuchtigkeit kriecht einem unter die Röcke wie Totenfinger, Ma nannte so was immer Waschküchenwetter, hat sie ja noch volle Kante miterlebt, diese berühmten Zeiten im Krieg und danach, als es nichts gab, nichts zu heizen, nichts zu beißen, die Wäsche haben sie stundenlang in Kesseln gekocht, ohne anständiges Waschpulver, und dann auf diesen Metalldingern geruffelt, die Bettücher mußte man zu zweit auswringen, allein schaffte man das nicht, Tage haben sie damit zugebracht, ich glaube, sie hat sich über nichts so sehr gefreut in ihrem Leben wie über ihre erste Waschmaschine, na ja, über Fiona vielleicht noch, obwohl sie wie ein Tier darunter gelitten hat, daß ich ihr keinen offiziellen Vater dazu präsentieren konnte, aber wer denn nun der Erzeuger tatsächlich war, hat sie mich nie gefragt.

Eigentlich erstaunlich, ich an ihrer Stelle hätte es wissen wollen. Wenn mir Fiona eines Tages sagen würde, sie ist schwanger und der Vater ihres Kindes geht mich nichts an, weiß ich nicht, ob ich mich damit zufriedengeben würde. Aber wenn sie nicht verhütet, dreh ich ihr sowieso den Hals um, wozu erklär ich ihr den ganzen Scheiß unentwegt.

Ma hätte dann ein Urenkelkind. Schon verrückt. Echt

schade, daß sie nicht mehr am Leben ist, so problematisch es zwischen uns hin und wieder auch war, früher: Inzwischen wünsche ich mir oft, sie würde bei mir und der Schnecke leben und eine richtige Familie aus uns machen, stell ich mir irgendwie klasse vor, Großmutter, Mutter und Tochter zusammen in einem Haushalt. Meine Männergeschichten könnt ich schließlich auch außerhalb der Wohnung erledigen. Irgendwann ist es damit sowieso vorbei.

Verrückt eigentlich, daß man einerseits so unterm Älterwerden leidet und auf der anderen Seite nicht abwarten kann, daß die Zeit vergeht. Wenn die Schnecke achtzehn ist, werd ich wohl oder übel die Karten vor ihr aufdecken müssen, und dann kann sie selber entscheiden, wie sie mit ihrem Dad verfährt. Aber dann kann ich auch endlich mit ihr nach Pinneberg reisen und ihren Herzenswunsch erfüllen: einen Rosenstrauch auf das Grab ihrer Omi pflanzen. Und es wird mir so was von schnurz sein, ob mir Nora vor die Füße läuft oder sogar Achim, in diesem elenden Kaff, wo feige Arschlöcher gehbehinderte Frauen zu Tode fahren und sich um ihre Opfer nicht kümmern.

Nora

Vor der Eingangstür des Hermitage breche ich das Schweigen. »Na, was ist«, sage ich, »habt ihr keinen Appetit?«

Claire scheint mich nicht zu hören. In ihren eleganten Mantel gehüllt, schmal und so beneidenswert hochgewachsen, ihre kurzen Haare im Licht der Straßenlaterne silbrig glänzend wie Lametta, ist sie ein paar Meter entfernt auf dem Bürgersteig stehengeblieben und schaut zurück, als wollte sie sich den Anblick des feucht glänzenden Kopfsteinpflasters für immer einprägen. Dodo schnippt ihre Zigarettenkippe haarscharf an einem Sieldeckel vorbei, auch sie reagiert nicht auf meine Frage.

»Ich möchte einen unbeschwerten Abend mit euch verbringen«, sage ich freundlich. »Jetzt kommt schon. Wir gönnen uns einen Aperitif, und dann kehrt die gute Laune ganz von selber zurück. Man soll hier übrigens hervorragende Entengerichte bekommen.«

Claire fährt herum, starrt mich erschrocken an. Dodo lacht auf, irgendwie unfroh. »Mensch, Ente, Claire«, sagt sie. »Das erinnert uns doch an was, Henley-on-Thames, oder?«

»Wovon redet ihr?« frage ich.

»Kleine Geheimnisse«, sagt Dodo. »Du hast doch auch welche. Wollen wir sie austauschen? Hier? Jetzt?«

Wieso ist sie so aggressiv. Was ist auf einmal los mit ihr. Aber ich bleibe ruhig. »Der Tisch ist für acht Uhr bestellt«, sage ich, »wir sind schon zu spät, also laßt uns reingehen.«

»Du warst schon immer ein ausgemachter Feigling«, sagt

Dodo, drängt sich an mir vorbei und stößt die Tür zum Restaurant auf.

Ich schlucke meine Empörung herunter und warte auf Claire. Ich schiebe meinen Arm unter den ihren, obwohl sie das nicht mag.

»Henli-wo?« frage ich. »Seid ihr da zusammen gewesen, Dodo und du?«

»Ach Nora«, sagt sie nur, im gleichen Tonfall wie Lothar damals im Planetarium, genauso unerträglich gütig und abwehrend zugleich. »Du hast doch alles, warum läßt du sie nicht in Ruhe.«

»Na hör mal«, sage ich und fühl Ungeduld in mir aufsteigen. »Sie ist doch diejenige, die andauernd stichelt, ich hab nun wirklich eine Engelsgeduld mit ihr. Weil ich nämlich vermute, daß sie uns was vormacht. Ich könnte schwören, ihr geht es bei weitem nicht so glänzend, wie sie tut, ich hab sie ziemlich genau beobachtet. Sie ist andauernd kurz vorm Ausrasten, vielleicht hat sie ja mal wieder Ärger im Job, was meinst du?«

»Frag sie doch«, sagt Claire.

Gemeinsam betreten wir das Lokal. Kerzenlicht, gedämpfte Stimmen, wunderbare Düfte, leises Geklirr von Besteck und Gläsern, alles riecht nach Genuß und Lebensfreude und Geld, Dodo läßt sich bereits von einem Angestellten die Jacke abnehmen.

»Aber erst mal wollen wir es uns gutgehen lassen«, flüstere ich Claire zu. »Du mußt mir helfen, sie ein bißchen im Zaum zu halten. Bitte. Weißt du, für mich ist dieser Abend nämlich sehr wichtig.«

Claire

Nora hat recht, Dodo ist wie elektrisch aufgeladen, eine Zeitbombe. Ein falsches Wort würde genügen, ich kenne sie. Sie stürzt ihren Aperitif herunter, auch das kein gutes Zeichen, Alkohol wirkt bei ihr keineswegs entspannend. Ich sollte am besten nur Wasser trinken, wegen der *Lenz 9*, aber auch, um Dodo notfalls zu bremsen, wie ich das schon so oft getan habe. Auf jeder unserer Reisen bin ich es, die das Gelingen garantiert, ich unterbreche, beruhige, wiegle und lenke ab, aber ich bin es leid inzwischen. Soll die Fassade zwischen uns meinetwegen ein für allemal zusammenkrachen, was kümmert es mich noch. Ich habe es endgültig aufgegeben, auf ihren Beistand, auf ihr Mitgefühl und ihren Trost zu hoffen. Wieso habe ich jemals geglaubt, sie könnten mir helfen.

Ich hätte Dodo damals warnen können. Schon auf dem Abiball hatte ich ein unbehagliches Gefühl bei Achim, wie er mich ansah, wenn er glaubte, ich merke es nicht, irgendwie abschätzend, fand ich. Aber ich schob es auf meine übliche Überempfindlichkeit. Drei Wochen danach wollten Dodo und ich unsere Reise antreten. Ein paar Tage vorher fuhr ich nachmittags nach Hamburg, ich wollte mir einen Badeanzug kaufen und Sandalen. Dodo konnte nicht mit, sie jobbte so oft wie möglich im Ratskeller, um ihre Reisekasse aufzustocken. Am Dammtor Bahnhof lief ich ihm in die Arme, er kam gerade von der Uni. Er lud mich zu einem Kaffee ein, ich wollte eigentlich nicht, aber er bedrängte mich, »eine halbe Stunde wirst du doch wohl Zeit haben«, sagte er, mir gefiel dieser Satz nicht.

Trotzdem ging ich mit ihm zu Tchibo in den Colonnaden. Ich dachte ja damals noch, er würde in ein paar Wochen in Italien zu uns stoßen und es wäre wichtig, daß er und ich einigermaßen miteinander auskämen, Dodo zuliebe, die verrückt nach ihm war und ihn für den Mann ihres Lebens hielt. Und die dachte, er liebe sie auf die gleiche Weise.

Aber von Dodo war nur kurz die Rede. Erst hinterher wurde mir klar, wie unendlich geschickt er mich ausgehorcht hat, nach Nora, ihren Eltern, der Kanzlei, ihrem sozialen Status. Sein Aufhänger war unser Abiball, auf dem er ja mit ihr und auch mit mir getanzt hatte, in beiläufigem Plauderton brachte er das Gespräch dann auf dieses und jenes, und alles hatte letztlich mit den Tiedjens zu tun. Als er mich fragte, ob dieser komische große dünne Junge mit der unreinen Haut Noras fester Freund sei, Dodo habe das behauptet, wurde ich stutzig, es ging ihn wirklich nichts an. Und mir kam der Verdacht, daß er neues Terrain sondierte. Nora war vermutlich der dickste Fisch, der jemals an ihm vorbeigeschwommen war.

Er merkte natürlich, daß ich immer wortkarger wurde, änderte plötzlich seine Taktik und fragte mich nach meinen Ausbildungsplänen, aber in einem Ton, der keinerlei echtes Interesse verriet, Small talk. Ich hatte keine Lust darauf und verabschiedete mich. Er hielt mich nicht auf. Ich sagte noch: »Soll ich Dodo von dir grüßen?« Er lächelte ironisch und sagte: »Nicht nötig, die seh ich heute abend sowieso.«

Noch so ein Satz. Denn sein *sowieso* bedeutete nicht: so wie jeden Tag, Gott sei Dank, ich freu mich darauf. Es bedeutete: Ich hab sie fest an der Angel. Sie hält es keinen Tag aus ohne mich.

Erst als wir schon unterwegs waren, Dodo und ich, hab ich ihr von dieser Begegnung erzählt. Und auch vorsichtig durchblicken lassen, was ich von Achim hielt. Sie hat nur gelacht: »Wieso bist du bloß immer so verdammt mißtrauisch, Claire. Vor allem Männern gegenüber. Achim liebt mich, das weiß ich einfach.« Sie war so glücklich, so sicher, so ohne jeden Verdacht. Während er längst auf der Jagd war nach einem lohnenderen Objekt.

Sie besteht darauf, daß wir das Menü nehmen, obwohl weder Claire noch ich Bock auf sechs Gänge haben, das dauert in so einem Luxus-Schuppen doch Stunden. Aber bitte, sie lädt ja ein. Wahrscheinlich hat sie Schiß, es wird zu teuer, wenn wir à la carte fressen, bei einem Menü behält man die Übersicht über die Kosten, stimmt's, Nora? Hat dir garantiert dein raffgieriger *Paps* schon mit der Muttermilch eingetrichtert.

Das *amuse-gueule* und die Suppe überstehen wir einigermaßen, Nora sabbelt erinnerungsselig über ein paar amüsante Erlebnisse, die wir auf unseren früheren Reisen hatten und die sowohl von Claire als auch von mir längst vergessen wurden, und mit Recht. Erstaunlicherweise plant sie nicht schon wieder die nächste Tour wie sonst immer, aber das kommt garantiert noch, wahrscheinlich an unserm letzten Abend. Unvorstellbar, daß sie jemals auf den alljährlichen Trip zu dritt verzichtet. Klar find ich das auch irgendwie rührend, aber mein Gott! Wenn wir mal eine Pause einlegen, sterben wir auch nicht daran.

Bestimmt läßt sie sich was ganz Besonderes einfallen, immerhin wird unser nächster Trip im neuen Jahrtausend stattfinden, nach der allgemeinen Falschrechnung. Als wir noch jung waren, vor Urzeiten, haben wir manchmal so rumgesponnen, aber eigentlich konnte sich keine von uns vorstellen, daß wir dann überhaupt noch leben würden, Jahr zweitausend, du liebe Güte, war doch mindestens so weit weg wie Karl der Große. Aber wenn doch, wo wir dann sein würden und wie wir leben würden, glücklich, klar, kein Kind kommt drauf, daß irgendwas auch mal schieflaufen könnte später. Der Gedanke, daß wir das nächste Jahrtausend nach Adam Riese als alte Weiber beginnen würden, war nicht so witzig, eigentlich will man vorher lieber unterm Rasen sein, für Kids sind ja alle Leute über dreißig automatisch vertrocknete Mumien, vor allem wenn sie auch noch Eltern sind, ernsthaft, langweilig, ständig am Kritisieren und Meckern. Deren Leben ist doch gelaufen. Ob meine Schnecke mich auch so sieht?

Auch die Vorspeise verplaudern wir noch kultiviert, Entenstopfleber, eigentlich eklig, man darf sich einfach nicht vorstellen, wie sie zustande kommt. Wir werden bedient von einem total sweeten Kellner, höchstens Anfang Zwanzig, noch ein bißchen feucht hinter den Ohren und unbeholfen und vom hochnäsigen *maître* mit Argusaugen beobachtet. Beim Abräumen rutscht ihm das Besteck von meinem Teller und klappert zu Boden, der Zerberus schießt sofort zu uns rüber, aber ich bin schneller, bück mich, reich es dem Kellner und lächle: *»Pas de problème, monsieur.«* Weil ich dran denken muß, wie mir das mal passiert ist, ausgerechnet an der Mittagstafel bei Tiedjens, in ihrem heiligen Eßzimmer, ich bin unter den Tisch getaucht und hab's aufgehoben und wollte weiteressen, möglichst unauffällig, aber *Mami* hat mich natürlich sofort abgebügelt: »Aber das Messer kannst du doch nicht mehr benutzen, Dorothea! Hat dir das deine Mutter nicht beigebracht?« Ich hab mit roter Birne dagesessen, wieder mal klein und häßlich und ohne Manieren.

Auch der niedliche Kellner wird zur Tomate. Ich lehn mich zurück und guck ihm nach, wie er mit den Tellern in der Küche verschwindet, wo er wahrscheinlich einen Anschiß kassiert. Als ich mich wieder umdrehe, hat Nora so ein gewisses gönnerhaftes Lächeln im Gesicht.

»Ist was?« sag ich.

»Du solltest den armen Jungen nicht so aus der Fasson bringen.«

Ich nehm mir eine von Claires Zigaretten. Cool bleiben, Dodo. »Tu ich das?«

»Na hör mal«, sie lacht affektiert auf. »So, wie du ihn angeguckt hast. Stimmt's, Claire? Da muß der ja verwirrt werden.«

Mir liegt eine bissige Bemerkung auf der Zunge, geht sie einen Käse an, wann und wo ich wen anseh und warum, sie ist nicht meine Mutter, verdammt noch mal. Die das im übrigen eleganter hingekriegt hat, wenn sie was zu mäkeln hatte.

Nora kann mal wieder nicht aufhören: »Erinnert ihr euch noch an den Referendar, den wir in der Unterprima hatten, in Chemie? Wie hieß der noch gleich? Irgendwie anzüglich.«

»Hohlefleisch, oder?« Claire war von uns dreien mit Abstand die Schlechteste in Chemie, trotzdem hatte sie immer eine Drei im Zeugnis, ihre schlechteste Note übrigens.

»Genau. Hohlefleisch.« Nora lacht wieder so künstlich. »Mit den Segelohren. Bei dem haben wir doch mal so einen Versuch gemacht, und Dodo ist mit den Haaren in den Bunsenbrenner gekommen, sie hat furchtbar geschrien, und einer von den Jungen hat ihr Wasser über den Kopf gekippt. Ihre Bluse war klatschnaß, und sie hatte keinen BH an, und Hohlefleisch sind fast die Augen aus dem Kopf gefallen, wißt ihr noch?«

Was soll denn der Scheiß jetzt. Glaubt sie etwa, ich hätt das mit Absicht gemacht, mir die Haare abgefackelt. »Und? Was willst du damit sagen?«

Sie nimmt die Weinflasche, schenkt uns nach. »Gar nichts.« Total unschuldig. »Nur daß du schon immer die Männer nervös gemacht hast, schon damals. Ich hab dich oft darum beneidet, weißt du? Um deine Anziehungskraft.«

Das nennt man Geschichtsklitterung. »Also erstens mal«, sag ich. »›Einer von den Jungen‹ war nicht irgendeiner, sondern dein Pickellotti. Und daß der komplett bescheuert war, dafür konnte ich ja wohl nichts. Und zweitens, du mich beneidet? Ja wohl der Scherz des Jahrhunderts.« Ich laß mich zurückfallen und kollidier um ein Haar mit dem kleinen Kellner, der den Fischgang serviert.

Nora kriegt einen ganz schmalen Mund und wartet, bis sämtliche Teller an Ort und Stelle plaziert sind, Diskussionen aller Art bitte nicht vor dem Personal. Dann nimmt sie ihr Fischbesteck. »Er war nicht mein Lothar«, sagt sie. »Bitte nimm das zur Kenntnis. Ich habe ihn nie ermutigt, das weißt du genau.«

»Was aus dem wohl geworden ist«, sagt Claire. »Hat er nicht ganz passabel Klavier gespielt?«

»Ach. Hat er?« sagt Nora. Irgendwie kriegt sie ihre Lotte nicht auf die Gabel, was *Mami* wohl dazu sagen würde.

»Müßtest du ja wohl am besten wissen«, sag ich. »Hat doch garantiert irgendwelche Schmonzetten komponiert für dich. Dein Pickellotti.«

Sie wirft mir einen undefinierbaren Blick zu und sagt: »Du bist im Irrtum, liebe Dodo. Und wieso übrigens Scherz? Ich hab dich wirklich beneidet. Häufig. Und um vieles.«

Sie will drauf rumreiten. Okay, kann sie kriegen, muß ja wohl mal sein. Und ehe ich hier ersticke? »Wer hat denn hier eigentlich wem den Freund weggeschnappt. Deine Anziehungskraft war ja wohl auch nicht so ganz ohne, oder? Ich sag nur Abiball. Foxtrott.«

Sie läßt die Gabel samt endlich aufgespießter Lotte sinken und seufzt. »*Die* alte Geschichte! Ich dachte, das hätten wir hinter uns. Im übrigen war mein erster Tanz mit Achim ein langsamer Walzer. Sag mal, hast du Ärger im Beruf, oder was ist los? Weißt du, du bist so empfindlich die ganze Zeit.«

»Foxtrott«, sag ich mit Nachdruck. »Kannst du mal beim Thema bleiben. Geh ich jede Wette ein. Stimmt's, Claire?«

Claire zuckt die Achseln, guckt an uns vorbei. »Ist das wichtig?«

Nora könnte jetzt noch die Kurve kriegen, aber sie will offensichtlich nicht. »Du würdest verlieren«, sagt sie, »es war ein langsamer Walzer, ich bin sicher, ich erinnere mich richtig.«

»So wie du dich an alles richtig erinnerst, ja? Wahrscheinlich hast du mir Achim auch gar nicht weggenommen, sondern er ist vom Himmel direkt in deine Arme geplumpst.«

Sie seufzt noch einmal, und zwar ziemlich übertrieben. »Meine Güte! Hast du nicht erst gestern gesagt, du hättest mir längst verziehen?«

Ihre dämliche Duldermiene bringt mich auf die Palme. Mir wieder die Arschkarte zuschieben, könnte ihr so passen. »Hier geht's nicht um irgendwelche überflüssigen Entschuldigungen«, sag ich, »sondern um die Wahrheit. Über dich und mich und Achim.«

Claire schiebt ihren Teller zurück. »Könnt ihr das nicht unter euch ausmachen? Unter vier Augen?« Käm ihr entgegen, klar. Damit sie aus der Schußlinie ist.

Aber obwohl Claire ihr die Notleine zuwirft, läßt Nora nicht locker, die dumme Kuh. »Entschuldige, Claire, aber das würde ich hier und jetzt doch gern klären. Die Wahrheit ist«, und jetzt wendet sie ihren Blick wieder mir zu, nach einer bescheuerten Kunstpause, die sie garantiert ihrem Männe abgeguckt hat, »daß ich dir Achim seinerzeit ganz bestimmt nicht ausgespannt habe. Er hat sich einfach in mich verliebt, so leid es mir tut. Für dich.«

Leid. Für mich. Ach was. »In dich?« Ihrem Blick standzuhalten ist für mich die leichteste Übung. Und dann leg ich mit Lust nach. »Oder vielleicht eher in euer Geld? In die Kanzlei deines alten Herrn? In das gemachte Nest, schön mollig und fett? Weißt du doch so gut wie ich, daß Achim immer rauswollte aus seinem Pißpott und ihm jedes Mittel recht war dafür.« Sogar du, könnt ich noch sagen, aber das laß ich bleiben. Noch.

Sie sieht mich einen Moment lang schweigend an, dann nimmt sie wieder ihr Fischbesteck auf. »Das war unter der Gürtellinie«, sagt sie. »Aber du mußt es wohl so sehen, weil du nicht akzeptieren kannst, daß er sich für mich entschieden hat. Aus Liebe, keinem anderen Grund. Aber ich versteh dich sogar.«

Wird ja immer amüsanter. »Du verstehst«, sag ich, »ich lach mich tot. Wann hättest du jemals irgendwas kapiert, was nicht in dein bigottes Weltbild paßt. Immer schön alles unter den Teppich kehren, ja? Hat dir das dein verlogener *Paps* beigebracht oder was.«

»Rede du nicht über meinen Vater.« Klar, bei dem Thema wird sie fuchtig. »Du hast kein Recht…«

»Würdet ihr bitte aufhören«, Claire versucht es noch mal, »sonst geh ich auf der Stelle.«

»Jetzt tu doch nicht so scheinheilig«, sag ich, »weißt du doch eh alles längst. Doch auch für dich eine Erleichterung, wenn's endlich mal ausgekotzt wird.«

Nora klammert sich an ihr Fischbesteck, ihre aufgerissenen Augen können sich nicht zwischen Claire und mir entscheiden. »Wenn *was* ausgekotzt wird.« Ihre Stimme klirrt. »Wovon redet ihr eigentlich?«

Claire kann mich nicht ansehen, sie starrt auf ihren Fisch. Dodo weicht meinem Blick nicht aus, ihr Gesicht leuchtet vor Zorn. Aber ich seh da auch noch etwas anderes. Triumph, ja. In meinem Magen ein brennender Klumpen, der sich ausbreitet in alle Richtungen, jetzt erreicht er meinen Hals, ich muß schlucken und kann nicht.

»Hast du dich wirklich nie gefragt, wer Fionas Vater ist? Und wieso *dein* Achim so oft im Rheinland zu tun hat? Beruflich?«

Du lügst, will ich sagen, aber ein Blick auf Claire genügt, und ich weiß, daß es stimmt. Achim und Dodo. Ich will es nicht, aber ich sehe sie sofort vor mir. Natürlich. Alles paßt zusammen, wieso bin ich nie auf die Idee, Gott, der Kellner, Claire scheucht ihn weg mit einer Handbewegung. Ich weiß nicht, wo ich hingucken soll, ich starre auf mein Weinglas mit den fettigen Fingerabdrücken, ich nehm es und trinke, aber es hilft nicht gegen den heißen Klumpen in mir, der immer größer wird. Achim und Dodo. Und Claire, die alles weiß. Und ich außen vor. Wie oft sie wohl darüber gesprochen haben und über mich und meine Ahnungslosigkeit gelacht. Sie sind Monster an Kälte, an Gefühllosigkeit, ich hasse sie, alle beide, nie waren sie meine Freundinnen, alles Lüge, jahrzehntelang.

Ich stoße den Stuhl so heftig zurück, daß er umfällt, stehe auf, greife blind nach meiner Handtasche. »Ich gehe«, sage ich. »Wagt ja nicht, mir nachzukommen.«

Claire

Nichts ist jetzt mehr aufzuhalten. Es ist wie bei einer Reihe von Dominosteinen, man tippt einen an, und alle fallen um. Einer nach dem anderen. *Deine Wahrheit, soweit die Wolken gehen.*

Dodo

Immerhin zahlt sie noch. Mit großer Geste wirft sie ein paar Scheine auf den Tisch, zischt dem verwirrten *maître* und dem noch verblüffteren kleinen Kellner irgendwas Unverständliches zu, reißt ihren Mantel vom Kleiderständer und rauscht raus. Was macht man in so einer Situation als Frau von Welt? Claire müßte es wissen, aber sie sitzt da wie ein Ölgötze und glotzt in die Ferne, als hätte sie die ganze Zeit nichts mitgekriegt. Was ist los mit ihr, zum Henker.

»Ich mach auch die Biege«, sag ich und steh auf, mit so viel Haltung, wie ich grad noch aufbringen kann. »Was ist mit dir?«

Sie sieht mich an, mit diesem abwesenden Blick, dann steht sie langsam auf, ohne ein Wort. Will mich strafen wahrscheinlich, mit Nichtachtung, war schon immer ihre Methode.

»Geschenkt, Claire«, sag ich, »ich hab dir den Abend versaut. Und Nora noch mehr. Aber ich konnt nicht mehr, kapier das doch bitte. Scheint heute einfach der Tag der Wahrheit zu sein.«

Sie läßt sich vom *maître* in den Mantel helfen, während ich mich allein in meine Jacke zwängen muß. »Ach, was ist denn Wahrheit«, sagt sie. »Und wen interessiert die schon. Dir geht's doch um was ganz anderes.«

Ich bin schon fast an der Tür. »Ach ja? Und worum, verrätst du mir das?«

»Revanche«, sagt sie. Schmeißt mir dieses Wort vor die Füße wie einen Knochen. Ich stolper hinter ihr her, raus in die Kälte. Die Tür fällt lautlos hinter mir zu.

»Du hast es ihr endlich heimgezahlt«, sagt sie und zieht ihre Handschuhe an. »Und? Fühlst du dich jetzt besser?«

»Um Klassen«, sag ich, »aber kannst du wahrscheinlich nicht verstehen. Dir sind so miese Gefühle natürlich völlig fremd.«

»Das denkst du?« Ihre Augen glitzern, als ob sie heulen wollte. Aber da kommt nichts, ist wahrscheinlich auf dem Schiffsklo verbraucht worden, ihr gesamter Vorrat an Tränenflüssigkeit. »Ich könnte dir eine Menge erzählen über meine Rachsucht«, sagt sie. »Und daß ich sogar jemanden damit umgebracht habe.« Und los marschiert sie.

Was soll denn das jetzt wieder, dreht die total ab oder was. Ich lauf ihr nach und krieg ihren Ärmel zu fassen. »*Was* hast du? Sag das noch mal.«

Im selben Moment seh ich Nora. Sie sitzt auf den Eingangsstufen zwei Häuser weiter, zusammengekauert, aber irgendwie komisch verkrümmt, das Gesicht in den Händen. Wenn die jetzt auch noch kotzt, denk ich, na dann halleluja, was hat die alles in sich reingeschaufelt, Kürbiscremesuppe, Entenstopfleber, paar Gläser Pomerol, Brot und Butter, die Lotte immerhin noch nicht. Muß man das dann wegmachen, als ordentlicher Deutscher im Ausland?

Auch Claire hat sie gesehen. Sie zögert einen Moment, dann geht sie zu ihr. »Komm«, sagt sie, »steh auf, Nora. Wir gehen zurück ins Hotel.«

Mit diesem *wir* stößt sie mich von sich und stellt sich auf Noras Seite, auf die Seite der Schwachen und Entrechteten. Zack, raus mit dir, du Verräterin. Will sie mich hier stehenlassen, mitten in der Kälte? Soll ich hinter ihnen herschleichen wie ein geprügelter Esel?

Nora rappelt sich auf, zerrt aus ihrer Manteltasche ein Taschentuch. »Laß mich, ich kann alleine gehen.« Schnaubt ihre Nase mit Trompetenstößen und heult dazwischen auf: »Euer Mitleid könnt ihr euch sparen.«

Tu ich glatt. »Wer hat denn hier Mitleid«, schnapp ich, »ausgerechnet mit dir?«

Sie springt überraschend gelenkig auf und stürzt wie eine Furie auf mich los, einen Moment denk ich, sie fährt mir mit ihren Krallen durchs Gesicht wie eine durchgeknallte Katze. »Halt doch endlich deinen Mund. Wie lange geht das schon, mit dir und Achim? Läuft das vielleicht immer noch?«

»Nix läuft mehr«, sag ich und schubs sie weg, »schon lange nicht mehr. Aber wenn du es genau wissen willst, ich hab Schluß gemacht, nicht er. Wenn es nach ihm gegangen wär, hätt er dich längst sitzenlassen und wär bei mir. Kohle hat er ja inzwischen selber genug. Aber ich will ihn nicht mehr. Kannst ihn behalten bis an euer seliges Ende.«

Ich seh zum Glück rechtzeitig, wie sie ausholt, und kann ihrer Faust um Haaresbreite ausweichen, sie hat ziemliche Muckis, hat ja Ewigkeiten Tennis gespielt, und eine teure Gebißsanierung wär das letzte, was ich mir jetzt leisten könnte. Schlägt ins Leere und fängt an zu heulen.

Mich packt die kalte Wut. »Hör auf, sofort!« Ich nehm sie an der Schulter und schüttel sie so heftig, daß ihr Kopf rumfliegt. »Was glaubst du eigentlich? Daß dein ganzes Leben nur aus Zuckerwatte besteht oder was? Du hast doch immer alles in den Arsch geblasen gekriegt, seit du auf der Welt bist. Für dich gab's immer nur das dicke Ende der Wurst. Ausgerechnet du willst dich beschweren? Du hast Achim doch, was heulst du also. Glaubst du, es ist das Ende der Welt, wenn dein Männe fremdgeht? Kracht deshalb dein beschißnes Weltbild auseinander? Soll ich dir mal was von meinen Problemen erzählen?«

Sie macht sich aufgebracht von mir los, die Tränen sind schon wieder versiegt, jetzt wird sie scharf. »Ich will nichts mehr von dir hören, Dodo, ein für allemal. Und an all deinen Schwierigkeiten bist du selbst schuld, warst du immer schon. Warum hat sich Achim denn mir zugewandt damals? Weil du ihn allein gelassen hast. Wärst du nicht weggefahren damals mit Claire. Aber du mußtest dich ja unbedingt in der Welt rumtreiben, wahrscheinlich hast du auch mit anderen Männern rumgemacht, Treue war doch schon immer ein Fremdwort für dich, das wußte Achim doch auch.« Ihr Gesicht ganz dicht vor meinem, eine verzerrte Fratze, ich kann jede Pore sehen, die verklebte Wimperntusche, das fleckige Make-up, zu viel Rouge, der Lippenstift verschmiert. Eigentlich ist sie ziemlich häßlich.

»Du hast ja mal wieder so recht«, ich spuck ihr fast zwischen die Augen, »ich hab mich klasse amüsiert auf der Reise damals. Vor allem am Schluß, in der Klinik in Amsterdam. Als sie Achims Kind aus mir rausgekratzt haben, selten so gelacht. Aber auch daran war ich ja selber schuld, stimmt's?«

Die Fratze fällt zusammen, der verschmierte Mund schnappt einmal auf und zu. »Du warst. Aber das hab ich nicht.«

»Gewußt«, sag ich. »Woher auch. Aber so spielt eben das Leben. Jedenfalls meins. Dank deiner freundlichen Unterstützung.«

Einen Moment lang ist es absolut still. Ihre aufgerissenen Augen erinnern mich blitzartig an Frau Jessens Racker, diesen räudigen Teckel, zufällig war ich vorm Haus, als er seinen dritten und letzten Schlaganfall bekam. Dann eine ferne Gelächtersalve, aus dem Hermitage wahrscheinlich, gleichzeitig dreht Nora ab und läuft weg. Das war's dann ja wohl.

Nora

Hoffentlich der richtige Weg kenn mich nicht aber mußte allein diese Kirche doch schon mal wollte mich Achim wirklich schon lange wieso hab ich nichts davon vielleicht erleichtert wenn ich bald oder längst Ersatz für Dodo ob Paps jemals Mami Dodo auf Gynäkologenstuhl gespreizte Beine steriles Instrument Klumpen von Schleim und Blut in Schale geworfen aber vielleicht ganz anders damals in Holland ich hatte nie Gott sei Dank aber könnte mit Lothar wieso Claire niemals eine Andeutung haben Geld und die Kanzlei tatsächlich eine Rolle seine Herkunft wirklich furchtbar wie Honeckers Kassenpatienten wenn mich die Ärzte in der Klinik nicht seine Mutter doch nie so gute Pflege jeden zweiten Tag am Schluß täglich gute Schwiegertochter wer wird zu mir wenn es so weit will nicht daß die Kinder nur aus Pflichtgefühl sollen freiwillig lieber lebendig und fröhlich in Erinnerung Bitterling endlich reinen Wein wie lange noch wieso eigentlich Fiona wer hat sich diesen Namen ob sie ihm ähnlich armes Kind kann nichts dafür deshalb also nie ein Foto ob sie wie Miriam ja nur paar Jahre jünger Halbschwester komisches Wort was würden die Kinder Miriam wollte ja immer daß wir noch ein aber ging ja nicht dabei hätte ich gerne vielleicht Achim ja noch mehr theoretisch könnten es hundert vor Sterilisation Gelegenheit genug Hotel mein Orientierungssinn doch noch gleich packen alles ob so spät noch ein Zug und vor allem wohin…

Claire

Ich habe das unwiderstehliche Bedürfnis, mich zu bewegen, durch die Stadt zu gehen, mit all meinen Sinnen das aufzunehmen, was nichts zu tun hat mit anderen Menschen und ihrem Haß, ihrer Gier, ihrer Kleinlichkeit und Furcht: die kalte Luft auf meiner Haut, das unebene Pflaster unter den Füßen, die Geräusche der Nacht, die Gerüche, all die Dinge, die einfach sind, die existieren ohne unser Zutun. Aber dazu muß ich allein sein, ich will nicht reden müssen, schon gar nicht über den Film, der diesen Abend abläuft und in dem ich keine Rolle spiele. Ich muß Dodo loswerden, die vor sich hin flucht über die Kälte, die Stadt, über alles. Ich vermute, ihr schlechtes Gewissen plagt sie, es kann sie nicht kaltlassen, daß sie Nora mit einem Handstreich ins Elend gestoßen hat. Aber ich kann ihr dabei nicht helfen.

Endlich kommt ein Taxistand in Sicht, dort werde ich sie in einen Wagen verfrachten. Hoffentlich kommt sie nicht auf die Idee, mich begleiten zu wollen. Sie bleibt plötzlich stehen. »Sag mal, Claire«, sie zündet sich eine Zigarette an, »was hast du da gesagt vorhin? Daß du einen umgebracht hast?«

Zwei, um genau zu sein. Der erste war der Alte. Aber wenn ich jetzt damit anfange, werde ich sie nie los. Ich müßte zu weit ausholen, alles von Anfang an erzählen, wie es das erste Mal passierte, wie verstört ich war und jahrelang nicht wußte, wie ich dem Alten entkommen könnte, niemand da, dem ich mich hätte anvertrauen können, der mir geglaubt und geholfen hätte. Wie ich es schließlich geschafft habe, nach vier elenden Jahren, kurz vor meinem fünfzehnten Geburtstag, ihn ganz einfach erpreßt habe mit einer Kassette, die ich aufgenommen hatte, als er wieder einmal über mich herfiel, ein eindeutiger Beweis, wenn er auch, wie ich später erfahren habe, vor Gericht nicht gegolten hätte. Aber es wirkte, er nahm meine Drohungen ernst, er schlotterte vor Angst und ließ von mir ab. Endlich hatte ich ihn in der Hand, dieses Gefühl verlieh mir die Kraft, die letzten Jahre bei ihm und Susanne durchzuhalten, ich mußte es ja schaffen, ich hätte nicht weggehen können, wohin denn auch.

Ich hatte nicht vor, alles auffliegen zu lassen, ich wäre doch mit ihm versunken in dem Sumpf, ich wollte nur fort von ihnen, so schnell wie möglich, sie aus meinem Leben verbannen, sie nie wiedersehen. Ich hab im Grunde immer nur auf mein Abitur hingelebt, auf den Tag, an dem ich mit einem guten Grund weg könnte, Studium in einer anderen Stadt. Auch für ihn wäre es die Chance gewesen, ich muß doch ein immerwährender Stachel in seinem Fleisch gewesen sein. Aber als es soweit war, konnte er mich nicht gehen lassen.

Zuerst hat er versucht, mich zu überreden, in Hamburg zu studieren, ich hätte dann bei ihnen wohnen bleiben können, aber ich hatte mir München ausgeguckt, so weit weg wie möglich. Dann hat er gedroht, mir seine monatliche Unterstützung zu entziehen, aber als ich darauf nicht reagiert habe, hat er schließlich klein beigegeben, allerdings unter der Prämisse, daß ich noch einmal käme,

Weihnachten 77. Ich wollte nicht, lieber hätte ich verzichtet auf sein Geld, irgendwie hätte ich mir mein Studium schon finanziert, aber er hat Susanne vorgeschoben, die mich ständig in München angerufen, mich gebeten und schließlich angefleht hat zu kommen.

Also bin ich schließlich gefahren, für drei Tage. Gewohnt habe ich bei Dodos Mutter, ich wollte keine Nacht mehr mit dem Alten unter einem Dach verbringen. Das allein war für ihn Grund genug, sich permanent auszulassen, über meine Undankbarkeit, meine Gefühllosigkeit, nach allem, was sie für mich getan hätten, stundenlang ging das. Zwei Tage lang habe ich mich beherrscht, dann konnte ich nicht mehr. Am zweiten Weihnachtsfeiertag, beim traditionellen Hirschragout, nach drei Gläsern Rotwein, habe ich endlich alles herausgeschrien, mitten hinein in sein ewiges Gejammer über mich und mein illoyales Verhalten, wie er es nannte. Alles, alles habe ich ausgespuckt, bevor ich aufgestanden bin und die Wohnung verlassen habe, der Hirsch auf meinem Teller noch warm. Ich bin zu Dodos Mutter, hab meine Sachen gepackt, bin mit der nächsten Bahn nach Hamburg gefahren und von da nach München zurück. Ohne Sitzplatz in einem heillos überfüllten Zug.

Am siebenundzwanzigsten rief mich meine Vermieterin abends ans Telefon, Susannes Gestammel war kaum zu verstehen. Sie erwartete offensichtlich keinen Kommentar von meiner Seite, ich wünschte ihr nach ein paar Minuten alles Gute, ging in mein Zimmer zurück und legte meine Platte mit den Scarlatti-Klaviersonaten auf, gespielt von Christian Zacharias. Mit der Sonate Nummer 454 begann ich die Überspielung, um durch die klarste und eindeutigste Musik, die ich kannte, die Obszönitäten des Alten zu löschen. Ich legte mich auf den Boden, breitete meine Arme aus und hörte jeden einzelnen Ton. Am nächsten Tag wachte ich gegen Mittag auf, mit ausgebreiteten Armen auf dem Fußboden liegend. Ich hatte vierzehn Stunden geschlafen.

Ich habe mir danach oft vorgestellt, was zwischen Susanne und ihm passiert ist nach meinem Ausbruch, wie er erst geleugnet hat, mich eine dreckige kleine Lügnerin genannt, neurotisch, reif für die Klapsmühle, und wie er dann zusammengebrochen sein muß, ein jämmerlicher heulender Waschlappen, der auf dem Fußboden kriecht und um Verzeihung winselt. Und wie er irgendwann in der Nacht auf den Dachboden gegangen ist, mit dem Abschleppseil aus seinem Audi 100.

Susanne habe ich nie wiedergesehen. Ich bin nicht zur Beerdigung gefahren, offiziell mußte ich Hals über Kopf ins Krankenhaus, Blinddarm, deshalb hat sich wahrscheinlich auch keiner gewundert, daß ich keinen Kranz geschickt habe, nicht einmal kondoliert, nichts. Ich hätte Susanne gerne gefragt, ob sie wirklich überhaupt nichts wußte, nichts geahnt hat, nicht einmal den Hauch eines Verdachtes hatte, kaum vorstellbar für mich, ein paarmal wär ich um ein Haar zu ihr hingefahren und hätte sie in die Mangel genommen, aber wozu noch. Wie ich sie kenne, hätte sie sich in Tränen geflüchtet und kein einziges vernehmliches Wort zum Thema zustande gebracht.

Auch sie hat nie wieder den Versuch gemacht, mich zu kontaktieren, unsere einzige Verbindung war die monatliche Überweisung. Sie war wahrscheinlich froh, den Selbstmord ihres Mannes offiziell mit geschäftlichen Schwierigkeiten erklären zu können, das klingt trotz allem nach einer ehrbaren Existenz. Sie lebt jetzt in einem Pinneberger Pflegeheim, geistig verwirrt, wie ich gehört habe von Nora, die natürlich nicht verstehen kann, wieso ich mich nicht kümmere um die einsame alte Frau. Ich hoffe, es stimmt, daß Susanne längst jenseits der Realität lebt, ich gönne ihr das Vergessen. Das mir nie erlaubt war.

In der ersten Zeit nach seinem Tod war ich unendlich erleichtert und froh. Es war vorbei, kein Damoklesschwert mehr über mir, ein unbeschwertes Leben könnte endlich beginnen. Bis ich kapiert habe, daß es nie vorbei sein wird, spätestens damals in Florenz.

»Claire«, sagt Dodo. »Ich hab dich was gefragt. Wieso hast du jemanden umgebracht?«

»Unsinn«, sage ich. »Das mußt du falsch verstanden haben vorhin. Da steht ein Taxi, fahr schon vor ins Hotel, sei so lieb. Ich muß noch ein bißchen laufen.«

Sie hat mich einfach mitten auf der Straße stehenlassen und ist in ihren schicken Schuhen abstolziert, klack-klack, ohne sich noch mal umzudrehen. Das ist ihre Art, mir ihre Mißbilligung zu zeigen. Frustrierte Zicke.

Für das Taxi wären umgerechnet mindestens zwanzig Mark draufgegangen, ohne Trinkgeld, so was kann ich mir nicht mehr leisten, ich hab jetzt grad noch knappe hundert und vor allem Durst, am besten würd ich in mein Zimmer gehen und mich unter den Wasserhahn hängen, aber scheiß drauf, ich werd mich besaufen, laß es einfach auf die Zimmerrechnung setzen, soll die Eisprinzessin doch blechen, ihr tut's nicht weh.

Die Hotelbar ist heute geschlossen, teilt der Portier mir mit. Ich laß ihn eine Flasche Genever in die Lobby schaffen, der wird mich hoffentlich möglichst schnell umhauen.

Der Portier zieht sich diskret in sein Hinterzimmer zurück, Totenstille, kein Schwein kommt rein oder geht, dabei ist es erst halb elf. Irgendwie deprimiert es mich, hier piksolo unter verstaubten Plastikpalmen zu sitzen und zu saufen, einsame Frau, die sich vor aller Welt die Kante gibt.

Wie bin ich überhaupt hierhergekommen, verdammt noch mal. Und wieso ist das Leben einfach so an mir vorbeigezischt, als hätt es kein Stück mit mir zu tun. So vieles, was für immer und ewig vorbei ist, nie mehr zu wiederholen, nie wieder werd ich in einem scharfen roten Mini auf einem Ball auftauchen und jeder guckt, nie mehr Wein aus einem andern Mund trinken, nie wieder im Morgengrauen dem ersten Zwitschern der Amseln zuhören, den Kopf an einer warmen Schulter, die Hand auf einem flachen Bauch, erschöpft und rettungslos glücklich, und die Welt hält ihren Atem an.

Wird sie nie wieder tun meinetwegen, weiß ich ja, interessiert sich einen Dreck für mich, diese Welt, war einmal, andre sind jetzt dran. So breit bin ich noch lange nicht, daß ich der Wahrheit nicht ins Gesicht gucken kann und dem impertinenten Spiegel da drüben, aber diese Schießbudenfigur mit runtergezogenen Mundwinkeln und zuviel Schmiere im Gesicht bin noch lange nicht ich, wär ja noch schöner, kann ja gar nicht sein, jung und stark bin ich und mutig und schön, keine Sau kann mir Angst einjagen, ich mach sie alle platt, zu Füßen werden sie mir liegen. Mindestens. Zigarette brauch ich, kann ich mich dran festhalten, irgendwie pfeift meine Lunge, hört sich Scheiße an und tut weh, wo bleibt Claire zum Henker, wozu muß die bei der Schweinekälte stundenlang draußen rumlaufen. Und Nora.

Echt zum Brüllen. Kaum laß ich den ersten Gedanken an sie zu, öffnet sich die Lifttür, und da steht sie, unsre große Schmerzensmutter. Bewaffnet mit ihrem dämlichen Gepäck. Geschlagen zwar, aber moralisch selbstverständlich die Siegerin. Würdigt mich keines Blicks, sondern wandert mit ihren Tennisbeinen zur Rezeption, tippt auf die Klingel. Pingeling. Macht mich schlagartig nüchtern, dieses Geräusch. Den Portier auch, der springt aus seinem Kabuff, während ich noch überlege, was ich tun soll. Aufstehn und die Biege machen? Sie ansprechen?

»*L'addition, s'il vous plaît, monsieur*«, sagt sie in ihrem polierten Volkshochschulfranzösisch für Fortgeschrittene. *»Pour chambre quatre zero quatre et quatre zero sept.«*

Moment. »He«, ruf ich über meine Schulter, »die sieben bin ich.«

Sie dreht sich kurz um, bedenkt mich mit einem Blick à la eiskalte Dusche. »Richtig, Dodo«, sagt sie, »ich bezahle deine Rechnung. Wie immer.« Und zieht ihre Brieftasche raus mitsamt all den hübschen Kärtchen, die natürlich im Gegensatz zu meinen allesamt gedeckt sind.

»Irrtum«, sag ich so cool wie möglich, während irgendwo in meinem Hinterkopf eine ganz miese Bestie zum Sprung ansetzt. »Vergessen? Claire lädt mich ein.«

»Denkst du.« In ihrer Stimme ekelhaftes Jubilieren.

»Denk ich nicht nur, weiß ich«, sag ich und schütt zu viel Genever in mein Glas. Der Flaschenkorken kullert unter meinen Sessel. »Also laß gefälligst stecken, ja?«

»Frag Claire«, sagt sie. »Hat mich sowieso gewundert, daß du das nie gemerkt hast.« Und schickt ihr falschestes Lächeln hinterher.

Einen Moment lang fühl ich mich, als wär ich zu lange Kettenkarussell gefahren. Nora für mich gezahlt? Auf allen Reisen? Seit zehn Jahren? Ich von dero Gnaden ausgehalten? Unter einer Decke die beiden, gegen mich? Diese miesen Schlangen. Müssen das heimlich austarockt haben, wahrscheinlich endlose Telefonate geführt, wie man die mittellose Versagerin mitführen kann, ohne sie allzusehr zu kränken. Früher Noras Bleyle-Klamotten, heute ihr Schotter. Milde Gaben für die Besitzlosen, ich könnte kotzen.

»Ich zahl meine verdammte Rechnung selbst.« Wider Willen brüll ich viel zu laut und denk gleichzeitig, wovon zum Teufel. »Und für die andern Reisen kriegst du den kompletten Scheiß zurück, mit Zins und Zinseszins, von dir laß ich mir noch lange nichts schenken.«

Sie reicht dem Portier huldvoll eine ihrer Kreditkarten. »Mach, was du willst. Aber mir ist es nie ums Geld gegangen, ich hab gerne für dich bezahlt.«

Gern für mich bezahlt. Gerade die. Scheinheilige bigotte Tiedjenbrut. In Raten zu dreihundert Mark hat Ma damals ihre Scheidung abgestottert, wobei ihr Noras *Paps* generöserweise keine Zinsen berechnet hat, wie er bei jeder Gelegenheit betonte, dafür mußte sie ihm dankbar sein. Und ich soll jetzt Nora die Füße küssen oder was. Den Marsch werd ich der blasen, wenn nur dieser säuische Sessel nicht so tief wär, ich komm kaum raus aus dem Möbel, kann ich was dafür, daß die Flasche dabei zu Boden geht. »Sekunde«, sag ich, »du wiederholst mit mir nicht den Schweinkram, zu dem dein großartiger *Paps* damals meine Mutter gezwungen hat, nicht mit mir, daß das klar ist.«

»Du lallst, Dodo«, sagt sie. »Geh doch lieber in dein Zimmer, hm?«

Am liebsten würd ich ihr eine schallern, aber gönn ich dem Portier nicht, daß er Zeuge einer Weiberprügelei wird. Geiert doch nur drauf, auch wenn er so tut, als gäb's nichts Wichtigeres auf der Welt als seine Kartenmaschine. »Betrachte dich als geohrfeigt«, sag ich und achte akribisch drauf, nicht zu lallen. »Links und rechts. Und dazwischen: gespuckt.«

»Wenn du das nötig hast?« sagt sie. »Übrigens war deine Erzeugerin ja wohl auch nicht das Gelbe vom Ei. Man soll ja über Verstorbene nichts...«

»Du hältst die Klappe«, zisch ich.

»Ach nee«, sagt sie. »Du ziehst über meinen Paps her, und ich darf nicht sagen, was deine Mutter so getrieben hat. Ich meine, von der hast du es doch gelernt. Ich sage nur Café Keese.« Und mit der Andeutung eines Blicks in Richtung Portier: »Keine Angst, kennt der nicht.«

Ich könnt sie abmurksen. Wenn sie weiß, daß Ma immer wieder mal irgendwelche Männer aufgerissen hat in Hamburg, dann weiß es ganz Pinneberg. Dann wußte es damals schon ganz Pinneberg, und daß sie dann plattgefahren wurde von so einer feigen Sau, haben die garantiert nur gerecht gefunden, diese verfickten Pharisäer.

»Habt ihr ja immer klasse Gesprächsstoff gehabt, du und Claire«, sag ich. Mühsam, weil ich plötzlich ein so wahnsinniges Verlangen hab, zu Haus zu sein bei meiner Schnecke, daß es weh tut. Mit ihr vor der Glotze abhängen und Erdnüsse mampfen und über Rudi Carells Frisur gakkern. Oder Überlegungen anstellen, wie groß Mickey Mouse in Wirklichkeit ist, vierzig Zentimeter oder sechzig, wenn sie nach einem Grund sucht, das Gutenachtsagen rauszuzögern.

Nora zeichnet ihren Beleg ab. Ich kann ihre Unterschrift nicht sehen, aber ich weiß, daß sie N Punkt Kluge schreibt, Kluge wie Achim, mit einem überflüssigen Kringel im g. Sie schiebt einen Schein über den Tresen und sagt: *»Merci beaucoup, monsieur. Est-ce que vouz pouvez appeler un taxi pour moi?«* Poliert, poliert. Und dann zögert sie. Hat natürlich keinen Bock, draußen auf der Straße zu warten, wie sieht denn das aus. Und hier drinnen stör ich sie. *Tja,* Nora. Manchmal gibt's eben keine elegante Lösung.

Sie weiß natürlich genau, daß ich in der Falle sitze. Und sie weiß auch, daß ich weiß, daß sie weiß. Das Feld zu räumen und draußen auf das Taxi zu warten käme dem Eingeständnis einer Niederlage gleich. Andererseits. Mit ihr auch nur noch eine Minute lang die gleiche Luft zu atmen. Mich und meine Familie mit Unflat bewerfen zu lassen. Von einer Person, für die ich so viel getan habe. Jahrelang. Und die derweil hinter meinem Rücken mit meinem Mann ins Bett steigt. In die Badewanne, auf den Teppich, in ein Gebüsch, was weiß ich, wo sie es miteinander getrieben haben, in ihrer schnuddeligen Küche vielleicht, sie gegen den Kühlschrank gestützt, schlägt den Rock hoch und macht die Beine breit, und er? Läßt sich sterilisieren, um problemlos fremdgehen zu können. Wird alles von sich weisen, weiß ich jetzt schon. Vielleicht will ich ihn auch gar nicht erst fragen, muß ich mir sehr genau überlegen. Ob ich ihn überhaupt wiedersehen will. Was ich brauche, ist ein Schnaps, egal, was Bitterling dazu sagen würde. Oder ich fang vor ihren Augen wieder an zu heulen, das wär das schlimmste. Ich hasse sie. Ich wollte, ich wär schon tot. Oder sie, noch besser. Außerdem bezahl ich das Zeug, das sie da trinkt. Also.

Sie hat sich wieder in ihren Sessel plumpsen lassen und raucht und beobachtet mich aus den Augenwinkeln. Ich geh rüber zu ihr und seh erst jetzt, daß die Flasche inmitten eines großen dunklen Fleckens auf dem Boden liegt. Mich packt ein dermaßen heftiges Gefühl der Abscheu, daß ich zu zittern anfange.

»Weißt du«, sage ich, »daß du dich benimmst wie ein ausgemachtes Schwein?«

»Glashaus«, lallt sie. Asche krümelt in ihren Ausschnitt. »Doch alles Lüge, was aus dir rauskommt. Und auch noch Claire auf deine Seite zerren, immer schön gegen mich. Von Anfang an hast du versucht, sie gegen mich aufzuhetzen. Du bist doch die hinterletzte Fotze.«

Das hätte sie nicht sagen dürfen. Nicht zu mir. Nicht dieses unglaublich ordinäre Wort. »Wo du gerade von Claire sprichst«, hör ich mich leichthin sagen. Das Zittern hört schlagartig auf, alles in mir wird ganz kalt und ganz leer. Ein absolut neues Gefühl. Macht. So also fühlt Macht sich an, schiere Macht. »Deine Claire, deine makellose Claire«, sage ich. »Und wenn ich dir nun erzähle, daß sie ziemlichen Dreck am Stecken hat? Ich meine, wenn wir schon mal dabei sind.«

Claire

Ein Mann, eine Frau, ein Kind. Ein kleines Mädchen mit Brille und flachsblondem Haarschopf, auf dem Nachthemd lauter blaue kleine Elefanten. Der Mann sitzt auf der Bettkante und nimmt seiner Tochter die Brille ab, legt sie auf den Nachttisch. Die Frau sammelt herumliegende Kleidungsstücke auf und wirft sie mit Schwung hinaus in den Flur, wo Koffer stehen. Sind sie eben erst von einer Reise zurückgekommen? Vielleicht bei den Großeltern gewesen. Auf dem Land. Am Meer. In den Bergen. Haben dem Kind die Welt gezeigt und erklärt.

Es lacht und schlingt seine Arme um den Hals des Vaters. Der Vater küßt es. Auf die Nase, auf die Stirn, auf das Kinn. Dann links und rechts auf die Wangen. Jetzt küßt das Kind zurück, in der gleichen Reihenfolge. Nase, Stirn, Kinn, links, rechts. Kuß, Kuß, Kuß, Kuß, Kuß. Ein Ritual. Und ab unter die Bettdecke. Schön zudecken. Du sollst es warm und behaglich haben.

Ich kann in das Kinderzimmer hineinsehen wie in eine Puppenstube. Ich kann hineinsehen wie in den Entwurf meines eigenen Lebens. Daß er nicht ausgeführt wurde, steht auf einem anderen Blatt. Aber genau so war es gedacht: Christine setzt sich auf Eriks Schoß, ihr Arm legt sich um seine Schultern, und jeder nimmt eine meiner Hände. Und wir singen gemeinsam das Lied, das wir jeden Abend singen, das mich in eine friedliche, behütete Nacht begleitet, mich vor Nis Puk und vor Krankheit und bösen

Gedanken schützt, mich feit gegen alle Widrigkeiten. Mir wird nichts passieren. Vater und Mutter sind bei mir für alle Zeit. Und wenn ich alt geworden bin, werden immer noch diese unzähligen Abende in mir lebendig sein, an denen sie mich eingehüllt haben in ihre unabdingbare Liebe, an denen wir gelacht und gesungen und uns geküßt haben. Hand in Hand in Hand. So und nicht anders war es gedacht.

Ob sie mich gesehen haben? Einen fahlen Geist, der sich im Dunkel der Nacht ans Fenster schleicht und hineingiert ins warme Licht der Geborgenheit fremder Menschen? Mit scharrendem Geräusch wird der Vorhang zugezogen. Ritsch-ratsch. Du bleibst draußen.

Dodo

Miserables Stück, niveauloses Rollenbuch, unfähige Regie, ich sollte mein Geld zurückverlangen. Oder hab ich zuviel gesoffen? Halluzinier ich? Nur daß ich statt weißer Mäuse, wie andere anständige Leute, immer nur Nora seh? Und hör? Nora, meine weiße Maus. Die mir zuflüstert, daß Claire in einer nebligen Nacht nach irgendeiner beschissenen Konfirmation ein Reh überfahren hat. Und das Reh war Ma.

Nora

Die Worte kommen wie von selbst aus meinem Mund, fügen sich zu Satzgebilden, ohne winzigstes Zögern, sie strömen aus mir heraus, als hätte ich den Bericht ein dutzendmal geübt vorher. Ich wußte nicht, daß ich so detailreich und leidenschaftslos erzählen kann, so flüssig, mit geradezu eleganten Wendungen, Paps hätte sein Vergnügen an mir gehabt, er war ein eloquenter, freudiger Redner. Ich fühle mich getragen von unendlicher Erleichterung, unwiderruflich sind alle Brücken nun hinter mir verbrannt, ich brauch auf nichts und niemanden mehr Rücksicht zu nehmen, auf Dodo nicht, auf Claire nicht, auf Achim nicht. Miriam und Daniel klammer ich aus, an die kann ich später denken.

»Ich konnte sie nicht zurückhalten«, höre ich mich sagen, »sie ist noch in der Nacht nach Hamburg gefahren, in irgendein Hotel wahrscheinlich, und wollte unbedingt mit dem nächsten Flugzeug zu ihrem David nach New York. Sie hat gar nicht groß überlegt, weißt du? Sie muß Panik gehabt haben, aber irgendwie versteht man das ja auch.«

»Versteht man«, echot Dodo mit einer Stimme, als hätte sie zwei Wochen nicht geredet.

»Tja. Fahrerflucht«, sage ich. »Aber soweit man es dann aus der Zeitung erfuhr, hätte deine Mutter diesen Unfall sowieso nicht überlebt, insofern hätte es auch nichts genützt, wenn wir sie noch in die Klinik geschafft hätten. Oder einen Arzt gerufen, was auch immer.«

Dodo klappt ein paarmal ihre Augenlider auf und zu, als könnte sie nicht mehr so richtig sehen. »Wir«, sagt sie. »Wieso wir?«

»Du hörst mir nicht zu«, sage ich, »ich war dabei, Claire am Steuer, ich mit meinem Schwiegervater hinten. In Claires BMW. Achim war mit unserm Wagen, na ja, bei dir wahrscheinlich. Um unsre Ehe zu brechen. Seit wann tut ihr das eigentlich?«

»Ich brauch einen Kaffee«, sagt Dodo. »Und dann mach ich euch beide kalt. Darauf kannst du Gift nehmen.« Sie hievt sich aus ihrem Sessel, schwankt in Richtung Rezeption und torkelt einmal um die eigene Achse, als sie versucht, den farbigen Taxifahrer anzusteuern, der durch die Drehtür hereingekommen ist. »Nix«, lallt sie, *»no taxi,* die Tante tut keinen Schritt aus dieser Bude, *capito?«*

Er sieht sie verständnislos an. Sie zeigt ihm den Mittelfinger, kreischt mit überschnappender Stimme: *»Fuck off«* und stürzt sich mit dem Portier und dem Taximenschen in eine eskalierende, mehrsprachige Diskussion, in der keiner den andern versteht. Babel, denke ich.

Mir ist es egal, ob ich fahre oder bleibe, ich kann meinen Kopf zurücklegen und die Augen zumachen und mich zurückziehen in diese merkwürdige Leere und Kälte, die mich erfüllen von Kopf bis Fuß. Als hätte man meine sämtlichen Organe ausgeräumt, als wäre ich nur noch Hülle. So möchte ich bleiben: schmerzlos. Nur wer schmerzlos ist, hat Macht. Wie sonderbar, daß ich das erst jetzt erkenne. Ich sollte sobald wie möglich mit Bitterling über Morphium sprechen oder was er sonst so anzubieten hat.

Ob es sein kann, daß andere Menschen ganz anders fühlen als ich? Auf völlig andere, mir unbekannte Weise empfinden? Was hat Achim verspürt, als wir zum ersten Mal miteinander getanzt haben, beim Abiball 1977? Ich habe immer gedacht, wir hätten eine gemeinsame Basis, auch in unseren Gefühlen. Sonst hätten wir uns doch nicht ineinander verliebt, hätten nicht geheiratet und beschlossen, eine Familie zu gründen und in guten und auch in schlechten Zeiten zusammenzubleiben.

Ich habe mit Lothar getanzt, eine Rumba, er war der beste Tänzer der ganzen Schule, sobald er Musik hörte, war er wie ausgewechselt, kein bißchen linkisch mehr. Ich vermied es, in sein Gesicht oder auf seinen Hals zu schauen, sie waren von Aknepickeln übersät. Und er nervte mich mit der Frage, ob er Musik studieren solle oder lieber ein anderes Fach, das ihn möglichst schnell von seinen Eltern unabhängig machen würde. Mein Rat sei ihm wichtig, sagte er. Und ich wich aus und sagte, so etwas müsse jeder für sich allein herausfinden.

Zugleich sah ich Dodo in den Saal kommen, in einem flammendroten Minikleid, alle andern trugen lang, sie mußte ja immer aus der Reihe tanzen. Und an ihren Füßen ebenso rote Sandaletten mit Pfennigabsätzen. Und in ihrer Begleitung ein hochgewachsener, dunkelhaariger junger Mann mit Fliege, den ich nie zuvor gesehen hatte. Und er bewegte sich wie Mel Ferrer.

Sie gingen gleich durch an die Bar, und ich beobachtete, wie Dodo ihren Begleiter dort Claire vorstellte. Ich wäre zu gern zu ihnen gegangen, aber Paps und Mami saßen direkt neben der Tanzfläche mit Kampes an einem Tisch und hätten es nicht in Ordnung gefunden, wenn ich Lothar mitten im Tanz einfach hätte stehenlassen. Aber ich würde ihn unweigerlich kennenlernen, der ganze Abend lag ja noch vor mir, eine lange Ballnacht. Ich zwang mich also zur Geduld, tanzte mit Lothar weiter und ließ seine unbeholfenen Konversationsversuche über mich ergehen. Wenn er eine Fliege trägt, dachte ich, dann ist er bestimmt Architekt. Vielleicht sollte ich statt Germanistik lieber Architektur studieren.

Nach der Rumba habe ich zu Lothar gesagt, ich müsse kurz meine Nase pudern. Aus amerikanischen Filmen hatten wir es so gelernt. Ich hab einen Umweg gemacht und bin ganz nah an der Bar vorbeigegangen, aber Dodo und Claire haben mich nicht gesehen, sie alberten mit unserm Kunsterzieher rum, Fröhse hieß er, und man munkelte, er habe ein Verhältnis mit einer der jungen Sportlehrerinnen. Dodos Begleiter stand daneben und langweilte sich offensichtlich, eine Hand leger in der Hosentasche, in der andern ein Glas. Irgendwie erleichterte es mich, daß er nicht rauchte, obwohl alles um ihn herum qualmte, auch Fröhse und Dodo und Claire. Er hat nie geraucht, bis heute nicht, es würde ihn ärgern, sagt er immer, für den Ruin seiner Gesundheit auch noch teuer zu bezahlen. Er stand da und sah mich kommen und sah mir in die Augen. Und als ich einen winzigen Moment zögerte, weil ich nicht wußte, ob ich ihn ansprechen sollte, hob er ganz leicht eine Braue, nur andeutungsweise. Aber für mich war das wie ein Erkennungszeichen: *Das bist du also. Hallo. Wie schön, daß du endlich gekommen bist, warum hast du so lange auf dich warten lassen.* Ich habe zurückgelächelt und bin meine Nase pudern gegangen, aus der Schildpattdose, die Mami mir extra für diesen Ball geschenkt hatte. Ich habe sie heute noch.

Als er sich eine lange Stunde später endlich von Dodo loseisen konnte und mich aufforderte, war ich mir sicher, daß er extra diesen langsamen Walzer abgewartet hatte, weil er spürte, daß das mein Lieblingstanz ist, und ein Walzer war es, egal, was Dodo heute sagt. Er hielt mich leicht und sicher und führte mich zwischen den anderen Tanzenden hindurch, ohne daß wir ein einziges Mal jemanden auch nur gestreift hätten. Aber seine Knie, seine Oberschenkel berührten immer wieder die meinen.

Worüber haben wir geredet beim Tanzen? Haben wir überhaupt ein Wort gewechselt in diesen ersten Minuten? Ich kann mich nicht erinnern, aber als er mich an den Tisch zurückbrachte, hat er mich gefragt, ob ich viel Sport treibe, und ich habe gesagt, nur Schwimmen und Tennis. Das würde man merken, hat er gesagt und dabei wieder eine Braue gehoben, wieder nur so ein ganz kleines bißchen, irgendwie verschwörerisch, als hätten wir ein Geheimnis miteinander.

Paps hat ihn dann nach seinem Studium ausgehorcht und nach seiner politischen Einstellung, Leute, die Sympathie für die RAF zeigten oder in Brokdorf demonstriert hatten, pflegte er sehr schnell wieder zu verabschieden, nur bei Dodo machte er eine Ausnahme, meinetwegen. Aber Achim blieb mindestens eine halbe Stunde an unserm Tisch, und Paps ließ eine weitere Flasche Sekt kommen, während ich mit ein paar anderen auf die Bühne mußte, um einen Sketch vorzuführen. Als ich zurückkam, war er wieder bei Dodo.

Ich habe ihn die ganze Ballnacht nicht eine Sekunde aus den Augen gelassen. Er hat seine Augenbraue für keinen anderen Menschen gehoben. Auch nicht für Dodo, die ihn gegen zwei Uhr abschleppte, ohne daß er sich von mir verabschieden konnte, weil Lothar mich gerade zu einem Foxtrott holte.

Und jetzt soll ich mich geirrt haben? Sein kleines Zeichen falsch interpretiert haben, und in Wahrheit war es Spott? Aber dann bricht alles zusammen, ein einziges Kartenhaus, angefangen bei seinen Augenbrauen im Jahr 77 bis hin zu seinem Abschiedskuß vorgestern am Hamburger Hauptbahnhof. Wie war das denn auf dem Ball, natürlich hab ich sie zusammen gesehen, Achim und Dodo, Arm in Arm, auch Lothar und ich waren Arm in Arm zu sehen, das bedeutete doch nichts. Und daß Dodo diesen jungen Mann geküßt hat und abgeknutscht, natürlich hab ich auch das gesehen, aber das war doch nichts Neues, das hatte sie uns schon jahrelang vorgeführt, sie ließ doch keine Gelegenheit aus, uns ihre ständig wechselnden Eroberungen unter die Nase zu reiben. Und im übrigen haben so gut wie alle auf diesem Ball herumgeknutscht, da war ja niemand mehr, der uns hätte maßregeln können, wir hatten unsere Zeugnisse in der Tasche und waren autark.

Am Sonnabend nach Dodos und Claires Abreise rief er an, unter einem Vorwand, wie ich dachte, angeblich konnte er den Zettel mit der Adresse in Italien nicht wiederfinden, wohin er Dodo und Claire in ein paar Tagen nachreisen wollte. Ich fiel aus allen Wolken und muß furchtbar herumgestottert haben, ich wußte nichts von dieser Verabredung, bot aber an, bei Dodos Mutter nachzufragen. Er sagte, auf diese Idee sei er selber schon gekommen, Frau Schulz sei aber übers Wochenende verreist, er habe es eben von einer Nachbarin erfahren, die gerade mit ihrem Hund aus dem Haus nebenan gekommen sei, er rufe aus einer Telefonzelle an. Wo, habe ich gefragt. Vorm Rathaus, hat er gesagt. Ganz in meiner Nähe, habe ich gesagt, ein Katzensprung, ich könnte dir Fotos vom Abiball zeigen, wenn du Lust hast, du bist auch drauf. Mit mir. Beim langsamen Walzer.

Mami hat ihn dann zum Abendbrot eingeladen, und Paps hat eine Spätlese geöffnet und einen verzwickten Kaufvertrag mit ihm diskutiert, Achims Art, geduldig zuzuhören und dann erst die richtigen Fragen zu stellen, hat ihm imponiert. Als er sich verabschiedete, haben Paps und Mami gesagt, sie würden sich freuen, wenn er wieder einmal vorbeikäme. Sie waren sehr lieb und sehr dezent und ließen mich mit ihm an der Haustür allein, und da hat er mich gefragt, ob ich ihn gelegentlich einmal auf den Tennisplatz mitnehmen würde. Am Tag unserer Verabredung hat es geregnet, aber er ist trotzdem gekommen, und wir sind im Wald spazierengegangen, bestimmt dreimal von der Christuskirche bis zum Sportplatz und zurück.

Von seiner Reise nach Italien war nie wieder die Rede, und ich entschloß mich, Jura zu studieren wie er. Ich habe mein ganzes Leben in seine Hände gelegt.

Claire

Noch ein paar hundert Schritte. Noch ein paarmal die Lunge füllen mit klarer, kalter und windiger Nachtluft. Schade, daß es nicht schneit. Vor dem Hotel setzt sich ein Taxi in Bewegung und biegt um die nächste Ecke. Leb wohl, Nora. Vielleicht sehen wir uns ja wieder irgendwann. Und auch Dodo. Klüger geworden, verwandelt, gereinigt von all unseren Schwächen und Verfehlungen und befreit von unseren Wunden. Drei Engel. Eigentlich eine hübsche Vorstellung.

Dodo

Mit teuflischem Grinsen in der Fresse kommt sie durch die Drehtür, die fahrerflüchtige Mörderin in ihrem Designermantel. Weiß natürlich nicht, was ich jetzt weiß, weil Nora so gütig war, mich aufzuklären. Nora, meine kleine weiße Maus. Hängt immer noch da drüben unter den Plastikpalmen rum, total erschöpft nach all den Offenbarungen.

»Na«, sag ich. »Sag bloß, du bist zu Fuß gekommen. Nicht zu gefährlich, so in der Dunkelheit? Für eine Frau? So ganz allein?«

»Ich bin sehr müde«, sagt sie. »Gute Nacht, Dodo.« Und will an mir vorbei zum Lift.

Ich schnapp sie mir am Ärmel. »Du gottserbärmlicher Feigling«, brüll ich sie an. »Warum hast du es mir nicht gesagt, warum hast du nicht angehalten, warum hast du nicht aufgepaßt! Und keinen Arzt geholt! Nicht mal das!« Und hol aus und schlag mitten hinein in ihr schneeweißes Gesicht.

Nora

Offenbar bin ich die einzige, die hier wieder halbwegs zu Verstand gekommen ist. Mit Engelszungen hab ich sie in mein Zimmer gelotst, der verstörte Portier ist mit Dodos dreifachem Espresso hinterhergedackelt und hat nicht einmal das Trinkgeld abgewartet, sein Bild von der deutschen Frau ist durch uns ganz gewiß nicht optimiert worden. Claire liegt mit blutender Nase auf meinem Bett, sie friert und hat ihren Mantel anbehalten, ich stopfe ihr ein feuchtes Handtuch halb unter den Nacken, halb lege ich es über ihre Nase, das Blut durchdringt sofort den weißen Frottee.

»Nicht so fest«, flüstert sie, ihre ersten Worte seit Dodos Ausraster unten in der Lobby, aber ich kann mir vorstellen, daß sie doch auch irgendwie erleichtert ist, weil jetzt endlich Schluß ist mit der Heimlichtuerei, alle Karten liegen offen auf dem Tisch. Bis auf eine, meine ganz persönliche Spezialkarte, meine Bitterling-Karte. Aber ich werde sie nicht ausspielen, eher beiße ich mir die Zunge ab.

Dodo steht mit ihrer Tasse am Fenster und schaut hinaus in die Dunkelheit. Ich weiß, daß es in ihr brodelt, auch wenn ich ihr Gesicht nur als Schemen sehen kann, gespiegelt in der Scheibe, wo sich auf der Höhe ihrer Oberschenkel auch meine Veilchen im Zahnputzglas spiegeln, ein schwarzer Tuff. Ich muß an die schwarze Seidenblume denken, die ich bei Beerdigungen an meinen Kostümkragen stecke. Hab ich die eigentlich auch bei der Beisetzung von Dodos Mutter getragen? Ich weiß es nicht mehr.

Flüchtig frage ich mich, wie ich mich fühlen würde, wenn Dodo Paps totgefahren hätte, und ich hätte es eben erst erfahren. Aber solche Gedanken sind müßig, ich bin ich, und sie ist sie, und Claire ist Claire, jede von uns eine in sich abgeschlossene Einheit mit ihrem speziellen Schicksal. Im Grunde sind wir mutterseelenallein. Nicht nur im Tod. Auch im Leben. Plötzlich schnürt es mir die Kehle zusammen, und ich merke, daß mir die Tränen übers Gesicht laufen. »Ich hab nicht mehr viel Zeit«, hör ich mich wispern. »Ich wollte euch nicht damit belasten, aber dies ist meine letzte Reise mit euch. Laßt uns Frieden machen.«

Dieses grauenhafte Flüstern. Er hat mir den Mund verbunden und einen Gürtel um den Hals gezogen, damit ich nicht schreien kann, und tuschelt seine Obszönitäten in mein Ohr. Wenn ich es schaffen könnte, meine Augen zu öffnen, dann wird er ablassen von mir, ich muß nur meine Lider öffnen, und dann werde ich sehen, daß alles nur Einbildung ist.

Alles nur Einbildung, er ist ja tot. Am dunklen Fenster Erik. Gleich wird er die Vorhänge zusammenziehen wie jeden Abend, damit Nis Puk meinen Schlaf nicht stört. Christine sitzt neben mir auf meiner Bettkante und deckt mich zu und stimmt leise unser Lied an. Ich erkenne die Melodie und den Text, den Anfang mit der roten Sonne. Die dann tot ist.

Solen er så rød, mor,
og skoven bli'r så sort.
Nu er solen død, mor,
og dagen gået bort…

Dodo

Ist sich echt für keinen Trick zu schade, die Kuh. Unheilbar krank, daß ich nicht lache. Steigert sich da dermaßen rein, daß sogar paar Krokodilstränen kullern. Ich hab das Gefühl, in diesem Lügenmief zu ersticken, und stoß das Fenster auf. Sie faselt was von Bitterling und Symptomen und höchstens noch ein Jahr ohne körperliche Einschränkung. Sie hat schon immer zu viele und zu schlechte Romane gelesen. Sie widert mich an.

»Du kannst mich mal«, sag ich und stiefel zur Tür, vorbei an der blutenden Mumie und dem flennenden Klageweib auf ihrer Bettkante. Keine Ahnung, warum ich überhaupt mit in ihr Zimmer gegangen bin, ich muß bekloppt gewesen sein.

»Dodo!« Sie heult auf und zerrt an meinem Rock. »Laß mich nicht allein. Ich muß sterben.«

Kommt mir irgendwie bekannt vor, aber ist mir so was von scheißegal. »Müssen wir alle«, sag ich und reiß mich los, »außerdem glaub ich dir kein Wort mehr.« Aber dabei fällt mir ein, daß sie mich was gefragt hat vorhin. Was Hübsches. »Du wolltest doch wissen, wie lange das schon geht«, sag ich, »mit deinem Achim und mir. Willst es echt hören?«

Sie glotzt mich an wie ein räudiges Karnickel die Python. Kann nicht mal nicken vor lauter Panik. Ich schnapp mir Claires Handtasche, fisch die Lullen raus, kann mir alle Zeit der Welt lassen. Jede Sekunde ein Hochgenuß für mich, für sie die Hölle. Und was kommt mir da zwischen die Finger?

»Hier«, sag ich und schmeiß ihr den Stanniolstreifen in den Schoß, *Lenz 9* heißt der Schweinkram, soll wohl Frühling und Liebeserwachen suggerieren. »Damit macht unsre liebe Claire Mord und Fahrerflucht zu Pipifax. Hast du natürlich nicht nötig, so was, warst ja schon immer Weltmeister im Verdrängen, was nicht paßt in dein rosa Weltbild, wird einfach ausgeklammert. Oder irgendwie geklittert und zurechtgebogen. Hauptsache, Nora Kluge geborene Tiedjen macht sich keinen Fleck ins Hemd.«

»Du hast ihn verführt«, flüstert sie. »Gib es zu.«

Ich hock mich hin und steck mir erst mal den Stengel an. Dieses Mal soll der Gaul nicht mit mir durchgehen. Dieses Mal muß jedes einzelne Wort sitzen. Dieses Mal bin ich das Alpha-Tier, auch wenn ich tiefer sitz als sie, auf dem Fußboden. Dieses Mal nützt ihr Podest ihr keine Bohne.

Sie reicht mir wortlos den Aschenbecher vom Nachttisch und fegt dabei ihre idiotischen Katzenzungen zu Boden, wie kann man bloß für so einen Scheiß Geld ausgeben. Sie läßt mich nicht aus den Augen. Von Funkeln keine Spur mehr. Sie hat Angst und sieht aus wie sechzig. Mindestens. Die Mumie neben ihr ist abgedampft in ihr Pillenland, hat drei auf einmal eingeschmissen, als wir im Lift raufgefahren sind vorhin und Nora alle Hände voll zu tun hatte, mich davon abzuhalten, Claire an die Gurgel zu gehen.

»Achtundachtzig«, sag ich. »Im Sommer.«

In ihrem Schädel rattert es los, wenn einer sämtliche Zahlen parat hat, dann sie. Zehn Jahre nach der Hochzeit, denkt sie, Sommer achtundachtzig, warum hab ich nichts gemerkt, wo waren wir in den Ferien, wir waren doch glücklich, war doch alles in Ordnung zwischen uns. Achtundachtzig. Ein Jahr vor Fionas Geburt, o Gott. Ein Jahr bevor ich zu Dodo nach Köln fuhr und wir unsere Freundschaft erneuert haben.

»Ihr hattet ein schniekes Ferienhaus in der Bretagne«, sag ich. »Du hast uns die Fotos gezeigt. Mitte Juli bis Mitte August, aber er mußte zwischendurch nach Bonn, für zwei Tage. *Remember?*«

»Ein Studienfreund wurde vierzig«, krächzt sie.

»Und du konntest nicht mit, wegen der Blagen. Hätten ja Schaden nehmen können, wenn du sie mal mit irgendeinem Babysitter allein gelassen hättest.«

»Die haben da übernachtet in Bonn«, jammert sie, »ich erinnere mich genau, sie haben durchgefeiert, er hatte noch tagelang Kopfschmerzen danach.«

»Klar. Brauchte ja eine Ausrede, nicht mit dir zu schlafen«, sag ich. »Wir sind auf dem Flughafen ineinandergelaufen, Köln–Bonn, er kam von dieser Fete und wollte zurück zu dir, und ich mußte zu einem Kunden nach Frankfurt, er hätte glatt seine Mutter geschlachtet, wenn ich dafür meinen Termin abgesagt hätte.«

»Ich glaub dir nicht«, wimmert sie.

»Mir scheißegal«, sag ich. »Vierzehn Tage später hat er angefangen, mich jeden Tag anzurufen, übrigens nicht das erste Mal. Als ihr damals vor eurer Hochzeit auf dem Bodensee rumgegurkt seid, hat er mich auch schon belatschert, aber damals hab ich ihn abfahren lassen. Jedenfalls, ihr wart zurück aus dem Urlaub. Und er permanent an der

Strippe. Hat mich nie vergessen, hat er gesagt. Und daß es die größte Blödheit seines Lebens war, auf dich reinzufallen. Ach ja, und Blumen hat er geschickt. Ziemlich aufwendige Teile. Meistens Rosen, falls es dich interessiert, du hast doch so einen grünen Daumen.«

»Deine Nummer.« Ihre Stimme ist kaum zu hören. »Deine Adresse. Woher hat er die gehabt?«

»Mal was von Auskunft gehört? Und warum zum Teufel hätte ich ihm nicht sagen sollen, wo ich wohn. Aus Rücksicht? Ausgerechnet auf dich? Na ja, dann ließ ich ihn irgendwann kommen, und wir haben gefickt.« Ich muß lachen. »Ich bin natürlich auch gekommen«, sag ich. »Jede Menge.«

Ihre Unterlippe zittert.

»Gefickt«, wiederhol ich mit größtem Genuß, mir gefällt ihre zitternde Unterlippe. »Bis zur Bewußtlosigkeit. Nach allen Regeln der Kunst. Du, der fährt ja so was von ab, wenn man bißchen Phantasie an den Tag legt. Aber weißt du ja selbst, daß er auf Hausfrauensex nicht so besonders steht.«

Sie produziert einen erbärmlichen kleinen Ton und sackt in sich zusammen. Armseliger Fleischkloß mit Tennisbeinen. Winsel du nur. Jetzt hab ich dich da, wo ich dich immer haben wollte.

Ich hab das Fenster nicht festgehakt, es klappert im Wind hin und her. Ich hör eine Weile zu, ihrem Flennen und dem Geklapper, und ich merk plötzlich, daß diese Geräusche meiner Seelenlage entsprechen, auch in mir klappert und jammert alles irgendwie, ich hätte gedacht, mein Vergnügen an meiner Rache wär größer. Ich weiß nicht.

Angenommen, wir säßen jetzt zu dritt in einer gemütlichen Kneipe, nichts wär zwischen uns vorgefallen, wir würden harmlos über Gott und die Welt herziehen, über das quatschen, was wir erlebt haben, und über das, was noch auf uns zukommt, von mir aus auch über Banalitäten wie Klamotten und Waschmaschinen und Bilderrahmen, würde es mir dann bessergehen? Claire hätte dann nicht Ma auf dem Gewissen, und ich hätte noch eine stinkreiche Freundin, die ich bitten könnte, mir aus der Scheiße zu helfen. Hätte, hätte, hätte. Verspielt. Verspielt seit einem Foxtrott vor zweiundzwanzig Jahren. Der für Nora ein Walzer war.

Hausfrauensex sagt sie. Was ist denn kein Hausfrauensex: Wenn man es auf dem Küchentisch tut? Auf dem eine halbe Stunde später der falsche Hase zubereitet wird? Von der Hausfrau? Wenn sie wüßte, daß ich es auf einem Klavierhocker getan habe, aber vielleicht hat sie es mit Achim ja im Treppenhaus gemacht, und jeden Moment hätte jemand vorbeikommen können, aber genau das wäre ja der besondere Reiz gewesen. Oder unterwegs, im Zug, irgendwann hat sie einmal erzählt, daß sie zwischen Köln und Mannheim in einem Erste-Klasse-Abteil, »war extrem geil«, hat sie damals gesagt und gelacht. Wie oft ist Achim mit der Bahn unterwegs gewesen, zu Seminaren, zur Fortbildung, Tagungen, München, Frankfurt, Berlin, Bonn, Heidelberg. Nach dem Urlaub in der Bretagne war er immer häufiger unterwegs, hat Kontakte geknüpft, wie er sagte, hat über eine Brudersozietät nachgedacht, irgendwo im Rheinland, wo die großen Konzerne sitzen, hat auch immer wieder davon gesprochen, Pinneberg ganz aufzugeben und in einer Großstadt neu anzufangen, zusammen mit qualifizierten Kollegen, aber immer nur davon geredet, nie wirklich in Angriff genommen. Ich hab ihn ja auch gebremst, warum, hab ich gesagt, wir haben es doch gut hier, in Pinneberg bist du der Erste, willst du in Wiesbaden der Zwanzigste sein? Du Kluge, hat er dann gesagt. Und seit zehn Jahren hat er eine Tochter in Köln. Ein drittes Kind.

»Weiß Fiona, wer ihr Vater ist?« Meine Stimme klingt

fremd. Aber alles ist anders jetzt, irgendwo ganz weit hinten in meinem Kopf seh ich Achim und Dodo nackt ineinander verschlungen: Sie machen ein Kind. »Und sie, weiß sie davon?«

»Unsre entzückende Claire?« sagt Dodo. »Klar. Von Anfang an. Und was Fiona angeht, die liebt ihren Dad abgöttisch. Beruht übrigens auf Gegenseitigkeit.«

Abgöttisch. Ich habe Mühe, Luft zu holen, meine Kehle ist rauh und tut weh beim Schlucken. »Aber er ist bei mir und unseren Kindern geblieben«, sage ich. »Er weiß, wohin er gehört.«

»Der hätte dich mit fliegenden Fahnen verlassen«, sagt sie. »Spätestens als seine Eltern beide über die Wupper waren, vorher brauchte er dich ja noch. Skrupel hatte der keine, kann ich dir flüstern. Hat sich schon Eigentumswohnungen in Köln angesehen. Mit Rheinblick, vom Feinsten, falls du verstehst, was ich meine. Ich hätte nur mit dem Finger schnippen müssen.«

Sie hält mir eine Hand vor die Nase und läßt ihren Mittelfinger mit einem widerlichen Geräusch vom Daumen in die Handfläche schnippen. *Schnick* macht es, und in mir steigt etwas hoch wie eine Walze aus Sturm und Feuer, so rot wie Dodos Kleid auf unserem Abiball, drängt aus meinem Bauch nach oben, nimmt mir den Atem, sprengt mir fast die Brust und brandet gegen meine Schläfen. Es fühlt sich an, als würde sich mein Gesicht in Flammen auflösen. Ich muß nur von der Bettkante rutschen und mich auf sie fallen lassen. Ich war schon immer die Stärkste von uns dreien.

Claire

Sie sind neben meinem Bett übereinander hergefallen, Erik und Christine, ich muß lachen. Sie haben nicht abwarten können, bis sie mein Zimmer verlassen hätten, sie umklammern sich vor meinen Augen, wollen mir zeigen, wie man es tut, damit ich Bescheid weiß und später keine Angst habe vor der Liebe. Sie wollen, daß ich ihnen zusehe, davon muß ich unbedingt Dodo und Nora erzählen, wenn wir uns treffen. Wenn ich nur nicht so müde wäre, aber ich darf jetzt auf gar keinen Fall die Augen schließen, sonst kommen die schlimmen Träume zurück.

Dodo

Mit beiden Händen umklammert sie meine Kehle, wie ein Mehlsack hat sie sich auf mich plumpsen lassen und mich auf den Boden gedrückt, sie ist übergeschnappt, sie will mich umbringen, sie macht Ernst. Laß los, Nora, ich krieg keine Luft, kannst ihn ja haben, ich will ihn doch gar nicht, aber laß los!

Nora

Ihr meinen Apfel angeboten, sie ihn genommen, danke gesagt, Kerngehäuse mitgegessen und Stiel, gekichert, Stiel das Beste, groß und stark davon wie ein Pferd, seitdem ich immer den Stiel, jedesmal an sie gedacht, einmal Mami mich erwischt, tut man nicht, unzivilisiert, kann dran ersticken. Wie dicker Hühnerhals, Finger zwischen Sehnensträngen, Augen aus den Höhlen, Pupillen hin und her, hin und her, hör auf damit, gib Ruhe, du bist meine Freundin, also halt still, Dodo, halt still.

Claire

Nur eine Sekunde lang der grenzenlosen Müdigkeit nachgegeben und die Augen geschlossen, schon bin ich wieder in der Hölle, sein grauenhaftes Stöhnen wird lauter und lauter, ich ertrage es nicht, meine Ohren platzen, ich muß weg hier, raus, zurück in mein eigenes Leben…

Dodo

Hinter lila Nebeln ihre verzerrte Fratze, fällt auseinander in Bruchstücke, ein Funkelauge, ein tanzendes Grübchen, jetzt blau alles, dunkelblau, weiße Sterne, ein Riese erhebt sich über ihr und ist schon nicht mehr da, alles schwarz jetzt und gut.

Nora

Als würde donnernd die Erde bersten. Krachen, Klirren, Splittern, ohrenbetäubend. Erdbeben, durchfährt es mich, Atomschlag, Miriam, Daniel, Achim, wo seid ihr.

Dann seh ich meine Hände um Dodos Hals. Ihr Gesicht so rot wie eine Pfingstrose. Ihre Augen. Und nichts bewegt sich.

Claire

Wie leicht es ist, ihm zu entkommen. Du hast dich verrechnet, Nis Puk. Wenn ich gewußt hätte, wie leicht

Dodo

Wieso lieg ich hier am Boden, warum tut mein Hals so weh. Zuviel geraucht oder was, ich kann das Rasseln meiner Lunge hören, bin ich etwa ohnmächtig geworden. Und was tut Nora da am Fenster, eine Hand vor den Mund geschlagen, warum starrt sie so entsetzt runter in den Hof. Und wo ist Claire. Hatte die nicht irgendwie Nasenbluten. O Scheiße, klar, ich hab ihr eine geballert. Weil sie Ma plattgefahren hat, die scheinheilige Trulla. Wenn mir nur nicht alles so weh täte, fühlt sich an, als würden meine Knochen lose im Fell baumeln, sprechen kann ich auch nicht, kommt nur abartiges Gekrächze aus meiner Kehle.

Aber sie hört mich, sie wirft mir einen komischen Blick zu, über ihre Hand mit dem Ehering hinweg, sie sieht aus wie eine Wasserleiche, und der Fensterflügel schlägt im Wind und hat nur noch paar Glassplitter am Rahmen.

»Dodo«, sagt sie. »Claire.«

Nora

Ich helfe ihr hoch und zum Fenster, gemeinsam schauen wir hinunter in den dunklen Hof, wo nur vage etwas Weißes schimmert. Claires Mantel. Mich fröstelt es, ich schmiege mich an Dodo. Sie legt mir ihren Arm um die Schulter, und ich spüre ihre Wärme und bin dankbar dafür und denke: Ich bin noch hier. Ich lebe noch.

Claire

Dodo

Da unten wird Licht gemacht, jemand muß den Aufprall gehört haben, und dann sind plötzlich ganz viele Nonnen da, in den abartigsten Gewändern, manche haben sich die Bettdecke umgeschlungen, und zwei knien sich neben sie, und die eine legt ihr Ohr auf Claires Brust, die andere fummelt ihr im Gesicht rum, Claire haßt das, man darf ihr nicht zu nahe kommen, ihr-Idioten-laßt-sie-in-Frieden-verdammt schrei ich, aber ich krieg kein Wort raus, und Nora zittert in meinem Arm, und jetzt guckt eine von den Bräuten hoch und sieht uns und schlägt ein Kreuz. Und in diesem Augenblick durchfährt mich ein Gedanke, für den ich mich sofort schäme und der mich unendlich erleichtert: Sie hat ein Testament gemacht. Ich bin gerettet.

Sechster Tag

Nora

So wie ich mir die ganze Reise vorher ausgemalt hatte in den schönsten und heitersten Farben, so hatte ich mir auch die Rückfahrt schon vorgestellt. Ich habe uns drei im Zug sitzen sehen, glücklich-erschöpft nach vier erfüllten und strahlenden Tagen mit viel zu kurzen Nächten, ein bißchen wehmütig natürlich auch, weil wir uns bald trennen müßten. Vermutlich hätte eine von uns auch unsere nächste Reise angesprochen, die uns im bevorstehenden Jahr 2000 natürlich an ein ganz besonderes Ziel hätte führen müssen, wir hätten Pläne geschmiedet, und um ihre Vorfreude nicht zu verderben, hätte auch ich mich beteiligt, trotz meines Wissens, daß es für mich keine weitere Reise mehr geben würde.

Jetzt sitzen wir uns gegenüber, Dodo und ich. Claire kommt irgendwann nach, in einer Urne, die Dodo dann in Köln abholen wird. Auf dem für Claire reservierten Platz am Fenster liegt unser Handgepäck. Claires schöne Tasche, was wohl aus ihr wird. Die Polizei hat sie an sich genommen, es war ja alles darin, ihre ganzen Papiere, die brauchten sie. Und ein Testament übrigens, handschriftlich, datiert vom Juli 1998. Das Datum sagt mir nichts, vermutlich wird man nie erfahren, warum sie sich ausgerechnet zu diesem Zeitpunkt vor über einem Jahr hingesetzt und alles geregelt hat.

Sie möchte verbrannt werden, steht darin. Und ihre Asche soll, wenn irgend möglich, nach Tondern in Dänemark gebracht und dort vor der Stadt in alle Winde verstreut werden. »Im Ausland? Und auch noch verstreut? Das wird nicht gehen«, habe ich zu Dodo gesagt, aber sie hat nur den Kopf geschüttelt: »Ich mach das. Ich krieg das hin. Braucht ja niemand zu sehen. Außer dir.«

Das war einer der wenigen Momente während der letzten beiden Tage, in denen wir überhaupt miteinander gesprochen haben. Sonst sind wir stumm und wie betäubt nebeneinanderher gegangen durch die kalte Stadt, vom Hotel zum Polizeirevier, wo wir unsere Aussage machen mußten. Zum Beerdigungsinstitut, das die Einäscherung und die Überführung der sterblichen Reste nach Deutschland übernehmen wird.

Die ganzen Formalitäten hat Dodo mir überlassen, sie stand immer nur daneben, ich weiß nicht, wieviel sie überhaupt mitgekriegt hat. Ich weiß nicht mal, ob sie verstanden hat, daß Claire ihr alles vererbt hat, ihren gesamten Besitz, die Galerie, die Eigentumswohnung, das Auto, alles. Seit drei Tagen ist sie eine reiche Frau.

Von mir stand nichts im Testament. Nicht, daß ich etwas von Claires Sachen gewollt hätte, ich brauche nichts, jetzt schon gar nicht mehr. Mir hätte ein Satz genügt, irgend etwas, das mir zeigt, daß ich vorgekommen bin in ihren Gedanken. In ihrem Leben. Aber nichts. Überhaupt ist ihr Letzter Wille ganz sachlich abgefasst, ohne jede Emotion, wie es zu ihr paßt. Gepaßt hat. Kein Wort der Erklärung. Und schon gar nichts, was uns beiden, Dodo und mir, die Schuld abnimmt. Die wir beide tragen müssen, jeder für sich. Wir können uns die Last nicht teilen.

Irgendwann steht Dodo schweigend auf, verschwindet

für eine Weile und kommt mit zwei Bechern Kaffee zurück, von denen sie mir einen reicht. »Ein Stück Zucker, ist das okay?«

»Ja, danke«, sage ich, und ich bin ihr in diesem Moment wirklich lächerlich dankbar, weil sie den Anfang macht und die ersten Worte auf dieser traurigen Heimfahrt gesprochen hat. Sie sieht alt aus, ihre Haut ganz fahl, tief eingegrabene Linien um die Mundwinkel, sie wird ihrer Mutter immer ähnlicher.

Sie erwidert meinen Blick, und ich erkenne in ihren Augen die gleiche Hoffnungslosigkeit, die ich empfinde. »Was wirst du jetzt tun?« sagt sie.

Wenn sie mir diese Frage vor drei Tagen gestellt hätte, ich hätte keine Antwort gewußt. Aber jetzt spielt nichts mehr von all dem, worauf sie anspielt, eine Rolle für mich: Achims Betrug, ihr Betrug, alle Lügen und auch die Zerstörung all meiner Illusionen sind unwichtig geworden durch Claires Tod. Und auch angesichts meines Todes, der jede Minute näher rückt.

»Irgendwie weitermachen«, sage ich. »Leben. So lange ich noch kann.«

Sie nippt vorsichtig an ihrem Kaffee. »Wie schlimm ist es? Ich meine, wie lange…«

»Das kann niemand vorhersagen.« Es überrascht mich selbst, wie emotionslos ich darüber sprechen kann. »Der Verlauf ist unberechenbar, zwischen drei und acht Jahren vermutlich, es hängt von der Konstitution des einzelnen ab. Ich werde allerdings einen Rollstuhl brauchen in absehbarer Zeit, das hat mir Bitterling schon angekündigt, du erinnerst dich sicher an ihn.«

Sie nickt und stellt vorsichtig den Kaffeebecher ab, zündet sich eine Zigarette an. »Wirst du mit Achim reden? Ihm alles erzählen?«

Die Frage kommt unvermittelt, ich hatte gehofft, wir könnten uns noch eine Weile bei einem unverfänglicheren Thema aufhalten, uns warm reden. »Daß ich alles weiß, meinst du? Von dir und ihm und Fiona? Ich weiß es nicht.«

Es ist merkwürdig, aber Achim kommt tatsächlich im Moment nicht vor in meinen Gedanken. Ich habe ihm noch nicht einmal erzählt, daß Claire tot ist, nur in der Kanzlei angerufen und Frau Göhlmann gebeten, ihm zu sagen, daß ich zwei Tage später zurückkomme als geplant. Er hatte Gott sei Dank einen wichtigen Termin und war nicht zu sprechen.

»Und? Werden wir uns wiedersehn? Wir beide?« Ihre Stimme klingt gepreßt, auch ihr sitzt ein Kloß in der Kehle.

»Bei der Beerdigung natürlich«, sage ich, »oder wie auch immer wir das nennen wollen.«

»Zerstreuung«, sagt sie. »Im Wind. Vielleicht schneit es dann ja auch, fänd ich eigentlich ganz passend. Nein, ich mein danach.«

»Ich kann es dir nicht sagen, Dodo, jetzt nicht. Ich muß erst mal… ach, du weißt schon. Damit klarkommen.« Mein Blick streift den Sitzplatz, auf dem unsre Handtaschen stehen. Auch sie schaut unwillkürlich hinüber.

»Werd ich nie kapieren«, sagt sie heftig, »ich mein, was es eigentlich wirklich war. Warum sie die Pillen gefressen hat und all das. Und wieso sie dann… Okay, wenn wir beide nicht so fürchterlich aufeinander losgegangen wären in der Nacht. Aber kann doch nicht der Grund gewesen sein, oder? Deswegen springt man doch nicht aus dem vierten Stock. Mitten in der Nacht.«

Sie will meine Hilfe, meine Absolution.

»Ich verstehe es genausowenig wie du«, sage ich. »Wahrscheinlich haben wir sie überhaupt nicht wirklich gekannt, die ganzen Jahre nicht.« Und ich denke: Kenn ich dich? Und du mich? Kennt überhaupt irgend jemand einen andern Menschen wirklich? Und vor allem: Kennen wir uns selber? Aber ich sage es nicht. Was helfen uns jetzt solche Allgemeinplätze.

Ein junger Mann schleppt zwei vollgestopfte Reisetaschen durch den Gang und bleibt vor uns stehen. Er zeigt auf Claires Platz. »Da noch frei?«

Ich sehe Dodo an, und sie sieht mich an. Dann spricht sie aus, was auch ich denke. Sie sagt: »Besetzt. Tut mir leid.«

Das auf Seite 329 erwähnte Gedicht lautet im dänischen Originaltext von Achim Bergstedt und in der deutschen Übersetzung:

Solen er så rød, mor,
og skoven bli'r så sort.
Nu er solen død, mor,
og dagen gået bort.
Ræven går derude, mor,
vi låser vores gang.
Kom, sæt dig ved min pude, mor,
og syng en lille sang.

Himlen er så stor, mor,
med klare stjerner på.
Hvem monstro der bor, mor,
på stjernen i det blå?
Tror du, der er drenge, mor,
der kigger ned til mig?
Og tror du, de har senge, mor,
og sover li'som mig?

Hvorfor bli'r det nat, mor,
og kold og bitter vind?
Hør den lille kat, mor,
den mjaver og vil ind!
Mågerne og ternerne
har intet sted at bo.
Åh, hør, nu synger stjernerne,
de synger mig til ro.

Die Sonne ist so rot, Mama,
so dunkel wird der Hag.
Nun ist die Sonne tot, Mama,
von dannen ging der Tag.
Draußen schleicht der Fuchs, Mama,
wir schließen unser Tor.
Komm, setz dich an mein Bett, Mama,
und sing mir etwas vor.

Der Himmel ist so groß, Mama,
mit hellen Sternen-Auen.
Wer mag wohl wohnen dort, Mama,
auf einem Stern im Blauen?
Glaubst du, dort gibt es Jungs, Mama,
die auf mich runtersehn?
Die Betten haben, so wie ich,
und mit mir schlafen gehn?

Warum nur wird es Nacht, Mama,
und kalt mit Sturmgebraus?
Hörst du das Kätzchen auch, Mama,
es maunzt und will ins Haus!
Die Möwen und die Schwalben,
die haben gar kein Heim.
Doch hör! Die Sterne singen nun
mich in den Schlaf hinein.

Martina Borger
Maria Elisabeth Straub
Kleine Schwester

Erzählung

Wir sind nur irgendwie ins Unglück geraten, alle zusammen. Wir haben nie etwas Böses gewollt, wir wollten nur eine glückliche Familie sein, sonst nichts.
Die zwölfjährige Lilly sitzt vor einer Polizeibeamtin und schweigt. Sämtliche Versuche, sie zum Reden zu bringen, scheitern. Lilly kann die unerbittliche Chronologie der Ereignisse, die ihre Familie ins Unglück gestürzt haben, nicht erklären, sie kann sich nur erinnern: An ihre Kindheit, die überschattet ist von verstörenden Ereignissen, aber auch schönste Glücksmomente bereithält, an ihre Eltern, »die besten auf der Welt« – und an ihre Pflegeschwester Lotta, die aus dem Heim geholt wird, um aus ihnen allen endlich eine ›richtige‹ Familie zu machen – und die eine Katastrophe ins Rollen bringt, die nicht mehr aufzuhalten scheint, bis Lilly den schwersten Entschluß ihres Lebens faßt…
Ich glaub, daß jedem Menschen auf der Welt alles passieren kann, daß er ganz schreckliche Dinge tut, die er eigentlich gar nicht tun will. Ein Buch, das man erst nach dem letzten Satz aus der Hand legen kann.

»Das Autorinnen-Duo Borger & Straub hat einen spannenden, schnellen Roman über die Mechanismen familiärer Verdrängung geschrieben. Aus der Sicht der zwölfjährigen Tochter sehen wir, wie ein dunkles Geheimnis langsam die Seelen, die Liebe und die Zukunft einer ganzen Familie auffrißt.« *Brigitte, Hamburg*

»Spannend erzählt wie ein Krimi.« *Emma, Köln*

Doris Dörrie im Diogenes Verlag

Liebe, Schmerz und das ganze verdammte Zeug

Vier Geschichten

Vier großartige, liebevolle, traurige, grausame Geschichten: *Mitten ins Herz, Männer, Geld, Paradies.* Geschichten von befreiender Frische.

»Doris Dörrie ist eine beneidenswert phantasiebegabte Autorin, die mit ihrer unprätentiösen, aber sehr plastischen Erzählweise den Leser sofort in den Bann ihrer Geschichten schlägt, die alle so zauberhaft zwischen Alltag und Surrealismus oszillieren. Ironische Märchen der 80er Jahre – Kino im Kopf.«
Der Kurier, Wien

»Was wollen Sie von mir?«

Erzählungen
Mit Fotos von Helge Weindler

»Es ist vollkommen gleichgültig, ob Sie Doris Dörrie in der Badewanne, im Intercity-Großraumwagen, im Lehnstuhl oder in der Straßenbahn lesen, nur: Lesen Sie sie! Lassen Sie sich nicht irre machen von naserümpfenden Kritikern, diese sechzehn Short-Stories gehören durchweg in die Oberklasse dieser in Deutschland stets stiefmütterlich behandelten Gattung.«
Deutschlandfunk, Köln

Der Mann meiner Träume

Erzählung

»Ein schönes, trauriges Großstadtmärchen. Doris Dörrie stellt die gängige Frauenliteratur auf den Kopf.«
Hajo Steinert/Die Weltwoche, Zürich

»Doris Dörrie ist als Erzählerin Spezialistin in diffizilen Angelegenheiten der kleinen Rache und gezielten Ohrfeigen zum Zwecke der Unterstützung des eigenen Selbstwertgefühles. Sie ist eine sehr gute Kurzgeschichten-Schreiberin mit der erforderlichen Prise Selbstironie und mit stilistischer Eleganz.«
Annemarie Stoltenberg / Die Zeit, Hamburg

Für immer und ewig

Eine Art Reigen

»Doris Dörrie ist in diesem Buch auf der Höhe ihrer Männer- und Frauencharakterstudien. Ein Buch zum Lachen und zum Weinen. Zum genießerischen Wehmütigsein und zum sinnigen Nachdenken.«
Die Welt, Berlin

Love in Germany

Deutsche Paare im Gespräch
mit Doris Dörrie. Unter Mitarbeit
von Volker Wach

Liebe, mehr Liebe, noch mehr Liebe! Diesmal geht Doris Dörrie ihr Thema dokumentarisch an. Dreizehn Fotos und dreizehn Gespräche über heiße Themen wie Eifersucht, Vertrauen, Fremdgehen, Partnersuche, Nähe, Freiräume, Glück, Wut, Illusionen und Phantasien… Ein Buch zum Lachen und zum Weinen, aber auch ein Buch, in dem man sich wiedererkennen kann.

»Realität ist manchmal schräger als jede Fiktion.«
Mittelbayerische Zeitung, Regensburg

Bin ich schön?

Erzählungen

»Doris Dörrie beschreibt bissig und ironisch, zugleich mit liebevoller Nachsicht Sehnsüchte und Frustrationen der etablierten und doch seltsam verloren wirkenden Generation der Nach-Achtundsechziger. So nah

an der seelischen Wirklichkeit, daß ihre Erzählungen dokumentarischen Charakter gewinnen.«
Christa von Bernuth / Abendzeitung, München

Samsara

Erzählungen

Sie befragen das *I Ging*, versuchen es mit dem Buddhismus, lassen ihre Wohnungen auf gute oder böse Chi'is untersuchen, suchen ihr Glück bei Sushi-Dinners oder in Hollywood. Die Generation der heute Mittvierziger, die angetreten war, in Liebe, Familie, Beruf alles so viel toleranter, cooler, besser zu machen als ihre Eltern, sieht sich heute vor Fragen stehen, die sich nicht einfach mit einem lockeren ›think positive‹ lösen lassen.
Fünfzehn tragisch-komische Geschichten über Gestern und Heute, die gar nicht so weit auseinanderliegen, wie wir oft glauben.

»Dörrie schreibt knapp, präzise, ohne formalen Ballast. Uneitel schüttelt sie gelungene Formulierungen nur so aus dem Ärmel und entwickelt ihre Stories zielstrebig hin auf eine immer unerwartete Pointe, einen Knalleffekt am Ende aller Komik… Doris Dörries Geschichten sind Verzweiflungstaten, ihre Bücher Pflichtlektüre.« *Walter Vogl / Die Presse, Wien*

Was machen wir jetzt?

Roman

Wie weiter, wenn die Frau ihr Heil im Buddhismus sucht, die siebzehnjährige Tochter mit einem tibetischen Lama auf und davon will und einen selbst Geld und Erfolg nicht glücklich machen? Diese Fragen stellt sich nicht nur Doris Dörries Romanfigur Fred Kaufmann. Doch die Autorin zeigt uns mit einem lachenden und einem weinenden Auge: nur Mut, es gibt ein Leben über vierzig!

»Lange hat es keine Autorin mehr gewagt, so mutig in die Seele eines Mannes zu blicken. *Was machen wir jetzt?* ist ein mit Witz im besten Sinne durchsetzter, kluger Roman – ganz wunderbar.«
Volker Hage / Der Spiegel, Hamburg

Happy

Ein Drama

Drei befreundete Paare treffen sich zum Abendessen im schicken Apartment von Charlotte und Dylan. Doch die Fröhlichkeit, die solche Treffen in früheren Zeiten bei einer Pizza in der Kneipe um die Ecke hatten, will sich nicht mehr so recht einstellen: Emilia und Felix fühlen sich ausgestoßen, weil sie seit kurzem kein Paar mehr sind, zwischen Charlotte und Dylan knistert es unangenehm, einzig Anette und Boris sind noch glücklich verliebt. Und als Emilia plötzlich behauptet, daß die meisten Männer ihre Frauen im Dunkeln nicht erkennen würden, beginnt ein Experiment, das Folgen haben wird.

»Keiner seziert die Gefühlsk(r)ämpfe der Thirty-Something-Generation so bösartig, frech und witzig wie Doris Dörrie.« *Süddeutsche Zeitung, München*

Männer

Eine Dreiecksgeschichte

Dieses Kleine Diogenes Taschenbuch umfaßt eine Geschichte aus dem Band ›Liebe, Schmerz und das ganze verdammte Zeug‹.

»Doris Dörrie ist eine der wenigen deutschen Spitzenerzählerinnen. Sie hat die Leichtigkeit der US-Amerikaner und den Blick für die kleinen Absurditäten, die jeder tut, wenn er sich unbeobachtet fühlt. Sie schreibt über uns, und das mit einem sicheren Gespür für die Dramatik des Alltags.«
Neue Ruhr Zeitung, Dortmund

Das blaue Kleid

Roman

Eine Gedächtnismodenschau für Alfred, seinen vor einem Jahr an Krebs gestorbenen Geliebten, wollte Florian organisieren. Aus jeder Kollektion ein geniales Stück: das tomatenrote Wickelkleid von 1996, die schwarzen Kaschmirschlaghosen von 1998, das cremeweiße Satinetuikleid von 1999 – und natürlich das blaue Kleid vom Frühling 2000. Auf der Suche nach je einem der Modelle gerät Florian an Babette, die das blaue Kleid, ein Traum aus mittelmeerblauem Organza, gekauft hatte. »Das Kleid wird Ihr Leben verändern!« hatte Alfred ausgerufen, als er Babette damit zögerlich aus der Kabine treten sah. Und der Modeschöpfer hatte nicht zuviel versprochen: So vieles war seitdem geschehen.
Eine Geschichte über die Liebe und den Tod, die beiden Themen, die die Weltliteratur schon immer beschäftigt haben.

»Doris Dörrie versteht das Handwerk der Erzählerin, und sie schreibt Geschichten, für die ich jeden Fernsehabend sausen lassen würde.«
Annemarie Stoltenberg / Norddeutscher Rundfunk, Hamburg

Ingrid Noll
im Diogenes Verlag

»Sie ist voller Lebensklugheit, Menschenkenntnis und verarbeiteter Erfahrung. Sie will eine gute Geschichte gut erzählen und das kann sie.«
Georg Hensel/Frankfurter Allgemeine Zeitung

»Wer einmal anfängt, ihre Romane zu lesen, hört nicht mehr auf, ja wird süchtig nach mehr. Sie erzählt temporeich und spannend und immer mit Ironie.«
Christa Spatz/Frankfurter Rundschau

»Weit mehr als für Leichen interessiert sich die Autorin für die psychologischen Verstrickungen ihrer Figuren, für die Motive und Zwangsmechanismen, die zu den Dramen des Alltags führen.«
Klaus Reitz/Mannheimer Morgen

»Eine fesselnd formulierende, mit viel schwarzem Humor ausgestattete Neurosen-Spezialistin in Patricia-Highsmith-Format.«
Markus Vanhoefer/Münchner Merkur

Der Hahn ist tot
Roman

Die Häupter meiner Lieben
Roman

Die Apothekerin
Roman

Der Schweinepascha
in 15 Bildern. Illustriert von der Autorin

Kalt ist der Abendhauch
Roman

Stich für Stich
Fünf schlimme Geschichten

Röslein rot
Roman

Die Sekretärin
Drei Rachegeschichten

Selige Witwen
Roman

Sibylle Mulot im Diogenes Verlag

»Willkommen! Eine deutsche Autorin, die über Scherz, Satire, Ironie und Selbstironie verfügt: Qualitäten, die nahezu angelsächsisch anmuten.«
Kyra Stromberg / Süddeutsche Zeitung, München

»Sibylle Mulot versteht es, mit beredter Leichtigkeit, mit großer Genauigkeit und mit einnehmender Sympathie für die Figuren zu erzählen.«
Der Standard, Wien

»Eine Autorin, die großen Themen mit leichter Hand und viel Raffinesse beikommt.«
Susanne Schaber / Österreichischer Rundfunk, Wien

»Nicht selten hört man die Klage, daß die deutsche Gegenwartsliteratur besonders arm sei an gut geschriebenen und unterhaltsamen Büchern, die gedanklich gleichwohl nicht ›unter Niveau‹ gehen. Wenn dem so sein sollte, dann wäre dies ein Grund mehr, auf Sibylle Mulot aufmerksam zu machen.«
Helmuth Kiesel / Frankfurter Allgemeine Zeitung

Liebeserklärungen
Roman

Nachbarn
Roman

Das Horoskop
Erzählung

Die unschuldigen Jahre
Roman

Das ganze Glück
Eine Liebesgeschichte
Mit einem Hafis-Orakel im Anhang

Amélie Nothomb im Diogenes Verlag

»Ein Nothomb-Buch ist immer: voller Anekdoten, Schwung und wörtlicher Rede. Schlau komponiert, humorvoll trocken, ein bißchen weise und sehr unterhaltsam.« *Jochen Förster/Die Welt, Berlin*

»So jung und so genial.«
Süddeutscher Rundfunk, Stuttgart

»Erstaunlich, wie profund und abgründig Amélie Nothomb erzählt.«
Christian Seiler/Die Weltwoche, Zürich

»Ein literarischer Superstar.« *Frankfurter Rundschau*

»Wie herrlich kann Bosheit sein, wenn sie in guter Prosa daherkommt!« *Le Nouvel Observateur, Paris*

Die Reinheit des Mörders
Roman. Aus dem Französischen
von Wolfgang Krege

Liebessabotage
Roman. Deutsch von Wolfgang Krege

Der Professor
Roman. Deutsch von Wolfgang Krege

Mit Staunen und Zittern
Roman. Deutsch von Wolfgang Krege

Quecksilber
Roman. Deutsch von Wolfgang Krege

Metaphysik der Röhren
Roman. Deutsch von Wolfgang Krege

Im Namen des Lexikons
Roman. Deutsch von Wolfgang Krege

Valerie Wilson Wesley im Diogenes Verlag

»Die aufregendste Entdeckung auf dem Krimi-Gebiet: Valerie Wilson Wesley. Endlich wieder einmal eine Crime-Lady, die ihre gewaltversessenen männlichen Kollegen nicht einfach durch noch mehr Hartgesottenes zu übertrumpfen sucht. Mit Tamara Hayle hat Valerie Wilson Wesley eine echte, überzeugende Frauenfigur als Privatdetektivin geschaffen, die das Zerbrechen elementarer mitmenschlicher Ordnungen miterlebend erhellt.«
Gerhard Beckmann / Die Welt, Berlin

»Man könnte sich sicher schnell an die sympathische Farbige gewöhnen, so wie man ganz schnell Brunetti-süchtig wurde.«
Dieter Schneider / Antenne Brandenburg

Es wird alles anders bleiben
Roman. Aus dem Amerikanischen
von Gertraude Krueger

Die Fälle für Tamara Hayle:

Ein Engel über deinem Grab
Roman. Deutsch von
Gertraude Krueger

In Teufels Küche
Roman. Deutsch von
Gertraude Krueger

Todesblues
Roman. Deutsch von
Gertraude Krueger

Auf dem Weg nach oben
Roman. Deutsch von
Gertraude Krueger

Off-Road-Kids
Roman. Deutsch von
Gertraude Krueger